Antje Szillat

LASS FREI, WAS DU LIEBST

ANTJE SZILLAT

LASS FREI, WAS DU LIEBST

KOSMOS

Umschlaggestaltung: Kathrin Steigerwald, Hamburg
unter Verwendung von Fotomotiven von konradbak/fotolia

FSC www.fsc.org
MIX
Papier aus verantwortungsvollen Quellen
FSC® C014496

Gedruckt auf chlorfrei gebleichtem Papier

ISBN 978-3-440-15484-7
Redaktion: Teresa Baethmann
Lektorat: Sophie Härtling-Reine
Produktion: Verena Schmynec
Grundlayout und Satz: Doppelpunkt, Stuttgart
Druck und Bindung: GGP Media GmbH, Pößneck
Printed in Germany / Imprimé en Allemagne

Das wunderbarste Märchen ist das Leben selbst.

(Hans Christian Andersen)

PROLOG

Wer den Kopf nicht hebt, kann die Sterne nicht sehen.

(Aus Armenien)

Im Küstenwald war es so still, als würde hier noch alles schlafen. Weder ein Vogel noch sonst ein Tier regte sich. Das einzige Geräusch, das hin und wieder zu hören war, war das leise Rauschen des Windes in den Ästen und Baumwipfeln.

Ich ritt auf Finja langsam den geschwungenen Pfad entlang. Ich überließ mich vollkommen dem schreitenden Tempo der Stute, während meine Gedanken rasten, sich überschlugen, mich völlig überforderten, um am Ende immer wieder bei der Frage nach dem Warum zu landen.

Der schmale Weg machte einen großen Bogen nach links. An manchen Stellen kamen wir nun dem Abhang gefährlich nahe, aber ich vertraute auf Finja, meine wunderschöne Stute, ohne die ich mir ein Leben nicht mehr vorstellen konnte und auch nicht wollte.

Als die Bäume lichter wurden, ließ ich meinen Blick über das unter uns liegende Meer schweifen, das von hier oben einfach überwältigend aussah. Sanft klopfte ich Finja den Hals. Was für ein großartiges Gefühl, wie sehr sie mir inzwischen vertraute. Sie schnaubte leise. Ein ganz kurzer Moment des vollkommenen Glücks, inmitten des Sturms, der gerade durch mein Leben fegte und alles zu verwüsten drohte.

Es geschah, als ich schon die Lichter des Gutshofes durch die Bäume hindurch erspähen konnte. Hinter dem Küstenwald senkte sich eine Weide, abgesteckt durch Holzzaunpfähle. Im Frühjahr und Sommer grasten hier die Zuchtstuten mit ihren Fohlen, aber dann flatterte zwischen den Pfosten natürlich Elektrolitze.

Wir waren noch nicht weit gekommen, da hörte ich ein nasses Patschen unter Finjas Hufen. Fast zeitgleich begann meine Stute zu rutschen. Verzweifelt versuchte sie, mit den Hinterläufen Halt zu finden.

In den letzten Tagen hatte es fast ununterbrochen geregnet. Die Wiese, auf die wir geritten waren, war völlig durchweicht. Ich hatte meine Stute direkt in eine große matschige Pfütze gelenkt.

»Ruhig, Finja, ganz ruhig«, redete ich beschwörend auf sie ein.

Unter Finjas Hufen spritzte Wasser und Schlamm hoch. Doch sie fand keinen Halt und meine Beruhigungsversuche zeigten keine Wirkung.

Im nächsten Moment rutschte ihr rechter Vorderhuf seitlich weg. Mit einem sonderbaren Ächzen ging sie in die Knie. Ich schrie erschrocken auf, als ich nach vorne geschleudert wurde und dabei die Steigbügel verlor. Es gelang mir, mich in der Mähne festzukrallen, sodass ich auf Finjas Rücken blieb. Verängstigt riss die Stute den Kopf hoch und kämpfte sich auf alle vier Beine zurück.

Einen schnellen Atemzug stand sie unbeweglich da. Ich hätte den Moment nutzen und schnell von ihrem Rücken springen müssen. Doch ich war wie gelähmt und ja, einfach auch zu unerfahren.

Und dann war es auch schon zu spät. Finja wieherte grell, machte dabei auf der Hinterhand kehrt und donnerte los. Ich hing wie eine willenlose Marionette auf dem Rücken meiner Stute, die Hände fest in ihrer Mähne verschlungen. Finja galoppierte direkt auf den Küstenwald zu und ich konnte nichts anderes tun, als den Kopf einzuziehen und darauf zu hoffen, dass sie von alleine anhalten würde.

Die Bäume und Büsche flogen an uns vorbei. Blätter und kleine Zweige rieselten auf uns nieder. Finja rannte um ihr Leben, es lag nicht mehr in meiner Macht, sie davon abzuhalten. Nichts lag mehr in meiner Macht.

Wir hatten inzwischen wieder die Stelle erreicht, an der ich vorhin aufs Meer geblickt und eine Entscheidung getroffen hatte. Ich wollte schreien, ich wollte mit aller Kraft an Finjas Zügeln ziehen. Wir würden abstürzen. Bei dieser Geschwindigkeit würde sie nicht anhalten können. Das konnte nicht gut gehen. Doch zu nichts von alldem war ich in der Lage. Ich klammerte mich auf ihrem Rücken fest und sah den Abgrund immer näher und näher kommen.

Doch gerade als ich dachte: Das ist unser Ende, warf sich Finja nach links und schlitterte in letzter Sekunde an dem Abgrund vorbei. Durch das ruckartige Herumschmeißen verlor ich nun endgültig den Halt. Ich rutschte von Finjas Rücken und landete unsanft auf der rechten Seite, während meine Stute davongaloppierte.

Mein Herz schlug wie verrückt, in der Hüfte verspürte ich einen stechenden Schmerz. Womöglich hatte ich sie mir gebrochen. Stöhnend wollte ich mich aufrichten und erkannte viel zu spät, dass ich direkt am Abhang lag. Der Boden sackte unter mir weg, Erde und Laub glitt den Hang hinunter.

Mit weit aufgerissenen Augen blickte ich auf das steile Gefälle, das sich unter mir auftat, und versuchte, mit den Händen irgendwo Halt zu finden. Doch es gelang mir nicht. Wie in Zeitlupe rollte ich die Böschung hinunter Richtung Meer.

»Hilfe!«, begann ich panisch zu kreischen. Ich schrie mir die Seele aus dem Leib, schluckte Erde, kleine Steinchen, etwas geriet in meine Augen, ich hustete, versuchte, irgendwie zu bremsen. Doch es half alles nichts, ich nahm nur noch immer mehr an Fahrt auf. Und dann fiel ich einige Sekunden lang einfach nur ins Leere.

Ich hatte längst aufgehört zu kreischen, als ich mit ausgestreckten Armen in einer kleinen Mulde landete. Im nächsten Moment wurde es schwarz um mich herum.

KAPITEL 1

In jedem Anfang liegt die Ewigkeit.

(Hugo von Hofmannsthal)

Wie aus weiter Ferne drang das schrille Piepsen des Weckers zu mir vor. Ein schreckliches Geräusch, das einfach nicht enden wollte. Und je mehr ich versuchte, es zu ignorieren, desto penetranter wurde es. All das Finger in die Ohren stecken oder unters Kopfkissen wühlen brachte einfach nichts, musste ich schließlich einsehen.

Stöhnend schlug ich die Bettdecke zur Seite. Doch gerade als meine Zehenspitzen das eiskalte Parkett berührten, erstarb das nervige Schrillen. Mal vorausgesetzt, ein Wecker verfügte über Verstand, dann war es wohl so, dass er lediglich seinen Job erfüllen und darüber hinaus sich nicht weiter verausgaben wollte.

Schönen Dank auch dafür!

Natürlich war dieser Gedanke Blödsinn. Nur war ich gerade aus dem Tiefschlaf gerissen worden. Auf brutalste Art und Weise. Und das völlig grundlos. Schließlich war heute Samstag und ich hatte nichts vor, also gab es auch keinen Grund für mich, um neun Uhr aufzustehen. Da konnte man schon mal blödsinnige Gedanken haben.

Das nächste Ärgernis dieses für mich viel zu frühen Samstagvormittags waren die arktischen Temperaturen in meinem Zimmer. Meine Mutter, mit der ich mich eigentlich ziemlich gut verstand, musste sich mal wieder spätabends in mein Zimmer geschlichen, und während ich friedlich in der wohligen Wärme geschlafen hatte, die Heizung von Stufe 5 auf 0 heruntergedreht und das Fenster gekippt haben.

»Eine kühle Schlafumgebung sorgt dafür, dass Kopf und Gehirn sozusagen im Schlaf freigepustet werden«, lautete ihre ewige Begründung dafür.

Egal wie oft ich ihr schon gesagt hatte, dass sich ein eingefrorenes Gehirn nicht gerade förderlich auf meine Lernfähigkeit auswirkte oder eine abgestorbene Nasenspitze alles andere als schick war, wann immer sich ihr die heimliche Gelegenheit bot, verwandelte sie abends meinen kuscheligen Raum in einen sibirischen Gefrierschrank.

Fröstelnd eilte ich zum Fenster und knallte es zu. Als ich auf die Straße sah, fiel mein Blick auf einen unserer Nachbarn, der gerade in sein Auto stieg und davonfuhr. Im Hauseingang gegenüber stritten die Zwillinge Jette und Jonas um irgendein Spielzeug. Um welches, konnte ich nicht erkennen, aber im Grunde war es mir auch egal. Mir war kalt, ich war müde und wollte jetzt schleunigst wieder zurück in mein kuscheliges Bett. Doch gerade als ich mich vom Fenster abwandte, klingelte es an der Wohnungstür.

»Verdammt«, fluchte ich. »Wer ist das denn?«

Ich war alleine in der Wohnung, denn im Gegensatz zu mir war meine Mutter ein Morgenmensch. Wenn um sechs ihr Wecker klingelte, sprang sie aus ihren eiskalten Federn direkt in die Joggingsachen, lief ihre gewohnte Strecke an der Elbe entlang und war fit und bereit für den Tag. Spätestens um halb acht machte sie sich dann auf den Weg in ihre Agentur und das an sechs Tagen in der Woche.

Der Sonntag gehörte dann uns, Sophia und Martina.

Seit ich ein kleines Mädchen war, verbrachten meine Mutter und ich den Sonntag gemeinsam und bis auf ganz wenige Ausnahmen bei uns zu Hause. Wir frühstückten gemütlich zusammen, erzählten uns dabei gegenseitig von der hinter uns liegenden Woche, wir tauschten uns aus, brachten uns auf den neuesten Stand, schauten anschließend eine DVD, hörten Musik, oder quatschten über Bücher.

Als ich noch kleiner war, hatte meine Mutter mir sonntags immer stundenlang vorgelesen. Die ganze Woche über hatte ich dieser Vorlesezeit entgegengefiebert, denn die Leidenschaft für Bücher war mir von ihr genauso vererbt worden wie die dunklen glatten Haare und leicht schräg stehenden grünen Augen.

Leise vor mich hin fluchend schlüpfte ich in die Jeans von gestern, zog eine dicke Strickjacke über mein Schlafshirt und lief zur Wohnungstür.

Als ich durch den Türspion lugte, entdeckte ich einen

mir unbekannten Mann und wollte einem ersten Impuls folgend so tun, als wäre niemand zu Hause. Schließlich hatte meine Mutter mir bestimmt an die tausend Mal eingebläut: Öffne niemals für einen Fremden die Tür, Sophia! Natürlich ausgeschmückt mit den schaurigsten Schreckensszenarien. Das hatte sich fest in meinem Unterbewusstsein verankert.

Doch der Mann vor unserer Wohnungstür schien die Bewegung dahinter bemerkt zu haben, denn er hielt einen weißen Umschlag hoch und rief: »Hallo, hier ist der Stadtkurier. Ich habe ein Einschreiben für Sie!«

Mist. Und nun? Weiter so zu tun, als wäre niemand da, kam mir albern vor. Außerdem war ich neugierig.

»Für wen ist denn das Einschreiben?«, wollte ich erfahren, während ich durch den Spion jede Regung des Mannes beobachtete.

»Für Martina Lagemann. Die wohnt doch hier?«, gab der Kurier zurück. Dabei verzog er genervt das Gesicht. Bestimmt ging ihm mein übervorsichtiges Getue gewaltig auf den Geist. Zeit bedeutete schließlich Geld, ahnte ich, wenn man in diesem Job tätig war.

»Ja, das ist richtig«, erklärte ich.

»Wären Sie dann jetzt wohl so nett und nehmen das Einschreiben entgegen?« Die Stimme des Kuriers klang noch immer freundlich, allerdings mit sehr bemühtem Unterton.

Leider musste ich ihn dennoch enttäuschen. »Kann ich nicht, denn ich bin nicht Martina Lagemann.«

Ich sah ihn tief durchatmen, bevor er zurückgab: »Der Brief muss nicht persönlich von Martina Lagemann in Empfang genommen werden. Es reicht mir, wenn Sie den Erhalt quittieren.«

Okay, ich hatte den armen Kerl lange genug vor der Tür schmoren lassen.

»Tut mir leid, aber man kann ja nie wissen«, murmelte ich entschuldigend, nachdem ich die Tür endlich geöffnet und den Brief in Empfang genommen hatte.

»Ja, schon gut.« Der Kurier lächelte verständnisvoll und ließ mich auf einem kleinen Handcomputer unterschreiben. »Ich kann die Vorsicht schon verstehen. In einer Großstadt wie Hamburg passiert schließlich ständig etwas. Wobei man hier in Ottensen ja eher in einem behüteten und recht gesitteten Stadtteil wohnt.«

Da konnte ich dem Mann eigentlich nur zustimmen und inzwischen kam ich mir tatsächlich ein bisschen albern vor.

»Sie haben mich aus dem Tiefschlaf geklingelt«, verteidigte ich mich leicht trotzig.

»Na dann, schönen Tag noch«, antwortete er grinsend und verschwand im Treppenhaus.

Ich schloss die Wohnungstür und ging mit dem Brief in unsere Küche.

Mein Platz am Tisch war schon gedeckt. Meine Mutter musste heute noch früher als sonst aufgestanden sein, denn es gab neben Aufbackbrötchen, Wurst, Käse, Weintrauben und einem Schälchen Geflügelsalat auch selbst gebackene Blaubeer-Muffins. In einem steckte ein Zahnstocher, an dem wiederum ein kleiner Zettel haftete.

Guten Morgen, Maus, wenn du Lust hast, dann komm doch später in die Agentur. Dort wartet nämlich eine Überraschung auf dich.

Das kleine Bildchen neben dem Text, das wohl eine Strichfigur mit so etwas Ähnlichen wie einem Paket mit Schleife darstellen sollte, hätte glatt von einem Erstklässler stammen können.

Ich biss in den Muffin, obwohl ich eigentlich noch zu verschlafen war, um ausführlich zu frühstücken. Während ich lustlos kaute, betrachtete ich den Brief, den ich auf den Tisch gelegt hatte.

Der Name meiner Mutter und die Adresse waren so ordentlich auf den schneeweißen Umschlag geschrieben worden, als hätte sich der Absender die Mühe gemacht, einen dünnen Linealstrich zu ziehen, damit bloß keiner der etwas altmodischen Buchstaben aus der Reihe tanzte. Auf der 70-Cent-Briefmarke war eine weiße Steilküste abgebildet, darüber stand in schwarzen Buchstaben *Nationalpark Jasmund*. Laut Poststempel war der Brief vorgestern in Bergen aufgegeben worden.

Ich wusste weder, wo sich *Bergen* befand, noch hatte ich jemals von einem *Nationalpark Jasmund* gehört.

Eigentlich interessierte es mich auch nicht sonderlich, doch wegen der überkorrekten Schreibweise wollte ich nun auch wissen, wer ihn meiner Mutter geschickt hatte. Noch dazu als Einschreiben.

Der Absender war ein gewisser Harry Hansen und nun stand fest, dass er sich tatsächlich die Mühe gemacht hatte, Bleistiftlinien zu ziehen. Bei seinem Namen und der Adresse hatte er nämlich vergessen, sie anschließend wieder wegzuradieren.

»Harry Hansen«, murmelte ich vor mich hin. »Noch nie von dir gehört …«

Mein Handy klingelte. Ich legte den Brief zurück auf den Tisch und lief rüber in mein Zimmer, wo ich es von der Kommode nahm und auf dem Display erkannte, dass meine beste Freundin Ella mich anrief.

»Hi, Ella«, begrüßte ich sie etwas atemlos.

»Was bist du denn so am Keuchen?«, wollte sie wissen und schickte ihr typisches etwas zu lautes Ella-Lachen hinterher. »Hast du etwa Morgensport gemacht? Einmal den Flur hoch- und runtergejoggt?«

»Doofe Nuss«, gab ich brummend zurück. »Ärgere mich lieber nicht. Meine Laune ist eh schon im Keller. Erst klingelt der Wecker völlig grundlos und dann muss ich in arktischer Kälte zur Tür sprinten, wo ich nicht sicher sein kann, ob der Kurier wirklich einer ist oder möglicherweise ein hinterhältiger Gewaltverbrecher.«

»Hä?«, machte es am anderen Ende der Leitung verständnislos. »Hast du schlecht geträumt oder was faselst du da?«

»Falsch! Ich würde jetzt gerne noch träumen, und zwar in meinem Bett. Aber irgendwie will das heute keiner kapieren.«

»Du Arme«, zwitscherte Ella gespielt mitleidig. »Aber, wo du jetzt schon mal wach bist, dann kommst du bestimmt mit ins Äz! Ich muss ein Geschenk für meinen Vater besorgen. Er hat morgen Geburtstag und mir ist gerade aufgefallen, dass ich noch gar nichts für ihn habe. Also, wann treffen wir uns? Schaffst du es um zehn?«

Ich warf einen Blick auf meinen Wecker und schüttelte den Kopf. »Niemals! Ich muss noch duschen und …«

Ella ließ mich nicht ausreden. »Okay, dann um elf!«, bestimmte sie. »Aber sei pünktlich!«

»Ich versuch es …«, gab ich zurück.

* * *

Das Alstertal-Einkaufszentrum war eines der größten in Norddeutschland und das hatte nicht nur Vorteile.

Wenn man zum Beispiel mit seiner besten Freundin auf der Suche nach *dem* perfekten Geburtstagsgeschenk für ihren Vater war und sie eh schon unter chronischer Entscheidungsunfähigkeit litt, dann war eine derart umfangreiche Auswahl nicht gerade förderlich. Es dauerte Stunden, bis Ella endlich den Entschluss fasste, dass der Schal, den sie zu Beginn unseres Geschenksuch-Marathons bei *Elkline* entdeckt hatte, das perfekte Geschenk wäre.

»Mein Vater steht auf Schweden und auf Elche und auf dem Emblem ist einer. Das passt«, begründete sie ihre späte Entscheidung.

Anschließend diskutierte sie mit der Verkäuferin eine ziemliche Weile lang darüber, welches der vier zur Auswahl stehenden Geschenkpapiere am besten zu dem Schal passte, bis diese schließlich hörbar genervt beschloss: »Wir nehmen das blaue. Damit macht man nie etwas verkehrt.«

Bevor Ella Einspruch erheben konnte, war der Schal bereits verpackt und wurde ihr in einer Papiertüte von der blonden Frau über den Tresen gereicht.

Ihr: »Viel Spaß damit!«, klang verdammt nach: »Und jetzt haut endlich ab!«

»Boah, die war aber zickig«, beschwerte sich Ella bei mir. »Am liebsten würde ich den Schal jetzt wieder umtauschen. Einfach aus Prinzip. Ich meine, hallo, schon mal was von Servicewüste Deutschland gehört?!«

Ich rollte mit den Augen. »Ella, echt, wenn ich die Verkäuferin gewesen wäre, ich schwöre dir, ich hätte dich schon vor einer halben Stunde vor die Tür gesetzt.«

Ella starrte mich unschuldig an. »Was? Aber warum denn?«

Ich konnte nur den Kopf über meine Freundin schütteln. »Die arme Frau ist bestimmt fünfmal mit dir zur Kasse gegangen, damit du es dir im letzten Moment wieder anders überlegst. Vielleicht doch lieber das Hemd oder das Portemonnaie oder drüben bei Thalia das Buch? Hm … schwere Entscheidung, sososo schwer«, äffte ich sie nach.

Ella streckte mir die Zunge heraus. »Blödsinn! Und

selbst wenn, was ist daran so verkehrt, wenn man sich Gedanken macht und nicht einfach im Vorbeirennen das Erstbeste kauft? Mein Vater ist halt wählerisch und ich möchte ihm etwas schenken, worüber er sich wirklich freut.«

Versöhnlich legte ich Ella den Arm um die Schultern und drückte ihr einen Beste-Freundinnen-Kuss auf die Wange. »Ist ja schon gut, Ellalein, lass dich von mir nicht aufziehen. Die Hauptsache ist doch, dass du jetzt ein tolles Geschenk hast.« Damit wollte ich sie zur Rolltreppe ziehen, denn wir hatten beschlossen, nach dem Geschenkekauf noch bei der Eisdiele unsere Lieblingswaffeln zu essen. Doch Ella zögerte.

»Hm … tja, aber ist es wirklich ein tolles Geschenk?«

Ich schnappte nach Luft. Nein, nicht das Ganze noch mal von vorne. »Ella, der Schal ist perfekt. Dein Vater wird ihn lieben und ständig tragen«, redete ich beschwörend auf sie ein. »Also, natürlich nicht, wenn es warm ist.« Sekunden später hätte ich mir für diese komplett überflüssige Bemerkung glatt die Zunge abbeißen können.

Ella strich sich hektisch eine Strähne ihrer langen dunkelblonden Lockenmähne aus dem Gesicht, die sich aus dem lockeren Dutt an ihrem Hinterkopf gelöst hatte. »Da hast du gerade etwas sehr Wahres gesagt. Der Winter ist vorbei und demnächst ist es viel zu warm für einen Schal. Mein Vater kann also überhaupt nichts mehr mit seinem Geschenk anfangen?«

Bevor ich es verhindern konnte, hatte sie auf dem Absatz kehrtgemacht und war zurück in den Laden gestampft.

Mein: »Aber Ella, unter Garantie wird es doch wieder Herbst, Winter, eisigkalt …«, blieb von ihr ungehört und mir leider nichts anderes übrig, als ihr hinterherzutrotteln.

Bye-bye, leckerste Waffeln mit Vanilleeis und warmen Himbeeren unten bei *Jannys Eis*.

Es war bereits kurz nach fünf, als ich die Wohnungstür aufschloss und mit einem tiefen Seufzen den Flur betrat. Am Ende hatte Ella sich für eine neue Handyhülle und einen Bildband über Schweden entschieden.

Doch der Weg bis dahin war wirklich anstrengend gewesen. Ich fühlte mich wie nach einem Marathon und wollte jetzt einfach nur noch etwas essen und trinken und danach aufs Sofa vor den Fernseher.

Meine Mutter saß am Küchentisch und hielt ein Blatt Papier in den Händen. Als sie mich bemerkte, zuckte sie erschrocken zusammen und faltete das Blatt in der Mitte, bevor sie es in dem Stapel Magazine verschwinden ließ, der neben ihr auf dem Tisch lag.

»Sophia, oh, ich habe dich gar nicht kommen gehört«, rief sie. Ihre Stimme klang ungewohnt schrill, auf ihren Wangen und am Hals waren hektische rote Flecken zu sehen.

»Was hast du denn da gerade unter die Zeitschriften

geschoben?«, fragte ich sie, während ich ihr gegenüber am Tisch Platz nahm.

Meine Mutter tat ahnungslos. »Ich? Gar nichts? Zumindest nichts Wichtiges, nur so einen unnötigen Werbeflyer.«

Ich musterte sie skeptisch. Wie sie jetzt den Stapel Illustrierter vom Tisch nahm und rüber zum Küchenbuffet trug, da stimmte doch etwas nicht.

»Mama, ist irgendetwas passiert?«

Sie schüttelte den Kopf. »Iwo, was soll denn passiert sein? Ich hatte einfach nur einen anstrengenden Tag und wollte jetzt hier flugs noch ein bisschen Ordnung schaffen. Danach gönne ich mir ein ausgiebiges Bad und anschließend bestelle ich uns was beim Italiener. Heute Abend läuft *Wilsberg*. Wenn du nichts vorhast, dann können wir ihn uns ja zusammen anschauen?«

Sie bemühte sich um Normalität. Doch ich kannte meine Mutter zu gut, um ihr eben genau das nicht abzukaufen.

»Bist du wegen dem Brief so … na ja … komisch?«

Ich hatte die Frage nicht wirklich ernst gemeint, weil ich mir beim besten Willen nicht vorstellen konnte, dass der Brief von diesem Harry Hansen ernsthaft etwas mit der aufgewühlten Verfassung meiner Mutter zu tun haben könnte.

Doch anscheinend hatte ich direkt ins Schwarze getroffen. Meiner Mutter entglitten regelrecht die Gesichtszüge und die Schwerfälligkeit, mit der sie auf den Stuhl zurücksank, passte so gar nicht zu ihren sonst so grazilen Bewegungen.

»Mama?«, rief ich besorgt und gleichzeitig vorwurfsvoll. »Jetzt sag gefälligst, was los ist?«

Doch statt mir ihr sonderbares Verhalten zu erklären, stützte sie ihre Ellbogen auf den Tisch und vergrub für einen Moment das Gesicht in den Händen.

»Mama ... bitte«, wisperte ich und streckte den Arm über den Tisch nach ihr aus. Sacht berührte ich mit den Fingerspitzen ihren blasslila Blusenärmel. »Ist es tatsächlich wegen dem Brief? Was stand denn darin?«

Langsam hob sie den Kopf. Ihre Augen waren gerötet, tiefe Schatten lagen darunter und das mulmige Gefühl, was ich schon die ganze Zeit über verspürt hatte, verstärkte sich.

Meine Mutter nahm die Ellbogen vom Tisch und drückte die Schultern durch. Ihre Stimme war nicht viel mehr als ein heiseres Hauchen, als sie sagte: »Der Brief ist von deinem Großvater«, sodass ich erst meinte, mich verhört zu haben.

»Wie bitte?«, krächzte ich nicht viel lauter.

Meine Mutter räusperte sich. »Harry Hansen ist dein Großvater. Er hat den Brief geschrieben.«

»Ach so – ich habe also einen Großvater. Noch einen ...«, war das Einzige, was mir in diesem Moment dazu einfiel.

KAPITEL 2

Was ist ein Freund? Ein anderes Ich.

(Cicero)

»Ich mache uns erst einmal einen Tee, Sophia«, beschloss meine Mutter und ging rüber zur Küchenzeile, um den Wasserkocher anzuschalten.

Ich antwortete nicht, war viel zu sehr damit beschäftigt, meine Gedanken zu sortieren.

Harry Hansen war also mein Großvater. Väterlicherseits. Die Eltern meiner Mutter hießen Gitta und Ewald Lagemann und lebten seit *Opa Eddis* Pensionierung auf ihrer Lieblingsinsel Teneriffa in einer kleinen Finca. Ein Lebenstraum, den sie sich erfüllt hatten. In den Sommerferien besuchten wir sie regelmäßig und an Weihnachten kamen sie dann zu uns nach Deutschland.

Und nun hatte ich plötzlich noch einen Opa. Der Vater meines Vaters, zu dem meine Mutter seit über siebzehn Jahren keinerlei Kontakt hatte. Laut ihren Schilderungen war er es, der darauf keinen Wert legte. Der sich aus dem Staub gemacht hatte, als er erfuhr, dass ich unterwegs sei.

Unzählige Male hatte ich mir Gedanken darüber gemacht, warum er kein Interesse an mir hatte. Weshalb er mich nicht kennenlernen wollte. Jede Art von Kontakt mied. Als ich noch jünger war, habe ich oft heimlich wegen ihm geweint. Ich war fest davon überzeugt, dass es an mir lag, dass er nichts mit uns zu tun haben wollte. Nur konnte ich mir einfach keinen Reim darauf machen, was ich denn so Schreckliches verbrochen hatte.

Meine Mutter hatte mir immer wieder versichert, dass mich nicht die geringste Schuld traf.

»Dein Vater ist derjenige, dem seine Unabhängigkeit wichtiger war als seine Familie. Er wollte lieber die Welt bereisen, statt zu seiner Verantwortung zu stehen. Nein, Sophia, er ist es nicht wert, dass seinetwegen dein Herz schwer ist. Glaub es mir, er ist es absolut nicht wert.«

An meinem zwölften Geburtstag hatte ich dann den Entschluss gefasst, nicht länger seinetwegen unglücklich zu sein und vor allem nicht weiter darauf zu hoffen, dass er doch eines Tages das Verlangen verspürte, mich kennenzulernen.

Und nun, quasi aus heiterem Himmel, hatte ich einen Großvater. Mein erster Gedanke war, dass er uns geschrieben hatte, weil mein Vater mich endlich kennenlernen wollte. Vielleicht fehlte dem ja der Mut, sich einfach selbst zu melden.

Meine Mutter stellte für mich eine Tasse mit dampfendem Tee auf den Tisch.

»Soll ich dir vielleicht etwas zu essen machen?«, fragte sie leise.

Ich schüttelte den Kopf. Appetit war gerade wirklich das Letzte, was ich verspürte.

»Was hat er geschrieben?«, fragte ich mit dünner Stimme.

Meine Mutter ließ sich wieder auf ihren Stuhl sinken. Sie seufzte tief, und tat sich sichtbar schwer damit, mir auf meine Frage zu antworten.

»Mama, dann gib mir den Brief. Ich bin schließlich selbst in der Lage zu lesen.« Ich versuchte mich an einem Grinsen, doch es missglückte mir.

»Lass mir bitte noch einen Moment«, bat sie mich leise und die Art, wie sie mich dabei ansah, war mir völlig fremd. Nein, so kannte ich sie nicht. Martina Lagemann war normalerweise immer *Frau der Lage*. Ich hatte noch nie erlebt, dass meine toughe Mutter irgendetwas oder irgendwer aus der Fassung gebracht hatte. So klein und zierlich sie körperlich auch sein mochte, ihr Selbstbewusstsein war mindestens doppelt so groß.

Ich hätte mir keine bessere Mutter wünschen können, denn auch wenn ich mich oftmals nach meinem Vater gesehnt hatte, wirklich vermisst hatte ich nie etwas. Auch ihn nicht. Dafür hatte meine Mutter immer gesorgt. Und nun saß sie vor mir am Tisch und es war nur noch wenig übrig von der Löwenmutter und gewitzten Geschäftsfrau.

»Lass mich den Brief doch einfach lesen, Mama«, unternahm ich nach einem langen Moment des Schweigens einen erneuten Versuch.

Doch sie schüttelte wieder nur den Kopf.

»Nein, ich denke, ich sollte es dir jetzt sagen … muss es wohl tun«, murmelte sie.

»Mensch Mama«, rief ich genervt. »Jetzt mach es doch nicht so spannend. So schlimm kann es wohl nicht sein, was dir dieser Harry Hansen da geschrieben hat.«

»Doch«, sagte sie nur und dann: »Er hat uns mitgeteilt, dass Gregor letzte Woche nach langer Krankheit den Kampf verloren hat und verstorben ist.«

Im ersten Moment stand ich so auf dem Schlauch, dass mir nicht klar war, wer mit Gregor gemeint sein könnte. Es war verrückt, aber ich dachte tatsächlich, die Rede sei von einem Hund. Harry Hansens Hund. Doch gleich darauf wurde mir bewusst, dass dieser Gedanke komplett schwachsinnig war. Ganz bestimmt hatte mein Großvater uns nicht via Einschreiben mitgeteilt, dass sein Hund verstorben war – wenn er denn überhaupt einen hatte.

Dennoch fragte ich leise: »Welcher Gregor?«

Meine Mutter blickte mir tief in die Augen. Ihre schwammen in Tränen, und noch bevor sie es aussprach, begann ich endlich zu begreifen.

»Dein Vater, Sophia, Gregor ist … war dein Vater.«

Ich konnte sie nur mit großen Augen anstarren, während ich mich fragte, was ich nun tun sollte. Wie ich mich verhalten sollte. Musste ich nicht traurig sein? In Tränen ausbrechen? Meinen toten Vater beweinen, betrauern? Aber wie weinte man um jemanden, den man nicht kannte? Wie trauerte man um einen Fremden?

Meine Mutter wusste es anscheinend, ihr liefen die Tränen über beide Wangen. Kleine Rinnsale, die helle Schlieren auf ihrem ebenmäßigen Make-up-Teint hinterließen. Aber im Gegensatz zu mir hatte sie Gregor Hansen gekannt.

»Entschuldige bitte, Sophia …«, sagte sie tonlos und tupfte sich mit dem Ärmelkragen ihrer todschicken Seidenbluse die Tränen von den Wangen.

Ich schüttelte den Kopf. »Mama, du musst dich doch nicht entschuldigen. Ich weiß gar nicht, was ich sagen soll – ich kannte ihn ja überhaupt nicht. Hab nicht einmal ein Bild von ihm vor Augen …«

Meine Mutter zuckte mit den Schultern. Sie kamen mir noch schmaler vor, als sie sowieso schon waren. »Das ist doch nur zu verständlich. Du hast ja keinerlei Verbindungen zu Gregor gehabt. Und was mich betrifft, ich habe ihn schließlich auch eine halbe Ewigkeit nicht mehr gesehen. Es ist nur so, dass mich die Nachricht von seinem Tod wirklich geschockt hat. Er war Mitte vierzig, Sophia. Viel zu jung zum Sterben.«

Meine Mutter ordnete mit den Fingern ihr schulterlanges Haar, das sie wie meistens zu einem strengen Zopf zusammengebunden trug.

Ich stand auf und kam um den Tisch herum. Behutsam legte ich meine Hände auf ihre Schultern und beugte mich etwas zu ihr hinunter. »Mama, ich möchte ihn gerne lesen«, bat ich.

Sie deutete mit einer Kopfbewegung auf das antike Küchenbuffet, das im krassen Gegensatz zu der sonst so klaren und schlichtweißen Kücheneinrichtung stand. Meine Mutter liebte es, hochmoderne und fast schon steril wirkende Möbel mit antiken und schwer verschnörkelten Schätzen zu vermischen. Als Inhaberin einer zwar kleinen, aber dennoch überaus erfolgreichen Werbeagentur verfügte sie glücklicherweise auch über die nötigen finanziellen Mittel, um ihrer Leidenschaft für diesen interessanten Einrichtungsmix nachkommen zu können.

»Auf dem Küchenbuffet …«, sagte sie leise.

Ich drückte noch einmal sanft ihre Schultern und wandte mich dann zu dem antiken Schrank um.

Der Brief steckte zwischen zwei Zeitschriften. Als ich ihn nun noch immer in der Mitte gefaltet in meinen Händen hielt, überkam mich erneut das mulmige Gefühl von vorhin.

»Mama, ich wäre gerne für mich, wenn ich ihn lese«, bat ich. »Ist es okay, wenn ich damit in mein Zimmer gehe? Kann ich dich einen Moment alleine lassen?«

Meine Mutter straffte die Schultern und stand vom Tisch auf. Sie zog sich ihre elegante Bluse zurecht, ebenso den knielangen hellblauen Stiftrock. Ihre Stimme klang nun wieder normal, der übliche sanfte, aber dennoch sehr klare Tonfall.

»Natürlich kannst du das, Sophia. Ich muss mich auch wirklich noch mal bei dir entschuldigen. Mein Verhalten … na ja, ich kann es mir selbst nicht erklären. Vielleicht, weil ich so lange nichts mehr von Gregor gehört habe. Und natürlich auch nicht von Harry. Da sind wohl einfach alte Gefühle … Erinnerungen in mir hochgekommen.«

Sie nahm mich kurz in den Arm, bevor sie damit begann, die eh schon lupenreine Arbeitsplatte aus weißem Granit mit einem speziellen Tuch zu wienern.

»Ich bin gleich wieder zurück«, versprach ich ihr und trug den gefalteten Brief rüber in mein Zimmer. Ich hielt ihn in beiden Händen, wie einen zerbrechlichen Schatz, der zwar eine traurige Nachricht für mich beinhaltete, aber wenigstens endlich überhaupt eine von meinem Vater. Es war wirklich sonderbar, aber noch immer konnte ich keine Trauer verspüren. Da war einfach nur Neugierde. Ich schämte mich insgeheim dafür. Doch was sollte ich tun, Gefühle konnte man schließlich nicht beeinflussen.

In meinem Zimmer setzte ich mich auf die Bettkante und atmete noch einmal tief durch, bevor ich das weiße Blatt Papier aufklappte und zu lesen begann. Die Schrift war genauso akkurat und leicht altmodisch wie auf dem Umschlag.

Liebe Martina, liebe Sophia,
leider muss ich Euch beiden die traurige Nachricht überbringen, dass Gregor am vergangenen Donnerstag nach langer und schwerer Krankheit verstorben ist.
Es war ihm wichtig, dass Ihr von seinem Tod erfahrt, und ich habe ihm versprochen, dass ich Euch schreiben werde.

Außerdem bitte ich Euch, am kommenden Mittwoch um 15:30 zur Testamentseröffnung in die Kanzlei der Rechtsanwältin und Notarin Markgraf zu erscheinen. Auch das war Gregor wichtig.
Die genaue Adresse der Notarin befindet sich auf der Visitenkarte, die ich diesem Brief beigefügt habe.
Es tut mir leid, dass ich mich nach so vielen Jahren ausgerechnet mit so einer traurigen Nachricht bei Euch melden muss.
Mit den besten Grüßen,
Harry

Ich legte den Brief neben mir aufs Bett und sank mit dem Oberkörper nach hinten zurück. Ich starrte an die Decke und bemühte mich, irgendetwas zu fühlen.

Mein Vater war tot. Schon seit über einer Woche. Jetzt hatte ich es mit eigenen Augen gelesen. Schwarz auf weiß.

Ob er wohl schon beerdigt war? Und warum sollten wir zur Testamentseröffnung kommen?

Verdammt, warum war ich nicht traurig? Warum musste ich nicht weinen?

Ich stand wieder vom Bett auf und lief in meinem Zimmer auf und ab. Ich kam mir wie ein Tiger im Käfig vor, der sich mit der plötzlichen Gefangenschaft nicht abfinden konnte. Die Wände rückten immer näher – der Raum fing plötzlich an zu schrumpfen. Und stickig war es hier drinnen. Kein Wunder, dass ich bei diesem Mief nichts empfinden konnte. Meine Sinne und Gefühle waren zugenebelt. Logisch, das war die Erklärung.

Gerade als ich aufstehen wollte, um das Fenster zu öffnen, klopfte es leise an meiner Zimmertür. »Sophia«, erklang die besorgte Stimme meiner Mutter, »ist alles in Ordnung bei dir?«

»Ja!«, rief ich zurück – dabei war das eine glatte Lüge. Wie konnte *alles in Ordnung* sein, wenn ich gerade erfahren hatte, dass mein Vater gestorben war.

Ja, klar doch, ich hatte ihn nicht gekannt. Und weinen konnte ich auch nicht um ihn. Und dennoch ... nichts war in Ordnung. Absolut gar nichts.

Die Tür wurde behutsam aufgeschoben und der dunkle Haarschopf meiner Mutter erschien im Rahmen. »Darf ich reinkommen oder brauchst du noch einen Moment für dich?«

Ich zuckte mit den Schultern. »Weiß nicht ...« Doch nach einer kleinen Luftholpause fügte ich dann hinzu: »Ja klar, komm rein. Es geht schon.«

Wir setzten uns nebeneinander auf die Bettkante. Meine Mutter nahm meine Hand in ihre. Sanft strich ihr Daumen über meinen Handrücken.

»Ich weiß nicht so recht, was ich sagen soll«, gab sie offen zu.

»Warum sollen wir zu dieser Testamentseröffnung kommen?«, fragte ich sie.

»Auch das weiß ich nicht, Sophia. Ich werde morgen früh bei Harry anrufen und ihn fragen«, versprach sie.

Ich nickte – und dann schwiegen wir wieder eine ganze Weile lang.

Bis ich mich räusperte und vorschlug: »Warum machst du es nicht gleich?« Ich warf einen Blick auf den Funkwecker auf der Kommode neben meinem Kleiderschrank. »Es ist erst kurz nach acht. Da kann man ruhig noch anrufen.«

Meine Mutter holte tief Luft. »Ja, sicherlich kann man das. Aber ich möchte lieber eine Nacht darüber schlafen, Sophia. Im Moment bin ich noch zu ... zu aufgewühlt.«

Erneut nickte ich. »Ja klar, das verstehe ich.«

Wir schwiegen wieder. In meinem Zimmer war es so still, dass ich mir einbildete, den Wecker ticken zu hören. Nur war das bei einem Funkwecker nur schwer möglich.

»Wie sieht es denn jetzt mit Abendessen aus?«, durchbrach meine Mutter schließlich die fast schon schmerzliche Stille. »Soll ich uns etwas vom Italiener bestellen oder nur schnell ein paar Brote schmieren?«

Mein Magen knurrte. Schließlich hatte ich seit dem Frühstück nichts mehr gegessen. Dennoch war ich mir sicher, keinen Bissen herunterzubekommen.

»Ich habe keinen Hunger, Mama.« Und weil ich wusste, dass sie sich damit nicht zufriedengeben würde, behauptete ich einfach: »Ella und ich haben vorhin im Äz was gegessen.«

»Ach, ihr seid im AEZ gewesen. Da war es doch heute bestimmt gerammelt voll, oder?«

Meine Mutter versuchte es mit Small Talk. Sie wollte

Normalität. Aber ich nicht. Ich hatte das Gefühl, nicht einfach so zum Alltäglichen zurückkehren zu können.

»Wie war er, Mama?«, fragte ich sie leise. »Wie war mein Vater?«

Bestimmt war es nicht das erste Mal, dass ich ihr diese Frage stellte. Bis zu meinem zwölften Geburtstag und dem Entschluss, ihn aus meinen Gedanken zu streichen, hatte ich meiner Mutter ständig damit in den Ohren gelegen, mir doch bitte, bitte etwas über ihn zu erzählen. Doch Antworten hatte ich nie von ihr bekommen. Ihr Gesicht hatte sich verdunkelt, als hätte jemand die Vorhänge zugezogen, und mehr als ein knappes: Groß, blond, freiheitsliebend!, war nie über ihre Lippen gekommen.

Und auch jetzt sah ich ihr an, wie sie sich zu winden versuchte. Sie wollte das Thema umgehen. Sie wollte mich mit einer knappen Antwort abspeisen.

»Mama, bitte, ich möchte wirklich etwas über ihn erfahren. Verstehst du das denn nicht? Und jetzt, wo er tot ist, besteht doch auch nicht mehr die Gefahr, dass ich nach ihm suche und dann enttäuscht werde.« Das Argument war mir spontan in den Sinn gekommen. Vielleicht hatte sie sich tatsächlich all die Jahre so bedeckt gehalten, weil sie befürchtete, ich könnte eben genau das tun.

»Meine Güte, ist die Luft hier drinnen stickig«, stöhnte meine Mutter. Sie lief zum Fenster und öffnete es weit. Kühle Luft strömte ins Zimmer. Während ich fröstelnd die Schultern hochzog, blieb sie in dem frischen Windzug stehen und atmete ein paar Mal tief durch.

Als sie es schließlich wieder schloss und sich langsam zu mir umwandte, lag ein bitterer Zug um ihre Mundwinkel.

»Vielleicht hast du recht, vielleicht ist es tatsächlich der richtige Zeitpunkt, um dir etwas *mehr* über Gregor Hansen zu erzählen.«

Sie kam zu mir zurück. Doch statt sich wieder neben mich aufs Bett zu setzen, zog sie sich meinen Schreibtischstuhl heran und ließ sich dann mir gegenüber darauf nieder. Kerzengerade saß sie auf dem Stuhl und blickte mir fest in die Augen, bevor sie zu erzählen begann. »Gregor und ich haben uns zum ersten Mal bei einer Hafenrundfahrt getroffen. Ich war gerade nach dem Studium von Düsseldorf nach Hamburg umgezogen, weil ich dort einen Job bekommen hatte, und wollte via Sightseeing-Tour die Stadt, in der ich zukünftig leben würde, besser kennenlernen. Gregor kam im letzten Moment auf die Barkasse gestürmt und ließ sich auf den erstbesten freien Platz sinken.«

»Neben dir«, kombinierte ich und meine Mutter nickte.

Für den Hauch eines Augenblicks wurden ihre Züge etwas weicher und der verklärte Glanz von Erinnerung lag in ihren Augen. »Zunächst fand ich ihn einfach nur unmöglich. Laut, ständig lachend und mit einer begeisterten Mitteilungswut, wie man sie sonst nur von kleinen Kindern kennt. *Guck mal hier* und *schau mal da* und *hast du das da gerade gesehen*. Am liebsten hätte ich ihn über die Reling geschubst, so nervig war er. Und als die Tour endlich zu Ende war, heftete Gregor sich an meine Fersen und schaffte es durch seine Hartnäckigkeit tatsächlich, dass ich mit ihm noch einen Kaffee trinken ging.«

»Dann hat er dir also doch gefallen?«, vermutete ich. »Ich meine, wenn du ihn ganz schrecklich gefunden hättest, dann wärst du wohl kaum noch mit ihm Kaffee trinken gegangen?«

Meine Mutter hob hilflos die Hände und ließ sie gleich wieder fallen. »Ja, natürlich habe ich mich auch irgendwie geschmeichelt gefühlt. Gregor sah wirklich umwerfend gut aus, und dass er aus nicht gerade ärmlichen Verhältnissen stammte, das war ihm deutlich anzusehen.«

»Dir ist es ums Geld gegangen?« Das verwunderte mich ziemlich. Meine Mutter war zwar sehr darauf bedacht, dass es uns an nichts mangelte, aber dafür arbeitete sie auch hart. Dass sie sich auf einen Mann nur des Geldes wegen einlassen würde, passte einfach nicht zu ihr.

Prompt schüttelte sie auch den Kopf. »Unsinn! Natürlich nicht. Er war umwerfend charmant und wahnsinnig gut aussehend und tatsächlich fühlte ich mich schon nach kurzer Zeit sehr zu ihm hingezogen. Doch Gregor war auch derjenige, der bestimmte, wo es langging. Er vereinnahmte mich, verfügte über meine Zeit und ließ sich aber selbst auf nichts ein. Denn bei allem, was er tat, seine Pferde standen immer an erster Stelle. Komme was wolle, wenn es um seine geliebten *Gäule* ging, dann vergaß er die Welt um sich herum … und auch immer wieder mich.«

»Pferde? Er hatte Pferde?« Ich war wirklich baff. Alles hätte ich vermutet, aber dass sich das Leben meines Vaters um Pferde gedreht hatte, auf diesen Gedanken wäre ich nie gekommen.

»Ja«, erklärte meine Mutter bitter. »Pferde waren sein Leben und alles andere musste sich dieser *Liebe* unterordnen. Als ich dann nach knapp einem Jahr Beziehung, soweit man es überhaupt *Beziehung* nennen konnte, was wir miteinander hatten, feststellte, dass ich schwanger von ihm war, hat er sich dann sang- und klanglos aus dem Staub gemacht.«

»Einfach so? Ohne ein Wort?« Ich konnte es nicht fassen. War mein Vater wirklich so ein gewissenloser Arsch gewesen?

Meine Mutter rieb sich mit den Händen übers Gesicht. Etwas, was sie allein schon wegen ihres perfekten Makeups sonst nicht tat. Doch was war seit diesem Brief von Harry Hansen schon noch *wie sonst*.

»Sein Aufenthalt in Hamburg bei einem international erfolgreichen Springreiter neigte sich dem Ende zu und er wollte von dort aus für knapp ein Jahr ins Ausland gehen. Er stellte mir frei, mit ihm zu kommen. Doch mir war das alles zu unsicher. Ich hatte gerade den ersten Job angenommen, mich in Hamburg eingerichtet und nun war ich schwanger. Das alles war schon schwer genug für mich. Da wollte ich nicht irgendwo in England auf einem Gestüt leben, und erst recht nicht mit einem Mann, dessen Interesse sich einzig und allein auf seine

Pferde und sein reiterliches Vorankommen beschränkte. Ich habe also Nein gesagt und er hat es ziemlich erleichtert zur Kenntnis genommen.«

»Und das war's?«, krächzte ich.

Meine Mutter nickte. »Er hat mir noch *großzügig* Geld angeboten und natürlich auch gemeint, dass er mir monatliche Alimente zahlen würde, und sich dann klammheimlich aus Hamburg verabschiedet.«

Fassungslos schüttelte ich den Kopf. »So ein Arsch … Ich weiß, über Tote soll man nicht schlecht reden, aber sorry, mehr fällt mir dazu gerade echt nicht ein.«

KAPITEL 3

*Du verlierst nichts, wenn du mit deiner Kerze
die eines anderen anzündest.*

(Aus Dänemark)

Schweißgebadet und mit dröhnendem Herzen saß ich aufrecht im Bett und starrte in die Dunkelheit. Ich brauchte einen Moment, um zu kapieren, dass es nur ein Traum gewesen war, der mich aus dem Schlaf hochschrecken lassen hatte. Ein Traum, in dem ich auf dem Rücken eines schwarzen Pferdes über eine große Wiese galoppiert war. Immer schneller und schneller, bis ich irgendwann die Kontrolle über das Pferd verloren hatte. Am Ende hatte mich ein blondhaariger Mann auf einem anderen Pferd überholt und meinem im vollen Galopp in die Zügel gegriffen, sodass es schließlich angehalten hatte. Mit zittrigen Knien war ich vom Rücken des Rappen gerutscht und dem Mann erleichtert in die Arme gesunken.

»Geht es dir gut, Sophia?«, hatte er mich besorgt gefragt.

»Ja, Papa, mir ist nichts passiert«, hatte ich erwidert.

Papa …

Meine Kehle fühlte sich trocken und rau an. Ich musste unbedingt etwas trinken. Die Wasserflasche auf der Kommode war leer. Ich seufzte, öffnete die Zimmertür und ging in den Flur hinaus.

Was für ein verrückter Traum. In meinem ganzen Leben hatte ich noch nie auf einem Pferd gesessen. Nicht weil ich Pferde nicht mochte oder vielleicht sogar Angst vor ihnen hatte. Meine Mutter war immer dagegen gewesen.

Tja, jetzt wusste ich ja, wem ich das offenbar zu verdanken hatte. Meine Mutter hatte vorhin schließlich keinen Zweifel daran gelassen, dass die große Pferdeliebe meines Vaters ihr Verhältnis zu Pferden eher ins Gegenteil verkehrt hatte.

Leise zog ich die Küchentür auf und nahm mir ein Wasserglas aus dem Hängeschrank. Eine halb volle Wasserflasche stand noch auf dem Tisch. Ich schenkte mir das Glas voll und leerte es in einem Zug.

Als ich zurück in mein Zimmer schlich, bemerkte ich den schmalen Lichtstrahl unter der Schlafzimmertür meiner Mutter. Sie war also auch noch wach – oder schon wieder, so wie ich. Dann konnte ich ihr ja von meinem verrückten Traum erzählen, beschloss ich und steuerte auf ihre Tür zu.

Doch gerade als ich die Hand auf die Klinke legen wollte, hörte ich sie etwas sagen. Demnach war sie aber nicht in ihrem Schlafzimmer, sondern nebenan in dem kleinen Salon, wie sie den Raum, der direkt an ihr Schlafzimmer angrenzte, immer mit einem Grinsen nannte. Und sie führte auch keine Selbstgespräche, sondern telefonierte.

Ich wandte mich vom Schlafzimmer meiner Mutter ab und ging die paar Schritte weiter zum Salon. Die Tür stand einen Spalt weit offen, sodass ich meine Mutter sehen konnte. Ich wollte sie weiter aufschieben und eintreten, doch in diesem Moment lachte meine Mutter so verächtlich auf, dass ich meine Hand wieder sinken ließ und einfach nur regungslos vor dem Türspalt stehen blieb.

»Ich war noch nie auf euer Geld angewiesen und werde es auch zukünftig nicht sein!«, sagte sie genauso bissig, wie sie kurz zuvor gelacht hatte.

Mit wem um alles in der Welt telefonierte sie da bloß? Es war mitten in der Nacht.

»Das ist mir egal! Verstehst du, es ist mir völlig egal, dass das sein ausdrücklicher Wunsch war. Wir werden nicht kommen!«

Wer auch immer am anderen Ende der Leitung war, er musste daraufhin etwas gesagt haben, das meine Mutter erst so richtig in Rage versetzte.

Ihre Stimme überschlug sich fast vor Ärger, als sie schrie: »Nichts hat sich geändert! Absolut gar nichts! Und du wirst genauso wenig eine Rolle in Sophias …« Mitten im Satz verstummte meine Mutter.

»Sophia!« Empört schnappte sie nach Luft. Dann beendete sie das Telefonat, ohne ein weiteres Wort in den

Hörer gesprochen zu haben, und stieß die Tür weit auf, um mich mit kalkweißem Gesicht anzustarren.

»Hast du mich etwa belauscht? Wie lange schon? Wie lange stehst du da schon, Sophia? Was hast du gehört?«

Ich war völlig perplex und versicherte ihr stammelnd: »Nichts … wirklich. Ich-ich habe Licht gesehen und da …«

»Weißt du was, und ich habe jetzt wirklich keine Lust auf deine lahmen Entschuldigungen. Verschwinde! Verschwinde auf der Stelle in dein Zimmer!«

Rums, und die Tür flog mit einem heftigen Knall ins Schloss.

Wie ein geprügelter Hund schlich ich in mein Zimmer zurück, fest davon überzeugt, bestimmt kein Auge mehr zuzukriegen.

* * *

Obwohl ich die restliche Nacht überraschend tief und traumlos geschlafen hatte, fühlte ich mich wie gerädert, als mich das laute Aufheulen eines Motors unten auf der Straße am nächsten Morgen weckte. Schlaftrunken warf ich die Decke zur Seite und schwang meine Beine aus dem Bett. Der Fußboden war eiskalt. Kein Wunder, das Fenster war mal wieder gekippt.

»Danke, Mama«, murmelte ich ärgerlich und huschte auf Zehenspitzen durchs Zimmer, um das Fenster zu schließen.

Schnell zog ich meine dicken Socken und die kuschelige Strickjacke über und setzte mich an meinen Schreibtisch. Als ich meinen PC anstellen wollte, verirrten sich meine Gedanken zurück zu dem eigenartigen Telefonat, das meine Mutter mit irgendjemandem geführt hatte, und ihre heftige Reaktion, als sie bemerkte, dass ich im Türrahmen stand, und wie sie ärgerlich behauptet hatte, ich hätte sie belauscht.

Ich konnte mich wirklich nicht entsinnen, dass sie mich jemals zuvor derart heftig und vor allem böse angefahren hatte. Noch jetzt hallte ihre aufgebrachte Stimme in meinen Ohren nach.

Kopfschüttelnd schaltete ich den Rechner an und dann auch den Monitor. Ich loggte mich ein und öffnete den Browser. Bei Google gab ich den Namen meines Vaters ein, den ich erst jetzt vollständig erfahren hatte.

Was für ein Wahnsinn, da musste mein Vater erst sterben, damit ich mir endlich ein Bild von ihm machen konnte.

Gregor Hansen.

562.000 Einträge im Internet.

Uff!

Gregor Hansen Pferde.

259.000 Einträge.

Verdammt, das machte es auch nicht viel besser.

Okay, dann vielleicht so: Gregor Hansen Springreiter.

18.600.

Immer noch so viele. Doch als ich *Bilder* anklickte,

stellte ich fest, dass zwar jede Menge Fotos von Pferden, Reitern, Springreitern, Turnierflyern und sonstigen Leuten dort zu finden waren, es sich dabei aber immer um ganz andere Personen handelte. Zu *Gregor Hansen Springreiter* führte keiner der unterschiedlichen Einträge.

Enttäuscht raufte ich mir die Haare, die vom Schlaf eh noch ganz verwuschelt waren, und beschloss, erst einmal zu duschen. Danach wollte ich mir eine Schale Müsli und ein Glas Orangensaft aus der Küche holen. Auf das sonntägliche gemeinsame Frühstück mit meiner Mutter verspürte ich nach ihrem heftigen Anranzer heute Nacht so gar keine Lust.

Doch als ich aus meinem Zimmer rüber ins Bad huschen wollte, stand sie vor mir.

»Sophia, Maus, ich wollte dich gerade wecken«, erklärte sie und lächelte mich lieb an. Nichts wies darauf hin, dass ihr ihr unmögliches Benehmen inzwischen leidtat. Sie machte auch keine Anstalten, mir zu erklären, warum sie so ausgeflippt war.

Trotzig schob ich das Kinn vor. »Wie du nur unschwer erkennen kannst, bin ich bereits wach.«

Die perfekt gezupften Augenbrauen meiner Mutter schnellten überrascht in die Höhe. »Warum bist du denn gleich so patzig?«

Ich holte tief Luft. Das durfte ja wohl nicht wahr sein, sie wollte das echt durchziehen. Einfach so zur Tagesordnung übergehen. Aber nicht mit mir. Das konnte sie getrost vergessen.

»Weil ich es unmöglich von dir finde, dass du mich heute Nacht so zur Schnecke gemacht hast. Und das auch noch völlig grundlos.«

Eine steile Falte tauchte zwischen ihren Augenbrauen auf. »Eigentlich wollte ich das Thema nicht mehr ansprechen, Sophia. Aber wenn du es nun tust, dann soll es wohl so sein. Ja, ich habe mich sehr darüber geärgert, dass du mich belauscht hast.«

Ich wollte ihr ins Wort fallen, um zu erklären, dass es so aber überhaupt nicht gewesen war.

Doch sie hob abrupt die Hand. »Lass mich ausreden, Sophia!«, sagte sie scharf. »Ich verbitte mir, dass du mir noch ein einziges Mal ins Wort fällst!«

Ich konnte sie nur mit offenem Mund anstarren.

Nein, so kannte ich sie nicht. So verhielt sich meine Mutter einfach nicht. Auf jeden Fall nicht mir gegenüber. Unser Verhältnis war immer sehr gut gewesen. Je älter ich wurde, desto freundschaftlicher war es zwischen uns zugegangen. Eine Mutter-Tochter-Beziehung auf Augenhöhe. Sie selbst war es, die das so wollte. Die immer wieder betonte, dass wir gleichberechtigt waren in unserer Beziehung und dem Zusammenleben.

Und nun maßregelte sie mich so überheblich, dass selbst mein überstrenger Mathekurs-Tutor Albrecht noch von ihr hätte lernen können.

»Ich weiß gar nicht, was auf einmal in dich gefahren ist. Erst belauschst du mich und dann meinst du auch noch, dass du frech werden müsstest.« Schnaufend schüttelte sie den Kopf. »Ich bin immer davon ausgegangen, dass jede von uns so reif und respektvoll sei, die Privatsphäre der anderen zu achten. Aber da habe ich mich wohl leider getäuscht.«

Äußerlich regungslos ließ ich ihre Standpauke über mich ergehen. Was blieb mir auch anderes übrig. Doch als sie schließlich fertig zu sein schien, fragte ich leise: »War es das?«, und verschwand nach ihrem kurzen Kopfnicken ohne ein weiteres Wort im Badezimmer.

Dort ließ ich mich auf den Badewannenrand sinken und verstand die Welt nicht mehr – oder doch, etwas kapierte ich schon: An dem fast schon irren Verhalten meiner Mutter war Harry Hansens Brief schuld.

Als ich nach einer halben Ewigkeit, in der ich unter der Dusche gestanden und mir das Hirn über den Stress mit ihr zermartert hatte, das Badezimmer wieder verließ, war ich alleine in der Wohnung. Meine Mutter war einfach gegangen. Ohne ein Wort. Ohne einen Zettel auf dem Küchentisch. Ohne eine Nachricht auf meinem Handy.

Ich konnte mich nur wiederholen: Nein, so kannte ich sie nicht!

Sollte ich versuchen, sie auf dem Handy zu erreichen?

Ich entschied mich dagegen. Schließlich hatte sie mir gerade einen Vortrag über Privatsphäre gehalten. Wenn sie jetzt also für sich sein wollte, bitte schön. Mir war es nur recht.

Ich verzog mich mit einer Schale Müsli und einem Becher Milchkaffee in mein Zimmer und verbrachte eine halbe Ewigkeit damit, doch noch irgendwelche Spuren zu entdecken, die mein Vater im Internet hinterlassen hatte. Doch da war nichts. Als hätte es ihn nie gegeben. Später kam ich dann auf die Idee, nach meinem Großvater zu suchen, und hatte weitaus mehr Erfolg. Es gab zwar keine Fotos von ihm, aber mehrere Einträge, allesamt standen im Zusammenhang mit einem Gestüt namens *Rosencarree*, das Trakehner züchtete. Viele der Pferde des Gestütes hatten irgendwelche Preise gewonnen oder Auszeichnungen bekommen. Ich kannte mich in der Pferdeszene zu wenig aus, als dass ich wusste, was Hengstkörung, Stutenleistungsprüfung, Eliteauktion und all die anderen Begriffe bedeuteten. Dennoch war selbst mir klar, dass mein Großvater sehr erfolgreich Pferde züchtete.

Als Ella mich anrief, um mir mitzuteilen, dass ihr Vater sich tooootal über ihr Geschenk gefreut hatte, erklärte ich ihr, dass ich gerade via Internet auf der Insel Rügen unterwegs sei.

»Rügen? Da war ich mal mit meinen Eltern in den Osterferien. Ist aber schon Ewigkeiten her. Was verschlägt dich denn dorthin – also natürlich virtuell?«, wollte sie wissen. »Ist übrigens ziemlich schön dort.«

»Mein Opa betreibt dort anscheinend sehr erfolgreich eine Trakehnerzucht.«

»Was? Seit wann denn das? Ich dachte, die wohnen auf Teneriffa in einer Finca? Sind die jetzt etwa umgezogen? Aber Pferde, ich verstehe nur Bahnhof, Sophia. Warum züchten deine Großeltern denn jetzt auf einmal Trakehner?«

»Können wir uns vielleicht treffen, Ella, oder geht das heute nicht wegen dem Geburtstag deines Vaters?«, fragte ich aus einem plötzlichen Impuls heraus. Ich musste mit jemandem reden. Mit meiner besten Freundin. Über meinen Vater, meinen Opa, Rügen, die Pferde und vor allem über das mehr als sonderbare Verhalten meiner Mutter.

»Klar können wir das«, gab Ella reichlich verdattert zurück. »Wir sind mit dem Essen fertig und der Kaffeebesuch kommt erst gegen vier Uhr. Aber was ist denn mit dir? Normalerweise ist der Sonntag doch bei dir tabu?«

»Heute ist alles anders, Ella«, erklärte ich.

»Anders? Warum?«

»Das erzähle ich dir, wenn wir uns in einer halben Stunde im Park treffen. Schaffst du das?«

»Bin schon auf dem Weg«, gab Ella zurück.

Kapitel 4

Wo eine Illusion stirbt,
da wird auch immer eine neue Hoffnung geboren.
(Aus Spanien)

»Was für eine abgefahrene Geschichte«, fand Ella nun schon zum dritten Mal, seit wir uns im Park am Weiher an *unserer Bank* getroffen hatten. »Und nachdem sie endlich mit der Sprache herausgerückt ist, hat sie dich erst zur Schnecke gemacht und ist dann sang- und klanglos verschwunden. Unfassbar. So kenne ich sie gar nicht!«

Die Rede war von meiner Mutter. Ihr Verhalten war Ella ein genauso großes Rätsel wie mir.

»Selbst an ihr Handy geht sie nicht«, erklärte ich kopfschüttelnd. Inzwischen hatte ich dann doch einige Versuche unternommen, sie zu erreichen. Es konnte ja wohl nicht sein, dass sie einfach abhaute, nachdem sie mich noch mal so zusammengestaucht hatte, fand ich.

Zu der ihr angeblich so wichtigen Mutter-Tochter-Beziehung-auf-Augenhöhe passte ihr momentanes Verhalten wahrhaftig nicht. Das wollte ich mit ihr klären. Es ihr ganz genau so sagen. Nur wie, wenn sie mir dazu keine Gelegenheit gab?

»Na ja, sie wird sich schon wieder einkriegen«, meinte Ella nach einer Weile und drückte aufmunternd meine Hand. »Spätestens wenn ihr im Auto sitzt und nach Rügen fahrt, ergibt sich bestimmt die Gelegenheit für ein klärendes Gespräch. Ihr versteht euch doch sonst immer so super und könnt über alles miteinander reden.«

»Falls wir überhaupt fahren«, murmelte ich wenig optimistisch.

»Du meinst, wegen der Schule?« Ella stieß mir grinsend den Ellbogen in die Seite. »Na ja, zwei, drei Tage wirst du doch mal krankmachen können. Wichtige Klausuren stehen ja nächste Woche nicht an.«

Ella und ich waren nicht nur beste Freundinnen, sondern waren auch seit der fünften immer zusammen in einer Klasse gewesen. Jetzt in der Oberstufe belegten wir bis auf einen Kurs ebenfalls dieselben. Deshalb kannte sie sich natürlich mit meinem Stundenplan bestens aus.

»Nicht wegen der Schule«, gab ich zurück. »Ich schätze, die müssten mir eh freigeben. Es geht ja schließlich um eine Art Familienangelegenheit.«

»Nicht nur um *eine Art*, Sophia. Dein Vater ist gestorben und es war ihm wichtig, dass du bei seiner Testamentseröffnung dabei bist. Wenn das keine glasklare Familienangelegenheit ist, dann weiß ich auch nicht.«

Nachdenklich nickte ich. »Stimmt schon. Es ist nur so ungewohnt für mich, mir meinen Vater als einen Teil meiner Familie vorzustellen. Kannst du das verstehen?«

»Absolut!« Ella zuckte mit den Schultern. »Vielleicht

geht es deiner Mutter ja gerade genauso wie dir und sie verhält sich deshalb so daneben?!«

Wieder nickte ich und Ella kam auf ihre Ursprungsfrage zurück. »Aber wenn es nicht wegen der Schule ist, warum glaubst du dann, dass du nicht bei der Testamentseröffnung dabei sein kannst?«

Nun war ich es, die mit den Schultern zuckte. »Ich vermute, dass meine Mutter letzte Nacht mit Harry Hansen, also meinem Großvater, telefoniert hat. Und wenn ich richtigliege, dann hat sie ihm ziemlich deutlich zu verstehen gegeben, dass wir nicht nach Rügen kommen werden. Tja, und so wie sie vorhin drauf war, wird sie ihre Meinung wohl auch nicht mehr ändern.«

Ella stand von der Parkbank auf und kickte mit der Schuhspitze einen Kieselstein vom Weg auf die große Wiese. Sie erstreckte sich bis hin zum Ufer des Weihers, an dem die Zweige der riesigen Weiden so tief hingen, dass sie beinahe das Wasser berührten. An warmen Tagen konnten Ella und ich stundenlang hier im Gras liegen und uns über Gott und die Welt unterhalten.

Mit in die Seiten gestemmten Händen sah sie mich an und rief: »Aber, Sophia, das geht nicht! Es war der Wunsch deines Vaters. Der letzte, wenn ich das richtig verstanden habe. Und außerdem …« Sie machte eine kurze Pause, in der sie tief Luft holte und dabei bedeutungsvoll mit den Augen rollte, »… erbst du bestimmt etwas. Womöglich Geld. Ich meine, warum solltest du sonst nach Rügen zur Testamentseröffnung kommen?«

Ich atmete schnaufend durch. »Das kann ich mir irgendwie nicht vorstellen. Mein Vater wollte nichts mit mir zu tun haben. Er hat sich damals aus dem Staub gemacht und danach auch nie wieder einen Versuch unternommen, Kontakt mit mir oder meiner Mutter aufzunehmen. Warum sollte er auf den Gedanken kommen, uns nun etwas zu vererben?« Entschlossen schüttelte ich den Kopf. »Und selbst wenn es so ist, ich wollte nie Geld von ihm, ich wollte ihn einfach nur kennenlernen, und dafür ist es jetzt sowieso zu spät.«

Ella sah mich mit großen Augen an. »Willst du mir damit sagen, dass du echt nicht vorhast, nach Rügen zu fahren?«

»Momentan ist mir tatsächlich nicht danach …«

Ella schnappte entsetzt nach Luft.

»Sophia, hast du einen Knall?«, fuhr sie mich mit einer Mischung aus Unverständnis und Ärger an. »Davon hast du doch immer geträumt. Du wolltest deinen Vater kennenlernen, etwas über ihn erfahren. Stundenlang hast du mir damit in den Ohren gelegen. Wie er wohl ist, aussieht, was er mag, was nicht. Klar, für ein persönliches Treffen ist es nun unwiderruflich zu spät, aber zumindest wirst du deinen Großvater treffen und somit auch etwas über deinen Vater erfahren.« Sie kam auf mich zu, legte mir die Hände auf die Schultern und sah mich eindringlich an. »Wenn er der miese Arsch war, für den du ihn gehalten hast, okay, dann hast du wenigstens Gewissheit und weißt, dass es absolut kein Drama war, dass du keinen Kontakt zu ihm hattest. Aber vielleicht ist es ja auch ganz anders … Womöglich ist alles nur ein Missverständnis gewesen und er ist tieftraurig darüber gewesen, dass er keinen Kontakt zu dir hatte.«

»Wie kommst du denn darauf?«, fragte ich sie völlig perplex.

Ella ließ sich neben mich auf die Bank sinken. »Ich weiß nicht. Es ist einfach so ein diffuses Gefühl. Ich kann es nicht so richtig in Worte fassen. Der Brief, so wie dein Großvater ihn geschrieben hat, trotz der Kürze hat er irgendwie so, na ja, aufrichtig geklungen.«

»Aufrichtig?«

Ella fuhr sich mit gespreizten Fingern durch ihre leicht rot schimmernden langen Haare, die nie glatt bleiben wollten. Selbst dann nicht, wenn Ella sie stundenlang mit dem Glätteisen bearbeitet hatte. Sie passten zu ihren unzähligen Sommersprossen. Meine Mutter nannte Ella spaßeshalber manchmal *unsere Pipi Langstrumpf*. Allerdings nie in ihrer Gegenwart. Ella war nicht besonders glücklich über ihre Sommersprossen und die rote Lockenmähne.

»Ich sage ja, ich kann es dir nicht erklären. Aber für mich hört sich das auf jeden Fall nicht nach einem Arschloch-Typ an. Und außerdem – was hast du schon zu verlieren?«

»Nichts«, murmelte ich.

»Eben! Megaenttäuscht bist du eh schon von deinem Vater. Es kann also nur noch besser werden.«

»Du meinst, ich soll fahren? Notfalls auch ohne meine Mutter?«

Ella nickte nachdrücklich. »Ja, das meine ich! Ansonsten wirst du dir ewig das Hirn darüber zermartern, was in dem Testament gestanden hat, und du wirst dich ärgern, dass du die letzte, die wirklich allerletzte Chance, etwas über deinen Vater zu erfahren, ungenutzt gelassen hast. Davon bin ich überzeugt.«

Ich blickte zum Weiher rüber, wo sich gerade einige Enten um ein paar Brotstücke stritten, die von einem Mann mit blonden Haaren und einem kleinen Mädchen ins Wasser geworfen wurden. Vater und Tochter, nahm ich an und beneidete die beiden plötzlich fast schmerzlich um die gemeinsame Zeit, die sie miteinander hatten.

»Du hast recht, Ella«, sagte ich. »Ich darf diese Chance nicht ungenutzt lassen. Ganz egal, was dabei herauskommt.« Ella legte mir den Arm um die Schulter und lächelte mich an. »So gefällst du mir schon wieder viel besser, Süße. Und wenn deine Mutter sich weigert, dann begleite ich dich einfach. Wir können mit dem Zug fahren. Ein paar Tage schulfrei würden mir eh gerade ganz gut in den Kram passen.«

»Danke, Ella, das ist wirklich lieb von dir. Aber ich werde mit meiner Mutter fahren. Ich will sie dabei haben. Ob ihr das nun passt oder nicht!«

Ella grinste. »Das wollte ich hören!«

* * *

Eigentlich hätte ich ahnen müssen, dass ich meine Mutter in ihrer Agentur finden würde. Schließlich suchte sie immer die Lösung für Probleme in der Arbeit. Manchmal auch die Flucht.

Vorher hatte ich allerdings noch eine halbe Ewigkeit alleine auf der Parkbank gehockt und mir das Hirn zermartert. Ella war längst wieder zu der Feier ihres Vaters zurückgekehrt, als ich die drei Steinstufen in das Souterrain in der Bornstraße hinunterging, die zu den Agenturräumen meiner Mutter führten. Wobei, von *Räumen* konnte eigentlich keine Rede sein. Die Agentur bestand lediglich aus einem etwa dreißig Quadratmeter großen Raum, einer winzigen Küchenzeile und einem minikleinen Badezimmer, in dem man sich kaum drehen konnte. Doch die Lage war so erstklassig, dass meine Mutter dafür ein kleines Vermögen an Miete bezahlte.

Die Jalousetten vor den beiden großen Fensterscheiben links und rechts des Einganges waren heruntergelassen. Aber durch den kleinen Glaseinsatz in der Holztür konnte ich meine Mutter an ihrem Schreibtisch sitzen sehen. Entschlossen klopfte ich und hatte kurz darauf ihr schmales Gesicht vor mir. Zunächst dachte ich, sie würde mir die Tür direkt vor der Nase wieder zuknallen. Ihre Miene war nämlich alles andere als begeistert. Doch schließlich ließ sie mich eintreten.

Allerdings nur, um mich sofort wieder anzublaffen. »Was gibt es denn, Sophia? Ich habe zu tun!«

»Ja, Mama«, gab ich ironisch zurück, »ich freue mich

auch, dich zu sehen.« Einen Moment lang standen wir einfach nur da und blickten uns fast schon feindselig in die Augen. Es fühlte sich beinahe wie ein Fight an – wer zuerst wegschaut, der hat verloren. Aber dann hob meine Mutter kapitulierend die Hände.

»Was tun wir hier eigentlich? So gehen wir doch sonst nicht miteinander um.«

»Du hast damit angefangen, Mama«, erinnerte ich sie.

Sie atmete tief durch, bevor sie sich umwandte und zurück zu ihrem Schreibtisch ging. Dort ließ sie sich auf ihren Stuhl sinken und blätterte in irgendwelchen Unterlagen herum. Mich beachtete sie überhaupt nicht mehr. Als wäre ich Luft.

Verzagt blieb ich im Türrahmen stehen. Von meiner Entschlossenheit, sie klipp und klar zur Rede zu stellen, war angesichts ihres zugeknöpften Verhaltens nicht mehr viel übrig geblieben. Aber jetzt einfach wieder zu gehen, ohne es wenigstens versucht zu haben, nein, das konnte und wollte ich auch nicht.

»Mama, ich möchte mich nicht mit dir streiten«, begann ich mit dünner Stimme.

Ohne aufzublicken, gab sie zurück: »Ich auch nicht, Sophia. Das kannst du mir glauben.«

Ich schloss die Tür hinter mir und lehnte mich mit dem Rücken dagegen.

»Können wir dann also reden?«, bat ich sie. »Ganz in Ruhe und vor allem, ohne uns gegenseitig Vorwürfe zu machen?«

Sie hob den Kopf, sah mich einen Moment schweigend an und verneinte schließlich. »Nicht jetzt, Sophia. Ich habe wirklich viel zu tun.«

»Du arbeitest nie sonntags, Mama, nie. Das ist doch nur vorgeschoben!«, sagte ich betroffen.

Wie sie da an ihrem Schreibtisch saß, so starr und aufrecht, so abweisend, war sie mir irgendwie auf einmal fremd. Am liebsten wäre ich zu ihr gelaufen und hätte sie so lange geschüttelt, bis sie wieder zu meiner Mutter wurde. Die ich kannte, die ich mochte, die mir so vertraut und wichtig war.

»Mama, ich …«

Weiter kam ich nicht. Sie schnitt mir das Wort ab, indem sie die Hand hob. »Da ich davon ausgehe, dass du ohnehin keine Ruhe geben wirst und darauf bestehst, dass wir am Mittwoch nach Rügen fahren, muss ich vorarbeiten, Sophia. Ich kann nicht einfach spontan ins Auto steigen und hier alles stehen und liegen lassen. Ich muss zusehen, dass ich meine Mittwochstermine umgelegt bekomme, und zwar so, dass es auch für meine Kunden passt.«

»Das heißt, wir fahren nach Rügen?«, fragte ich verblüfft. Damit hatte ich wirklich nicht gerechnet. Nicht nach dem ganzen Streit und ihrem wirklich sonderbaren Verhalten, seitdem der Brief meines Großvaters bei uns angekommen war.

»Wenn du mich jetzt in Ruhe weiterarbeiten lässt, ja!«, gab sie zurück.

Am liebsten wäre ich ihr um den Hals gefallen, und normalerweise hätte ich das auch getan. Doch auch wenn sie nun wider Erwarten eingelenkt hatte, irgendetwas war anders zwischen uns. Die Distanz zwischen Tür und ihrem Schreibtisch war in diesem Moment nicht nur eine räumliche.

»Danke, Mama«, murmelte ich also nur und trat den Rückzug an.

Im Rausgehen hörte ich sie etwas leise zu sich sagen. Ganz sicher war ich mir nicht, aber nachfragen wollte ich auch nicht. Ich glaubte, dass sie: »Hoffentlich werde ich das nicht bitter bereuen«, gesagt hatte.

KAPITEL 5

Lasst uns immer in den großen Traum des Lebens kleine bunte Träume weben.
(Jean Paul)

Blinzelnd öffnete ich die Augen. Ich musste tatsächlich eingeschlafen sein, ganz entgegen meinem Entschluss, die Fahrt von Hamburg nach Bergen auf Rügen endlich für eine Aussprache mit meiner Mutter zu nutzen. Denn auch wenn sie sich zu meiner großen Überraschung darauf eingelassen hatte, war sie dennoch nicht bereit gewesen, mir meine Fragen zu beantworten.

In den letzten zwei Tagen war sie ganz früh morgens in ihre Agentur verschwunden und immer erst mitten in der Nacht zurückgekommen. Angeblich musste sie den Mittwoch irgendwie auffangen. Doch ich wusste sehr genau, dass das nur vorgeschoben war. Die Agentur meiner Mutter lief zwar gut, aber dass sie wegen einem einzigen arbeitsfreien Tag nun quasi durcharbeiten musste, das war völlig unglaubwürdig.

Langsam, aber sicher malte ich mir im Zusammenhang mit meinem Großvater die schlimmsten Dinge aus. Womöglich war er ein richtig fieser Kerl. Auch wenn Ella der

Meinung war, die wenigen Worte in dem Brief hätten ihr irgendwie das Gefühl gegeben, Harry Hansen sei ein guter Mensch; es musste einen Grund haben, dass meine Mutter die Begegnung mit ihm so offensichtlich scheute.

Und den wollte ich eigentlich während der Autofahrt aus ihr herausquetschen. In der Enge ihres silbernen Mercedes konnte sie mir schließlich nicht ausweichen.

Okay, das hatte ich zumindest gehofft. Doch meine Mutter entzog sich einem Gespräch mit mir, indem sie von der ersten Minute an ununterbrochen mit irgendwelchen superwichtigen Leuten telefonierte.

Ihr monotones Gerede und die Stimmen ihrer Gesprächspartner, die aus der Freisprechanlage hallten, hatten mich schließlich eingeschläfert.

»Wo sind wir?« Ich rieb meine Augen. Meine Mutter hatte unterdessen tatsächlich aufgehört zu telefonieren – es geschahen also doch noch Wunder.

»Wir sind in Bergen, Sophia.«

»Was? Echt?« Ich konnte es nicht fassen. Von Hamburg nach Bergen auf Rügen fuhr man mindestens drei Stunden. Und das auch nur, wenn man ohne Stau durchkam, hatte meine Mutter gemeint.

Ich warf einen Blick auf meine weiße Armbanduhr. 13:34 Uhr. Demnach waren wir tatsächlich fast auf die Minute drei Stunden gefahren. »Du bist ja geflogen«, staunte ich.

Meine Mutter lächelte – das erste Mal seit Tagen. Zumindest kam es mir so vor.

»Na ja, ein Mittwochvormittag außerhalb der Ferien, da ist die Strecke gut frei gewesen. Selbst durch die beiden Baustellen bin ich flüssig durchgekommen.«

Sie parkte ihren Wagen auf einem kleinen Parkplatz schräg gegenüber einer Apotheke.

»Wir sind jetzt natürlich viel zu früh. Was hältst du davon, wenn wir dort drüben in das Kaffee gehen und eine Kleinigkeit essen? Dann kann ich meinen Laptop mitnehmen und noch ein paar wichtige E-Mails beantworten.«

»Essen finde ich gut, E-Mails beantworten nicht!«, erklärte ich klipp und klar.

»Ich werde mich beeilen, Sophia«, versprach meine Mutter und wollte aussteigen.

Doch ich hielt sie am Arm zurück. »Mama, so geht das nicht. Du kannst mir doch nicht die ganze Zeit ausweichen.«

»Das bildest du dir ein!«, behauptete sie und versuchte, meine Hand abzuschütteln.

Doch ich ließ sie nicht gehen. Nicht schon wieder. »Mama, ich möchte das jetzt mit dir klären!«, redete ich beschwörend auf sie ein. »Ich kapiere einfach nicht, was mit dir los ist. Warum du mich so behandelst.«

Die Augenbrauen meiner Mutter schnellten in die Höhe. »So, wie behandele ich dich denn? Was wirfst du mir vor, Sophia? Ich bin doch mit dir hierher gefahren und das, wo ich zurzeit gar nicht weiß, wo mir vor lauter Arbeit der Kopf steht.« Ärgerlich funkelte sie mich an. »Ich möchte nicht hier sein. Ich möchte keinen Kontakt zu Harry und auch nicht wissen, was in dem Testament steht. Aber ich bin hergekommen, und zwar nur deinetwegen. Was wirfst du mir also vor? Dass ich nicht freudestrahlend durch die Gegend laufe? Tut mir leid, das kann ich nicht, denn ich habe mit all dem schon vor vielen Jahren abgeschlossen.« Meine Mutter hatte sich richtig in Rage geredet. Ihre Wangen glühten, ihre Augen waren fast schwarz vor Empörung.

Ich wollte etwas sagen. Ihr erklären, dass es mir leidtat, sie so zu sehen, denn offensichtlich litt sie schwer daran, was geschehen war. Aber ihr Gesicht war so hart, so fremd. Ich zog meine Hand zurück und sie verließ ohne ein weiteres Wort das Auto.

Seite an Seite betraten wir das Kaffee, ließen uns an einem 4-er-Tisch am Fenster nieder und bestellten beide eine Kleinigkeit zu essen. Während ich schweigend aus dem Fenster blickte, tippte meine Mutter wie verrückt auf der Tastatur ihres Laptops herum. Die junge Kellnerin brachte schließlich für mich ein Paar Wiener Würstchen mit Kartoffelsalat und für meine Mutter die Tomatensuppe mit Sahnehäubchen. Doch schon nach ein paar Löffeln Suppe schob meine Mutter die Terrine zur Seite. »Es tut mir leid, Sophia«, sagte sie mit belegter Stimme. »Du hast ja recht, ich benehme mich unmöglich. Aber ich kann zurzeit einfach nicht aus meiner Haut. Ich bin selbst ganz baff, wie sehr mich das Ganze mitnimmt. Ich verspreche dir, wenn dieser Termin erst hinter uns liegt und wir zu Hause in Hamburg sind, dann bin ich wieder die Alte.« Sie unternahm den Versuch eines kleinen Lächelns und plötzlich schämte ich mich. Die ganze Zeit lag ich ihr nur mit meinen Fragen, Überlegungen, meinem Kummer in den Ohren. Aber wie schwer das alles für sie sein musste, daran hatte ich nicht einen Gedanken verschwendet.

»Mir tut es auch leid, Mama«, sagte ich tonlos. »Ich bin nämlich mindestens genauso unmöglich.«

Meine Mutter ergriff meine Hand über dem Tisch und drückte sie sacht. »Zwei ganz und gar unmögliche Weiber«, murmelte sie und zwinkerte mir zu.

Und dann auf einmal, so, als hätte jemand mit einem lautlosen Knall den Knoten zum Platzen gebracht, war es wieder gut zwischen uns. Keine Distanz mehr, kein fremdeln. Mutter und Tochter, tief miteinander verbunden.

»Wollen wir uns vielleicht noch ein bisschen die Beine vertreten, bevor wir rüber zu der Kanzlei gehen?«, schlug meine Mutter nach einem kurzen Moment des Schweigens vor.

Ich nickte. »Gute Idee.«

Doch gerade als meine Mutter die Rechnung bezahlt hatte und sich erheben wollte, klingelte ihr Handy. Sie warf einen flüchtigen Blick aufs Display und danach einen bedauernden in meine Richtung.

»Tut mir leid, Sophia, aber da muss ich drangehen. Ein ganz wichtiger neuer Kunde.«

Ich zuckte mit den Schultern. »Ja, okay, dann tu das. Aber ich gehe schon mal raus.«

Ich überquerte die Hauptstraße und steuerte eine etwas größere Wiese an, die ich vorhin schon vom Parkplatz aus gesehen hatte. Zwischen zwei hohen und bestimmt schon sehr alten Bäumen lag ein großer Findling, in den ein steigendes Pferd gehauen war.

Während ich das in Stein gemeißelt Kunstwerk betrachtete, musste ich plötzlich an meinen Vater denken. Er hatte Pferde geliebt. Laut meiner Mutter sogar so sehr, dass sie ihm wichtiger als sein eigenes Kind waren. Ein Pferdemann durch und durch, hallte die bittere Stimme meiner Mutter in meinen Ohren nach.

»Gefällt dir die Arbeit?«

Erschrocken fuhr ich herum und ging instinktiv in Abwehrstellung. Doch als ich in das Gesicht des älteren Mannes blickte, der mich angesprochen hatte, entspannte ich mich sofort wieder. Es war offen und herzlich und mir auf sonderbare Weise irgendwie vertraut.

»Entschuldigung«, sagte der Mann und machte dabei einen fast schon verlegenen Eindruck. »Ich wollte dich wirklich nicht erschrecken.«

Lachend winkte ich ab. »Haben Sie auch nicht. Ich war nur gerade in Gedanken und deshalb bin ich zusammengezuckt. Normalerweise bin ich nicht so schreckhaft.«

Er nickte. »Das habe ich mir gedacht, Sophia.«

Nun war ich doch etwas verunsichert. »Kennen wir uns? Ich … tut mir leid, ich erinnere mich nicht.«

Entschuldigend hob er beide Hände. »Oh je, ich bin tatsächlich ein ungehobelter alter Mann. Erst erschrecke ich dich, und dann fällt mir nicht einmal ein, mich dir anständig vorzustellen. Ich bin Harry Hansen, dein Opa, Sophia.«

Ich taumelte einen Schritt zurück, und wenn der Findling nicht da gewesen wäre, mit Sicherheit hätte es mich von den Beinen gerissen. »Sie … du bist wirklich …«

»Sophia?« Meine Mutter stand auf der anderen Straßenseite und winkte mir zu. »Ich bin fertig mit dem Telefonat und …« Mitten im Satz brach ihr plötzlich die Stimme weg. Mit großen Augen starrte sie den älteren Mann im karierten Hemd, der leichten blauen Steppjacke und dazu farblich passenden Feincordhose an, bevor sie mit steifen Schritten die Straße überquerte.

»Guten Tag, Harry.« Ihre Stimme klang hölzern, ihr Blick war eisig. Das Handschütteln nicht mehr als eine flüchtige Berührung, so, als hätte sie Angst, sich zu verbrennen.

»Hallo, Martina«, sagte Harry Hansen und blickte ihr dabei fest in die Augen.

Ruckartig wandte sie sich von ihm ab und mir zu. »Das ist dein Großvater Harry Hansen, Sophia«, meinte sie mir erklären zu müssen.

Ich nickte. »Ich weiß. Wir haben uns schon bekannt gemacht.«

O Mann, wie sich das anhörte. So gestelzt und distanziert. Dabei war mir mein Opa gleich sympathisch gewesen. Ich mochte sein Lächeln, es war warm und herzlich. Die vielen Fältchen um seine blauen Augen herum verrieten, dass er gerne und oft lachte. Er war nicht viel größer als ich, dafür aber deutlich breitschultriger. Seine kräftigen Hände machten einen zupackenden Eindruck und seine Haut konnte man wohl als von Wind und Sonne gegerbt bezeichnen. Am meisten an ihm gefiel mir jedoch seine Stimme, der Klang war tief und kraftvoll und dabei sehr warm und freundlich.

»Ich habe Sophia etwas überrumpelt«, gestand er mit einem verschmitzten Lächeln. »Ich habe sie sofort erkannt und konnte nicht anders, als sie anzusprechen.«

Mir lief ein warmer Schauer über den Rücken, weil seine Stimme so glücklich geklungen hatte, ganz so, als hätte er eine halbe Ewigkeit auf diesen Moment gewartet.

Meine Mutter hingegen war gegen den Charme meines Opas offensichtlich immun. Mit starrer Miene und stocksteifem Oberkörper stand sie da und vermied es tunlichst, ihn auch nur eines Blickes zu würdigen.

»Ja, wie auch immer, wir sehen uns später beim Notar«, sagte sie kurz angebunden und fasste mich dann wie ein Kleinkind unter, um mich mit sich zu ziehen.

Ich war so perplex, dass ich es einfach geschehen ließ. Während sie mich quer über die Wiese mit sich zog, spürte ich die Blicke meines Opas auf meinem Rücken brennen. Ich wäre gerne umgekehrt. Zurück zu ihm gelaufen und hätte mich mit ihm unterhalten. Ihn über meinen Vater ausgequetscht, tausend Fragen gestellt. Doch meine Mutter kam mir so mühsam beherrscht vor. Ich ahnte, dass ich sie jetzt unmöglich im Stich lassen konnte.

Als wir die Wiese längst hinter uns gelassen hatten und in eine schmale Straße eingebogen waren, sodass Harry Hansen uns nicht mehr sehen konnte, sank sie mit dem Rücken gegen die Hauswand. Bevor ich es wirklich kapierte, hatte sie die Hände vors Gesicht geschlagen und fing darunter leise zu schluchzen an.

»Mama, nicht doch …«, versuchte ich sie unbeholfen zu trösten. Doch sie weinte so sehr, dass ihre schmalen Schultern zuckten, und ich konnte nichts anderes tun, als ihr beruhigend über den Oberarm zu streichen.

Irgendwann war es vorbei. Es kam mir wie eine halbe Ewigkeit vor, bis sie die Hände sinken ließ, tief durchatmete und mit unerwartet fester Stimme sagte: »Lass dich nicht von ihm blenden, Sophia. Versprich mir, dass du nicht denselben Fehler machst wie ich damals. Trau seinem warmen Lächeln und der wohlklingenden Stimme nicht. Verwechsele seinen kräftigen Händedruck bloß nicht mit einer zuverlässigen Schulter, an die du dich immer anlehnen kannst. Sei nicht genauso dumm und verblendet wie ich damals.« »Aber … Mama …« Ich brach ab, wusste einfach nicht, was ich darauf sagen sollte. So wie sie meinen Opa darstellte, klang es beinahe so, als sei er ein hinterhältiger Mistkerl, dem man nicht den Hauch einer Sekunde über den Weg trauen konnte.

Meine Mutter kramte aus ihrer Handtasche ein Papiertaschentuch hervor und beseitigte damit die schwarzen Wimperntuscheschlieren aus ihrem Gesicht. Anschließend kam ihr kleiner Taschenspiegel zum Vorschein.

»Kannst du ihn bitte mal für mich halten!«, bat sie mich. Ich nickte, immer noch bestürzt wegen ihres Weinanfalls und den anschließenden beschwörenden Worten, meinem angeblich hinterhältigen Großvater bloß nicht über den Weg zu trauen.

Während ich ihr den Spiegel hielt, kramte sie ein paar Schminkutensilien aus der Tasche hervor und erneuerte ihr Make-up.

Danach war sie wieder die Alte – gefasst, selbstsicher, keine Spur mehr von Verzweiflung und Tränen.

»Ich weiß, ich mute dir gerade unfassbar viel zu. Und mir ist auch sehr bewusst, dass sich eine Mutter so nicht verhalten darf. Dafür kann ich mich nur noch einmal bei dir entschuldigen und dir versprechen, dass so etwas nicht mehr geschehen wird. Ich habe mich jetzt wieder unter Kontrolle und so wird es auch bleiben.«

»Ich verstehe das alles nicht«, sagte ich. »Was hat er dir denn bloß Schlimmes getan, dass du so auf ihn reagierst?« Bislang war ich davon ausgegangen, dass die Enttäuschung meinen Vater betraf, weil er sie damals sitzen lassen hatte. Doch inzwischen war ich mir fast sicher, dass sie in meinem Opa den Kern allen Übels sah. Konnte dieser so sympathisch wirkende Mann tatsächlich ein perfekter Schauspieler sein, der in Wirklichkeit der mieseste Kerl aller Zeit war?

»Er ist an allem schuld, Sophia, er und Gregor und diese verdammten Pferde«, presste sie zwischen zusammengekniffenen Lippen hervor.

KAPITEL 6

Das Leben ist ein Buch, in dem die Hoffnung auf jedes Blatt einen Wunsch für uns geschrieben hat.
(Sprichwort)

Pünktlich um 15:30 Uhr standen meine Mutter und ich in den hochmodernen Räumen der Kanzlei Markgraf und Partner. Ich kaute vor Aufregung auf meiner Unterlippe herum. Zum einem weil ich nun gleich wieder auf meinen Großvater treffen würde, zum anderen natürlich wegen der Testamentseröffnung.

»Es dauert leider noch ein paar Minuten. Frau Markgraf ist noch in einem wichtigen Gespräch«, erklärte uns die blonde Sekretärin mit unverbindlichem Lächeln. »Nehmen Sie doch bitte so lange dort drüben Platz.« Sie deutete mit der Hand auf eine kleine Sitzgruppe wenige Schritte von ihrem imposanten Empfangstresen entfernt und erkundigte sich anschließend, ob uns nach Kaffee, Tee oder lieber einem Glas Wasser wäre.

Dankend lehnten wir sämtliche Getränkeangebote ab, und während ich mich in einen der cremeweißen Sessel sinken ließ, blieb meine Mutter stehen.

Von meinem Opa war nichts zu sehen. Hatte ihn das

Zusammentreffen mit uns, ganz besonders meiner Mutter, vielleicht ebenso wie sie aus der Bahn geworfen? Bekam ich jetzt nicht mehr die Gelegenheit, ihn noch einmal zu sehen und mir ein eigenes Bild von ihm zu machen, trotz der eindringlichen Warnung meiner Mutter?

»Wie lange dauert das denn noch«, wollte meine Mutter nach einer Weile ziemlich schnippisch von der blonden Frau am Empfang erfahren. »Es ist bereits Viertel vor vier und wir haben nicht ewig Zeit.«

Die Frau erhob sich und versprach, nachzusehen, ob man nun so weit wäre. Sie eilte den Gang hinunter und verschwand nach kurzem Anklopfen hinter einer schweren Mahagonitür.

»Eine Frechheit, uns so lange hier warten zu lassen«, regte meine Mutter sich unterdessen weiter auf.

»Na ja, ohne Op… äh, Harry Hansen können wir doch bestimmt noch nicht anfangen«, vermutete ich.

»Was denkst du denn, Sophia«, fuhr sie mich an. »Der sitzt längst bei der Notarin. Einen Hansen lässt man nicht warten. Die feilen schon an einem Plan, wie sie mal wieder alle anderen manipulieren können.« Ihre Stimme klang nun wieder so hasserfüllt und gleichzeitig so verletzt, dass ich sie nur anstarren konnte.

Klar, sie befand sich im absoluten Ausnahmezustand. Dennoch fand ich ihr schroffes Verhalten einfach nur unmöglich und ja, ich schämte mich auch ein wenig dafür und aus ihren sonderbaren Andeutungen wurde ich auch nicht schlau.

Die blonde Empfangsdame kam zurück und bat uns mit einem entschuldigenden Lächeln, ihr zu folgen.

»Das wurde aber auch Zeit«, zickte meine Mutter sie an und warf herrisch den Kopf in den Nacken.

»Mama«, flüsterte ich ihr vorwurfsvoll zu. »Jetzt hör doch endlich mal damit auf.«

Doch meine Worte schienen ungehört an ihr abzuprallen. Mit finsterer Miene stampfte sie hinter der Empfangsdame her. Die Absätze ihrer eleganten Pumps verursachten bei jedem ihrer Schritte einen Höllenlärm.

Was meinen Großvater betraf, so hatte sie allerdings recht. Als wir in den Besprechungsraum eintraten, saß er schon an der rechten Seite eines sehr langen, ovalen Tisches mit schwarzer Natursteinplatte. Schräg neben ihm, an der Stirnseite, erhob sich gerade eine Frau mittleren Alters von ihrem Platz und zog sich den Rock ihres schlichten grauen Kostüms glatt, bevor sie ein paar Schritte auf meine Mutter und mich zumachte.

»Entschuldigen Sie bitte, dass wir Sie haben warten lassen, Frau Lagemann. Aber es gab noch ein paar Dinge vorab zu klären.« Sie streckte meiner Mutter ihre schmale Hand entgegen und einen Moment befürchtete ich schon, meine Mutter würde sie bewusst übersehen. Ihr Gesicht sprach nämlich nach wie vor ziemlich verärgerte Bände. Doch zu meiner Erleichterung ergriff meine Mutter sie und nahm dann mit einem schlichten Kopfnicken an die Adresse meines Großvaters gerichtet, ihm gegenüber am Besprechungstisch Platz. Ich wollte ihr nachgehen, mich neben sie setzen, doch die Notarin legte mir ihre Hände auf die Oberarme und blickte mir mit einem Lächeln direkt ins Gesicht. »Sophia, ich darf dich doch so nennen? Oder ist es dir lieber, wenn ich dich sieze?«

»Äh … nein«, gab ich etwas verwirrt zurück.

»Schön«, freute sich die Notarin. »Wir sind uns zwar noch niemals begegnet, aber du musst wissen, ich habe schon so viel über dich gehört, dein Name ist so oft gefallen, dass …«

»Können wir jetzt wohl bitte anfangen!«, fiel meine Mutter ihr grob ins Wort.

Wenn Blicke töten könnten, dann würde die Notarin jetzt auf der Stelle umfallen. Allem Anschein nach war meiner Mutter der fast schon freundschaftliche Umgang der Notarin mit mir absolut nicht recht.

»Ja, natürlich doch!«, versprach die Notarin und beeilte sich, zurück auf ihren Platz zu kommen.

Ich setzte mich neben meine Mutter und die Notarin sah mit einem unverbindlichen Lächeln in die Runde.

»Da wir nun vollständig sind, möchte ich auch direkt mit der Testamentseröffnung beginnen. Wenn ich Sie richtig verstanden habe, Frau Lagemann, dann ist Ihnen daran gelegen, die Angelegenheit möglichst schnell hinter sich zu bringen.«

Meine Mutter nickte und gab kühl zurück: »Das wäre mir sogar sehr recht.«

Ich blickte verstohlen zu meinem Großvater. Er lächelte mir aufmunternd zu. Doch ich war zu angespannt, zu verwirrt und vor allem viel zu voreingenommen, um sein Lächeln erwidern zu können.

Während ich mich bemühte, ihn nicht noch einmal anzuschauen, wies die Notarin sich zunächst aus, erklärte dann ein paar formale Dinge und schlug schließlich mit einem tiefen Atemzug die in braunes Leder gefasste Mappe auf, die vor ihr auf dem Tisch lag.

»Dann komme ich jetzt zu der Verlesung des Testaments, das ich als Notarin am 12. Januar dieses Jahres für meinen langjährigen Mandanten Gregor Hansen im Vollbesitz seiner geistigen Kräfte aufgesetzt habe. Demnach hat mich Gregor Hansen damit beauftragt, seinen Vater, Harry Hansen, seine Tochter, Sophia Lagemann, und Frau Martina Lagemann zu benachrichtigen, damit sie heute hier bei diesem Termin anwesend sind.«

Die Notarin legte eine bedeutungsvolle Pause ein, in der sie jeden von uns einen Moment lang ansah, als wollte sie sich vergewissern, dass wir bisher auch alles verstanden hatten.

Mein Pulsschlag beschleunigte sich und ich hatte zunehmend das Gefühl, an dem Kloß zu ersticken, der schon seit Betreten der Kanzlei in meiner Kehle steckte.

»Harry, dein Sohn hat mir einen Brief für dich gegeben, den ich dir vorhin schon ausgehändigt habe. Er hat es dir freigestellt, wie du damit umgehst. Du hast dich entschieden, den Inhalt des Briefes nicht öffentlich verlesen zu lassen, und diesem Wunsch werde ich natürlich nachkommen.«

»Danke«, sagte mein Opa mit rauer Stimme. »Ich weiß das sehr zu schätzen, Katharina.«

Ich riskierte einen schnellen Blick. Von einem lächelnden Gesicht keine Spur mehr. Da war nur noch unendlich große Trauer. Es versetzte mir einen schmerzlichen Stich, als ich sah, wie er sichtbar gegen die Tränen anzukämpfen versuchte.

Er hatte seinen Sohn verloren. Erst in diesem Moment wurde mir das wirklich bewusst. Und während ich ihn verstohlen dabei beobachtete, wie er verzweifelt um Fassung rang, begann mir plötzlich auch mein Herz wehzutun. Die unerwartete Trauer um meinen Vater raubte mir fast den Atem. Am liebsten wäre ich aufgesprungen und hätte den Raum verlassen, um ganz weit wegzulaufen.

Da erklang wie aus weiter Ferne die Stimme der Notarin. »Sophia? Hallo, Sophia, ist alles in Ordnung?«

Zugleich spürte ich die Hand meiner Mutter auf meiner linken Schulter. »Geht es dir nicht gut? Du bist auf einmal ganz blass?«, erkundigte sie sich mit sorgenvollem Blick.

Ich schloss kurz die Augen und atmete tief durch. »Der Kreislauf«, behauptete ich dann. »Mir war nur einen Moment etwas schwindelig. Ich glaube, ich habe einfach zu wenig getrunken.«

Sofort nahm meine Mutter eine von den Wasserflaschen, die in der Mitte des Konferenztisches neben unterschiedlichen Säften und Gläsern auf einem Tablett standen, und schenkte mir ein.

Ich trank das Glas fast in einem Zug, aber nicht weil ich Durst hatte, ich wollte Zeit gewinnen. Das Wassertrinken lenkte mich von meinem plötzlichen Gefühlschaos ab, half mir dabei, mein Inneres wieder einigermaßen zu ordnen. Doch genauso wenig wie man Gefühle erzwingen konnte, war man in der Lage, sie einfach abzustellen. Der schmerzliche Druck auf meiner Brust ließ auch nach dem zweiten Glas Wasser nicht nach.

Dennoch versuchte ich ein Lächeln. »Okay, es geht wieder. Habe wohl wirklich zu wenig getrunken.«

Meine Mutter musterte mich skeptisch, doch schließlich nickte sie der Notarin zu und bat sie darum, fortzufahren.

Ich starrte auf meine Hände, als hätte ich sie gerade erst entdeckt, und hoffte einfach nur, dass das Ganze hier so schnell wie möglich vorbei sein würde.

»Auch für dich hat Gregor einen Brief hinterlassen, den ich dir jetzt aushändigen werde, Sophia«, sagte die Notarin mit einfühlsamer Stimme.

Natürlich war mir längst klar, dass sie meinen Vater gut gekannt haben musste. Doch als sie nun aufstand und mir den Brief brachte, lag so ein trauriger Glanz in ihren Augen, dass mir schlagartig bewusst wurde, dass sie ihn nicht nur gut gekannt, sondern auch sehr viel für ihn empfunden hatte.

»Gregor hat mich gebeten, ihn dir persönlich auszuhändigen und dir zu sagen, du sollst selbst bestimmen, wann für dich der richtige Zeitpunkt gekommen ist, ihn zu lesen. Es war ihm sehr wichtig, Sophia, dass du dich dafür bereit fühlst.«

Ich dachte, mein Vater ist ein gewissenloser Arsch gewesen, fragte ich mich verwundert. Warum scherte es ihn dann, wann für mich der richtige Zeitpunkt ist, seinen Brief zu lesen? Warum hatte er mir überhaupt geschrieben? Warum nicht viel früher? Meine Adresse war ihm sehr wohl bekannt gewesen, sonst hätte der Brief von Harry schließlich nie bei uns eingehen können. Ich verstand das alles nicht. Ich verstand einfach gar nichts mehr.

»Aber natürlich habe ich nicht nur diesen Brief für dich, Sophia«, fuhr die Notarin fort.

Sie hatte sich inzwischen wieder auf ihren Platz gesetzt. Der Brief lag vor mir auf dem Tisch. Er lag dort und ich starrte ihn an. Misstrauisch. Was willst du von mir ... jetzt, wo es zu spät ist?

»Ich möchte dich jetzt bitten, dass du dir das Folgende ganz in Ruhe anhörst und auch, dass du sorgsam darüber nachdenkst, bevor du dich dazu äußerst.«

»Was soll das denn?«, fuhr meine Mutter sie an. »Warum reden Sie so auf meine Tochter ein? Was auch immer Gregor ihr hinterlassen hat, wir brauchen und wollen es nicht. Sophia mangelt es an nichts. Dafür habe ich gesorgt. 17 Jahre lang. Tag für Tag.«

»Martina, bitte«, bat mein Opa sie. »Nun höre dir doch erst einmal an, was Gregors letzter Wunsch war, und weise nicht gleich wieder alles von dir ... euch.«

Meine Mutter stierte ihn an wie ein lästiges Insekt, das sie am liebsten in der Hand zerquetscht hätte. Zwischen bleistiftdünnen Lippen zischte sie hervor: »Sag mir nicht, was ich tun und lassen soll, Harry, wag es bloß nicht!«

»Mama, bitte«, bat ich sie inständig. »Nicht schon wieder Streit.«

Ich sah sie schwer schlucken und schließlich nicken.

»Okay, Sophia, dann hör es dir an, aber ich gehe raus. Ich will nicht mehr und …«

»Das geht nicht, Frau Lagemann«, fiel die Notarin ihr ins Wort. »Gregors letzter Wunsch betrifft Sie in gewisser Art und Weise beide. Zumindest so lange, bis Sophia volljährig ist. Außerdem gibt es noch einen weiteren Brief, und der ist an alle hier Anwesenden gerichtet.«

Meine Mutter war schon im Begriff gewesen, aufzustehen, nun sank sie schwer auf den Stuhl zurück. »Was soll das heißen, bis zu Sophias Volljährigkeit«, krächzte sie perplex.

Die Notarin klang leicht schnippisch, als sie antwortete. »Das versuche ich ja die ganze Zeit zu erklären.«

»Ja, dann tun Sie es doch endlich«, zickte meine Mutter zurück. »Und dieser Brief, was hat es denn damit auf sich?« Die Notarin stöhnte genervt und ich kam mir auf einmal wie im Kindergarten vor. Die beiden benahmen sich tatsächlich wie zwei unreife kleine Kinder und gewiss nicht wie lebenserfahrene und gebildete Frauen. Meine Güte, das Ganze wurde von Sekunde zu Sekunde absurder, verwirrender. Wie in einem schlechten Film.

»Katharina, bitte lass uns sachlich bleiben«, mischte sich nun mein Großvater ein. Nicht im Befehlston und erst recht nicht maßregelnd, es war ihm ein wirkliches Anliegen. »Für Sophia ist das bestimmt schon alles schwer genug.«

Die Notarin schien einen Moment in sich zu gehen, als würde sie von zehn rückwärts zählen. Dann aber nickte sie und nahm ein weißes Kuvert in die Hände.

»Dann verlese ich jetzt zuerst den Brief«, kündigte sie an und sah noch einmal kurz von einem zum anderen. »Liebe Sophia, liebe Martina, lieber Vater. Bevor Katharina euch nun über meinen letzten Willen informiert, euch mitteilt, wie ich mir vorgestellt habe, mein Erbe zu verteilen, bitte ich euch inständig, alles in Ruhe, Frieden und Einvernehmen zu regeln. Ich habe in meinem Leben einiges falsch gemacht, vor allem, was die Prioritäten betrifft. Manchmal fehlte mir der Mut, hin und wieder auch das Rückgrat oder einfach der Kampfgeist. Dennoch bereue ich nichts – außer, dass es mir nicht mehr gelungen ist, dich, Sophia, kennenzulernen, dich zu treffen, dir wenigstens ein einziges Mal von Angesicht zu Angesicht gegenüberzustehen, das bereue ich wirklich zutiefst.

Umso mehr hoffe ich nun, dass du mit dem, was ich mir so sehr wünsche, etwas anfangen kannst, nicht gleich alles von dir weist und erst einmal in Ruhe darüber nachdenkst. Auch wenn es dir auf den ersten Blick völlig unmöglich und womöglich auch verrückt vorkommt. Und ich hoffe weiter, dass du, Martina, ihr die Möglichkeit gibst, eine freie Entscheidung zu treffen. Was dich betrifft, Vater, weiß ich, ich kann mich auf dich verlassen. Wie ich es mein ganzes Leben lang konnte.

Euer Gregor.«

Als die Notarin den Brief zur Seite legte, war es so still im Besprechungsraum, dass man glatt eine Stecknadel zu Boden fallen hören konnte.

Irgendwann räusperte meine Mutter sich und dennoch klang ihre Stimme heiser. »Was ... was will er von Sophia?«

Die Notarin griff nach einem weiteren Blatt Papier und begann erneut zu lesen. »Hiermit erkläre ich, Gregor Hansen, meine Tochter, Sophia Lagemann, zu meiner alleinigen Erbin.«

Meine Mutter sprang so ruckartig von ihrem Platz auf, dass der Stuhl scheppernd nach hinten auf den Boden krachte.

»Was?«, schrie sie fassungslos. »Das ist doch wohl ein Witz?«

»Nein, das ist es ganz und gar nicht«, gab die Notarin mit bemüht ruhiger Stimme zurück.

»Aber ... aber ...« Hektisch fuhr sich meine Mutter mit den Händen durch ihre ordentlich frisierten Haare. »Das geht doch nicht. Das ... das macht er doch nur, um sich an mir zu rächen ...«

Mein Großvater knallte so heftig die flache Hand auf die Tischplatte, dass ich erschrocken zusammenzuckte.

»Jetzt reicht es aber, Martina. Reiß dich endlich zusammen und veranstalte hier nicht so ein unerträgliches Theater! Hier geht es um Sophia und ausnahmsweise mal nicht um dich!«

Ich saß da, unfähig mich zu rühren, geschweige denn etwas zu sagen. Und während mein Herz ganz weit oben in meinem Hals wie bekloppt schlug, fragte ich mich, was es wohl bedeutete, dass mein Vater mich zu seiner Alleinerbin gemacht hatte? Ich war ihm doch egal gewesen. Er hatte sich nie für mich interessiert. Oder stimmte das nicht? War in Wirklichkeit alles ganz anders gewesen?

Tausend Fragen – und nicht eine einzige Antwort.

KAPITEL 7

Wenn dein Wille bereit ist, sind deine Füße leicht.

(Aus England)

Wir waren weiter Richtung Meer gefahren. Meine Mutter war in einer schrecklichen Verfassung gewesen, als wir die Kanzlei verlassen hatten. Völlig aufgelöst, komplett neben der Spur. So konnte sie unmöglich die ganze Strecke zurück nach Hamburg fahren.

Mein Großvater hatte uns aufs Gut eingeladen. Wir sollten dort übernachten und morgen zurück nach Hamburg fahren, wenn meine Mutter sich wieder etwas beruhigt hatte. – Wenn wir uns alle wieder etwas beruhigt hatten.

Doch das hatte meine Mutter konsequent abgelehnt. »Wir suchen uns ein Hotel«, hatte sie gemeint und war mit eiligen Schritten zu ihrem Auto gelaufen.

»Bitte denk in Ruhe über alles nach, Sophia. Und wenn du Fragen hast, wenn du einen Rat brauchst, ich bin immer für dich da. Immer«, hatte mein Großvater mit seiner warmen Stimme noch zu mir gesagt, bevor wir uns mit einer kurzen Umarmung voneinander verabschiedet hatten. Zu meiner Überraschung war es ein warmes, geborgenes Gefühl gewesen, das ich bei der Berührung empfand.

Kurz darauf sank ich auf den Beifahrersitz neben meine Mutter.

Was für ein Tag. Was für ein … Chaos.

Und nun waren wir in einer kleinen Pension nahe der Küste untergekommen, in die ich mich unter normalen Umständen sofort verliebt hätte. Das mit roten Klinkern verkleidete Haupthaus hatte ein Reetdach voller Moos, was dem Gebäude irgendwie einen urigen Charakter verlieh.

Links neben der wunderschön verschnörkelten Eingangstür aus grünem Holz stand eine Skulptur aus hellem Sandstein. Ich war mir nicht ganz sicher, denn mit fantastischen Meeresfiguren kannte ich mich nicht wirklich gut aus, aber ich tippte, dass dort Neptun mit seinem Dreizack zu sehen war.

Die Besitzerin der Pension hieß Nele Clausen und war mir auf Anhieb sympathisch. Ganz besonders, weil sie trotz des noch immer sehr gereizten Tonfalls meiner Mutter sofort die Lage erkannte – oder anders, sie richtig einzuschätzen vermochte.

»Ich habe zwar im Haupthaus auch noch einige Zimmer frei, aber ich glaube, ich bringe Sie zwei besser im ehemaligen Viehstall unter. Da haben Sie ihre Ruhe und vor allem einen herrlichen Ausblick in die Natur.«

Bei dem Wort *Viehstall* hatten sich die Augenbrauen meiner Mutter leicht pikiert nach oben gezogen, doch sie folgte ohne jeglichen Protest der netten Frau Clausen von der Rezeption zu einer Seitentür.

Hinter dem Haus befand sich ein Innenhof, der von einer mit wildem Efeu berankten halbhohen Mauer umgeben war.

An der rechten Seite des Hofes, mit einem Ausgang nach vorn und einem zur angrenzenden Wiese, stand ein wunderschönes kleines Fachwerkhäuschen.

»Willkommen im ehemaligen Viehstall«, sagte Frau Clausen und schloss uns die weißgetünchte Tür auf.

Während ich mich staunend in den gemütlichen Räumen umsah, hatte meine Mutter keinen Blick für die geschmackvolle Einrichtung und die Freundlichkeit, die dieser ehemalige Viehstall ausstrahlte. Sie erkundigte sich lediglich bei Frau Clausen, wo sich das Badezimmer befand. Nachdem Frau Clausen auf die linke der beiden Türen, die von der schmalen Diele abgingen, gedeutet hatte, verschwand sie ohne ein weiteres Wort im Bad.

»Ich wünsche dir und deiner Mutter einen schönen Aufenthalt«, sagte Frau Clausen mit einem freundlichen Lächeln und wendete sich zum Gehen.

»Wir bleiben ja nur diese eine Nacht. Morgen geht es zurück nach Hamburg. Ich muss zur Schule und meine Mutter kann ihre Agentur auch nicht länger unbesetzt lassen.« Keine Ahnung, warum ich dieser wildfremden Frau Clausen das so genau erklärte. Ein freundlicher Dank hätte vollkommen gereicht. Aber sie war so nett und bemüht und meine Mutter hatte einfach die Badezimmertür hinter sich zugeknallt – ich wollte nicht, dass sie uns für zwei überhebliche Großstadtzicken hielt.

»Ja, wenn die Pflicht ruft, dann kann auch das Meer es nicht verhindern«, meinte sie schulterzuckend.

»Ist es sehr weit weg?«, fragte ich sie.

»Das Meer?«

Ich nickte.

»Nein. Wenn du zur Küchentür hinausgehst, dann kannst du schon die Brandung hören und das Meer riechen.«

Ich seufzte. »Schön …«

»Worauf wartest du dann noch?« Sie nickte mir aufmunternd zu. »Du kannst direkt über die Wiese laufen. Von dort aus gelangst du zu einem schmalen Sandweg, der durch die Dünen zum Strand führt.«

Zu gerne hätte ich ihren Rat befolgt. Doch ich konnte meine Mutter unmöglich alleine lassen.

Als wäre Frau Clausen in der Lage, meine Gedanke zu lesen, schlug sie vor: »Ich kann deiner Mutter sagen, dass du zum Strand gegangen bist. Und ich hole schnell eine Tasse kräftige Hühnerbrühe aus dem Haupthaus. Ich schätze, das ist genau das, was deine Mutter jetzt gebrauchen kann.«

»Meinen Sie?« Noch zögerte ich.

»Wenn, dann musst du jetzt gehen. Es wird bald dunkel und es ist führt nur ein kleiner, unbeleuchteter Trampelpfad von hier zum Strand.«

»Dann mache ich das jetzt«, sagte ich entschlossen.

Als ich kurz darauf die Wiese überquerte, fühlte ich mich fast ein wenig beschwingt. Es roch tatsächlich nach Meer, irgendwo in der Ferne kreischten die Möwen, aber vor allem hatte ich gleich endlich die Möglichkeit, ungestört mit Ella zu telefonieren. Momentan gab es nichts, was ich dringender tun wollte.

Wie von Frau Clausen beschrieben, gelangte ich von der Wiese auf einen schmalen Sandweg. Er schlängelte sich durch die flache Dünenlandschaft mit gräulich-weißem, feinkörnigem Sand, vereinzelten kleineren Nadelbäumen und Schilf. Dahinter befand sich der Küstenwald, ein sehr beeindruckender Anblick.

Obwohl ein wildes Chaos in meinem Kopf herrschte, faszinierte mich die ursprüngliche Landschaft und lenkte mich einen Moment von meinen wirren Gedanken und Überlegungen ab.

Doch als ich schließlich die Dünen hinter mir gelassen hatte, war ich fast ein wenig enttäuscht. Irgendwie hatte ich mit einem ausgedehnten und kilometerlangen schneeweißen Sandstrand gerechnet. Doch das Ufer war an dieser Stelle nicht breiter als zwei, drei Meter, steinig und dementsprechend menschenleer.

Der kurze Anflug von Enttäuschung verflog jedoch schnell wieder, als ich aufs Meer hinausschaute. Sofort breitete sich in mir dieses ganz einmalige Glücksgefühl aus, das man wohl so nur am Meer verspürt.

Tief durchatmend ließ ich meinen Blick nach links schweifen, wo der schmale Naturstrand komplett in eine steinige Wald- und Hügellandschaft überging. Dahinter entdeckte ich in der Ferne einen großen Hafen, der aber eher nach Industrie- und Fährverkehr aussah als nach einem mondänen Jachthafen mit Segelbooten und luxuriösen Motorjachten. Doch zur rechten Seite bot sich mir dann ein ganz anderes Bild: Das Ufer wurde breiter, und wenn mich meine Augen nicht täuschten, ging es tatsächlich in einen herrlich weißen Sandstrand über.

»Wie schön«, murmelte ich. »Wie einmalig schön es hier ist.«

Ich lief ein paar Meter den Strand entlang, bis ich schließlich an einem kleinen Felsvorsprung landete und spontan draufkletterte. Von hier oben aus hatte man einen noch viel gigantischeren Ausblick. Es war so, als würde man über allem thronen.

Noch einmal atmete ich ganz tief die salzige Meeresluft ein, dann kramte ich mein Handy aus der Hosentasche meiner Jeans hervor und setzte mich auf die steinige Plattform.

Ella war sofort an ihrem Handy. »Sophia, endlich, ich platze fast vor Neugierde. Wie ist es gewesen? Hast du tatsächlich was geerbt? Und dein Großvater, ist er nett oder ein Kotzbrocken? Und was ist mit deiner Ma, hat sie sich endlich wieder eingekriegt? Wie ist es denn zugegangen bei der Testamentseröffnung, so richtig steif und förmlich? Mensch, Sophia, jetzt erzähl doch endlich und lass dir nicht jedes Wort aus der Nase ziehen.«

Ich musste lachen – obwohl mir eigentlich nicht danach zumute war. Aber Ella war einfach der Knaller.

»Würde ich ja, wenn du mich mal zu Wort kommen lässt.«

Ella kicherte vergnügt. »Jetzt, Sophia, jetzt bin ich mucksmäuschenstill und höre nur zu. Versprochen! Also, was hast du geerbt?«

»Ein riesiges Gestüt namens Rosencarree, jede Menge Pferde, von denen laut der Notarin einige mehr als 100.000 Euro wert sind, sowie eine nicht unerhebliche Summe an Barvermögen – mein Vater war ein sehr wohlhabender Mann, genauso wie mein Großvater, der sein Gestüt und die Ländereien in Schleswig-Holstein aber vor Jahren verkauft hat und seitdem auf Rosencarree lebt. Mein Vater hat *mich* zu seiner Alleinerbin bestimmt.«

»Was? Quatsch! Du verarschst mich doch?!«, rief Ella ungläubig ins Telefon.

»Nein, das tue ich nicht«, gab ich fast schon gelassen zurück. »Aber tröste dich, ich wollte es zuerst auch nicht glauben. Und meine Mutter, ich sag dir, Ella, so hast du sie noch nie erlebt. Sie ist völlig ausgeflippt. Hat nur herumgeschrien. Auf jeden Fall war sie so neben der Spur, dass sie in diesem Zustand nicht Auto fahren konnte. Zumindest nicht die ganze Strecke bis nach Hamburg zurück. Das hat sie zum Glück eingesehen und deshalb sind wir noch ein bisschen weiter Richtung Meer gefahren und dort in einer kleinen Pension untergekommen.«

Stille in der Leitung.

»Ella? Bist du noch dran?«

Ein heiseres Krächzen.

»Ella?«

»Du … dann bist du jetzt also reich? So richtig?«

»Wenn ich das Erbe annehme, dann sieht es ganz danach aus«, gab ich zurück. Ich kam unter Garantie wesentlich gelassener rüber, als es tatsächlich in mir brodelte.

»Aber, das … das ist doch … toll. Ich meine, großartig. Natürlich auch irgendwie verrückt, weil du deinen Vater schließlich nicht kanntest, und nun hinterlässt er dir so ein großes Vermögen, und das, wo er doch angeblich all die Jahre nichts von dir wissen wollte.«

Ella legte eine kurze Luftholpause ein, die ich nutzte, um ihr zu erzählen, warum meine Mutter so ausgeflippt war und ich so verwirrt wie noch nie zuvor in meinem Leben.

»Das Ganze ist allerdings an eine Bedingung geknüpft!«

»Bedingung? Hä? Verstehe ich nicht. Dein Vater ist tot, wie kann er da noch Bedingungen stellen? Und warum überhaupt?«

Tja, genau dieselbe Frage stellte ich mir auch, seitdem die Notarin den letzten Willen meines Vaters verkündet hatte. Wie konnte er mich nur vor so eine große und schwere, mein ganzes Leben verändernde Entscheidung stellen? Was hatte er sich verdammt noch mal dabei gedacht?

Mein Opa musste wohl davon gewusst haben, denn er hatte nicht wirklich überrascht darauf reagiert. Ich kannte ihn nicht, aber mir war es fast so vorgekommen, als würde er sich darüber freuen. Gewiss hatte mein Vater ihn vor seinem Tod eingeweiht, sich mit ihm besprochen. Mein Opa sollte, wenn es nach dem Wunsch meines Vaters ging, zukünftig eine wichtige Rolle in meinem Leben spielen. Wenigstens er, wenn es Gregor schon verwehrt geblieben war, hatte die Notarin mit sonderbar vorwurfsvollem Blick auf meine Mutter noch hinzugefügt.

»Und wie lautet jetzt nun diese Bedingung?«, drängte Ella darauf, endlich die ganze Geschichte zu erfahren.

»Ich soll bis zu meiner Volljährigkeit so viel Zeit wie möglich auf Rosencarree verbringen. Natürlich werde ich weiter zur Schule gehen und mein Abi im nächsten Jahr machen. Aber zeitgleich soll ich in den Ferien und an möglichen Wochenenden das Leben auf dem Gestüt mit all den Pferden kennenlernen, damit ich dann, wenn ich volljährig bin, das Abitur in der Tasche habe, das Gestüt übernehmen und leiten kann. Sollte ich jedoch nach der *Probezeit* zu dem Entschluss kommen, dass ich das Lebenswerk meines Vaters nicht weiterführen möchte oder kann, seine große Liebe zu den Pferden nicht teile, dann stellt er mir frei, alles zu verkaufen, beziehungsweise meinen Großvater mit dem Verkauf zu beauftragen.«

»Wie bitte?«, krächzte Ella. »Das, ich meine, Sophia, das ist doch total verrückt. Du kannst doch nicht auf irgendein wildfremdes Rosencarree-Gestüt ziehen und dich dort um die Pferde kümmern. Du hast doch von all dem überhaupt keine Ahnung. Wie soll das denn funktionieren?«

»Mein Opa soll mich natürlich unterstützen oder anders: ich soll von ihm lernen. Außerdem arbeiten auf dem Gestüt jede Menge Leute, die sich bestens mit Pferden auskennen und laut der Notarin schon eine halbe Ewigkeit auf Rosencarree arbeiten und wohnen. Es war der Wunsch meines Vaters, dass ich das Leben mit Pferden kennenlerne und vielleicht Gefallen daran finde.« Ich seufzte tief und ratlos. »Ella, ich habe keine Ahnung, was er sich dabei gedacht hat. Das passt doch alles nicht zusammen. Man kann doch jemanden nicht 17 Jahre lang ignorieren, so tun, als würde man gar nicht existieren, und dann einfach als Alleinerbin bestimmen. Verbunden mit so einer sonderbaren Bedingung.«

»Verrückt«, murmelte Ella. »Total verrückt …«

Eine Weile lang schwiegen wir. Ich schaute aufs Meer hinaus, während Ella bestimmt auf ihrer Unterlippe herumkaute. Das tat sie immer, wenn sie nicht weiterwusste, ihr die Worte fehlten.

Eine Möwe flog nur um eine Armlänge an mir vorbei. Bestimmt wollte sie es sich auf der Plattform bequem machen und hatte dann im letzten Moment gesehen, dass sich darauf schon jemand anderes ausgebreitet hatte. Ihr aufgeregtes Kreischen war auch am anderen Ende der Leitung zu hören.

»Bist du am Strand?«, fragte Ella überrascht.

»Ja, ich sitze anscheinend auf dem Lieblingsplatz einer Möwe, die gerade haarscharf und empört kreischend an mir vorbeigeflattert ist.«

»Okay«, sagte Ella gedehnt. »Und wo ist deine Mutter?«

»In der Pension. Entweder immer noch im Badezimmer, wo sie bestimmt vor Wut auf meinen Vater ins Handtuch beißt, oder die nette Frau Clausen hat sie zu einer Tasse Hühnerbrühe überreden können und darf sich zum Dank dafür jetzt anhören, was mein Vater doch für ein Mistkerl war.«

»Oha«, machte Ella. »Das klingt nicht gut. Sie ist also alles andere als begeistert von der ganzen Angelegenheit?!«

Ich lachte bitter auf. »Du sagst es. Sie hat der Notarin sofort gesagt, dass ich das Erbe nicht annehmen werde. Was heißt *gesagt*, sie hat gekreischt. Völlig hysterisch gekreischt.«

»Okay, schräg, aber auch irgendwie verständlich«, fand Ella. »Sie möchte natürlich nicht, dass du aus Hamburg wegziehst, um zukünftig auf Rügen einen Pferdehof zu leiten. Das ist ja auch völlig absurd. Anderseits hört sich das Ganze nach sehr, sehr viel Geld an und na ja, das klingt jetzt vielleicht doof - aber willst du darauf wirklich verzichten?«

Hilflos erklärte ich: »Ich habe absolut keinen Plan, was ich tun soll, Ella.«

Tief durchatmend sah ich mich um und bemerkte, dass

es schon zu dämmern begonnen hatte. Frau Clausen hatte mich ausdrücklich darauf hingewiesen, dass es hier schlagartig stockdunkel wurde und der Weg zurück zur Pension nicht beleuchtet war.

»Die Notarin hat meine Mutter auch sofort ausgebremst«, fuhr ich fort, während ich mich erhob. »Sie meinte, dass sie das nicht für mich bestimmen kann. Die Entscheidung liegt allein bei mir. Aber was soll ich hier auf Rügen? Auf einem Gestüt. Zumal meine Mutter mich niemals gehen lassen wird. Zumindest nicht, bevor ich 18 bin – und na ja, ich möchte momentan auch nicht ohne meine Mutter irgendwo hingehen. Oder anders, ich möchte generell nirgendwo hingehen. Ich bin in Hamburg zu Hause und so soll es auch bleiben.«

»Tja, Sophia«, gab Ella trocken zurück. »Meine Oma würde jetzt sagen: Geld allein macht nicht glücklich. Und außerdem, dir fehlt doch nichts. Deine Mutter verdient gut. Ihr habt eine tolle Wohnung, du kriegst fast alles, was du willst. Eigentlich brauchst du doch das Geld deines Vaters nicht. Und Pferde, Mensch, Sophia, davon hast du doch eh keine Ahnung.« Ella schnaufte sonderbar in den Hörer. »Und noch schnell ein Oma-Hilde-Spruch hinterher: Zu viel Geld verdirbt den Charakter. Also, Sophiamausi, lass die Kohle auf Rügen und komm flugs zurück nach Hamburg. Schließlich kannst du schon allein meinetwegen unmöglich für längere Zeit von hier weggehen. Das ist dir doch wohl hoffentlich klar?!«

»Absolut«, gab ich zurück und in diesem Moment war

das auch mein voller Ernst. Wie gut, dass ich mit Ella gesprochen hatte, denn jetzt blickte ich endlich wieder durch und hatte eine Entscheidung getroffen.

Etwas später, als ich es gerade noch vor Eintritt der Dunkelheit in die Pension zurückgeschafft hatte, traf ich in dem kleinen Innenhof auf Frau Clausen.

»Oh, da bist du ja wieder.« Sie lächelte mich freundlich an. In den Händen hielt sie eine leere Suppenschüssel und einen Löffel.

»Dann konnten Sie meine Mutter wohl tatsächlich von Ihrer Hühnersuppe überzeugen«, stellte ich grinsend fest. Das Meer, der frische Wind, das Telefonat mit Ella, all das zusammen hatte mir gutgetan, und ich fühlte mich jetzt wesentlich besser, aufgeräumter.

Frau Clausen nickte. »Ja, sie hat mit großem Appetit gegessen. Darüber hinaus konnte ich sie davon überzeugen, dass Schlaf ebenfalls Wunder bewirken kann.«

»Echt?« Mir kam es gerade so vor, als wäre Frau Clausen höchstpersönlich das Wunder. Zumindest schien sie in der Lage zu sein, welche zu vollbringen. »Meine Mutter schläft? Sie hat sich freiwillig hingelegt? Unfassbar.«

»Na ja, erst wollte sie nicht. Sie hat sich Sorgen gemacht, weil du alleine runter zum Strand gegangen bist. Aber ich habe ihr versprochen, dass ich nach dir sehen werde, wenn du nicht bald zurück bist. Aber das hat sich ja jetzt erübrigt.« Sie deutete auf die leere Schüssel. »Es ist übrigens noch genug von der Suppe da. Wenn du also magst, dann komm doch mit rüber zu mir in die Küche?!«

Ich brauchte nicht lange zu überlegen. Meine Mutter schlief und ich hatte tatsächlich Hunger. Warum sollte ich also drüben im Ferienhaus mit knurrendem Magen sitzen, wenn ich in Frau Clausens bestimmt urgemütliche Küche eingeladen wurde.

»Sehr gerne. Hühnersuppe klingt ziemlich gut.«

»Wunderhühnersuppe«, verbesserte Frau Clausen mich und lachte.

KAPITEL 8

Es kommt nicht darauf an,
von welcher Straße du kommst, denn die Richtung
deines Weges bestimmt, wo du ankommen wirst.
(Aus China)

Frau Clausen nahm den Topf vom Herd und trug ihn zu dem großen Küchentisch rüber, an dem bestimmt bis zu zwölf Leute Platz hatten. An der linken Seite stapelte sich bunt geblümtes Kaffeegeschirr, zusätzlich lagen unzählige Prospekte auf der Tischplatte verteilt, sodass nur am äußersten Ende eine Ecke frei war.

Dieses Bild zog sich durch die komplette Küche: chaotisch, aber nicht unordentlich oder gar schmutzig. Ein gemütliches Durcheinander – zumindest, wenn man die fast sterile Ordnung bei uns zu Hause gewohnt war.

Ich setzte mich und sah Frau Clausen dabei zu, wie sie mit der Kelle Suppe in eine braune Terrine füllte und sie vorsichtig zu mir herüberbalancierte.

»Vielen Dank.« Ich lächelte sie an. »Das ist wirklich sehr nett von Ihnen.«

Frau Clausen klemmte sich eine hellbraune Haarsträhne hinters Ohr, die sich aus ihrem Zopf gelöst hatte.

»Gern geschehen und außerdem habe ich sowieso viel zu viel gekocht. Wie immer.«

Ich rührte die Suppe um und pustete hinein. »Tut mir leid, dass wir so anstrengende Gäste sind. Normalerweise sind wir ganz unkompliziert, nur gerade …«

Ich ließ den Satz unbeendet. Aber Frau Clausen schien sowieso ihre ganz eigene Theorie zu haben.

»Du musst mir nichts erklären. Ich bin selbst Mutter einer erwachsenen Tochter, und auch wenn wir uns die meiste Zeit wirklich blendend verstehen, hin und wieder kracht es ganz gewaltig. Ich sehe in Melissa noch immer das kleine Kind, kann nur schwer akzeptieren, dass sie inzwischen erwachsen ist, ihre eigenen Wege geht und eigene Entscheidungen trifft. Das nervt sie dann wiederum und nun ja, dann kommt es halt zum Streit.« Frau Clausen wiegte versonnen lächelnd den Kopf hin und her. »Mütter und Töchter, so ist das eben mit denen …«

Sollte ich klarstellen, dass meine Mutter nicht meinetwegen so neben der Spur war? Aber was ging das diese zwar sehr nette, aber dennoch wildfremde Frau Clausen eigentlich an?

Nichts, Sophia, nichts. Und deshalb löffelst du jetzt schön deine Suppe, bedankst dich noch einmal dafür und marschierst schnurstracks rüber ins Ferienhaus, nahm ich mir fest vor.

Ich führte den Löffel zum Mund und verbrannte mir prompt die Zunge und dann, ich konnte es einfach nicht verhindern, sagte ich: »Mein Vater ist gestorben. Wir sind nach Rügen gekommen, weil mein Großvater uns geschrieben hat, dass wir bei der Testamentseröffnung dabei sein müssten. Meine Mutter wollte nicht, aber ich habe sie überredet, und nun hat mein Vater mich zu seiner Alleinerbin gemacht und meine Mutter ist fix und fertig, weil das einfach alles völlig verrückt ist. Ich habe ihn nicht einmal gekannt.«

Ich presste die Lippen fest zusammen. Spinnst du, Sophia, fragte ich mich selbst. Was soll das denn? »Entschuldigung, ich wollte Sie jetzt nicht mit unseren Problemen …« Ich ließ den Löffel in die Suppe sinken. »Es … es … tut mir leid, irgendwie habe ich doch keinen Appetit.« Ich schob die Terrine von mir und stand vom Tisch auf. »Ich gehe dann jetzt wohl besser mal.«

Frau Clausen legte mir die Hand auf die Schulter. »Ich muss mich bei dir entschuldigen. Ich wollte dich nicht ausquetschen.«

»Schon okay«, murmelte ich und ging mit gesenktem Kopf zur Tür.

Was für ein Auftritt. Die arme Frau Clausen musste uns doch für komplett durchgeknallt halten.

Meine Hand lag schon auf der Klinke, da sagte Frau Clausen: »Ist dein Vater zufällig Gregor Hansen?«

Unmerklich zuckte ich zusammen.

»Ja«, hauchte ich und wandte mich stocksteif zu ihr um. »Kennen Sie ihn … ich meine, kannten?«

Frau Clausen nickte. »Ja, natürlich habe ich Gregor gekannt. Sein Tod hat uns hier alle sehr betroffen gemacht.

Er hat so sehr gekämpft und am Ende doch verloren.« Gedankenverloren schüttelte sie den Kopf. »So ein wunderbarer Mann, es ist ein Jammer …«

Um ihren Mund lag nun ein trauriger Zug, ihre sonst so fröhlichen Augen schimmerten feucht. Und ich stand da, mein Herz schmerzte, mein Magen verkrampfte sich und wie vorhin schon bei meinem Großvater, übertrug sich nun ihre Traurigkeit auf mich.

»Dann bist du also seine Tochter.« Frau Clausen atmete tief durch. »Und er hat dir Rosencarree vererbt?«

Ich nickte. »Ja, aber ich werde das Erbe nicht annehmen. Morgen früh fahren wir zurück nach Hamburg und dann …«

Frau Clausen ließ mich nicht ausreden. »Was? Ist das dein Ernst? Ich meine, hast du dir das auch wirklich gut überlegt?«

Okay, Frau Clausen war nett. Bestimmt die netteste Pensionsbesitzerin, der ich jemals begegnet war. Und ihre Hühnerbrühe schmeckte superlecker. Auch wenn ich nur ein paar Löffel davon gekostet hatte. Aber nun war eindeutig der Zeitpunkt gekommen, an dem ich mich dringend verabschieden musste. Frau Clausen ging das Ganze nämlich absolut nichts an und ich war ein total dummes Huhn, dass ich ihr überhaupt davon erzählt hatte.

»Ich gehe dann jetzt mal rüber«, sagte ich so unverbindlich wie möglich und öffnete dann die Tür.

Frau Clausen stöhnte kummervoll auf. »Entschuldige

bitte. Das war gerade unmöglich von mir. Natürlich geht mich das absolut nichts an.«

Ich drehte mich halb zu ihr um und nickte. »Stimmt! Es geht Sie nichts an!« Im nächsten Moment kam ich mir irgendwie undankbar vor. Schließlich hatte sie mich nicht gezwungen, ihr von all dem zu erzählen. Sie jetzt so anzublaffen und dann stehen zu lassen, das war auch nicht fair.

»Mein Fehler, Frau Clausen«, räumte ich leise ein. »Ich hätte Ihnen ja nichts davon erzählen müssen.«

Einen kurzen Moment sahen wir uns schweigend an, bevor ich endgültig die Küche durch die Tür zum Hof verließ.

Doch draußen, an der frischen Luft und in der Dunkelheit, begann es plötzlich in meinem Kopf wieder zu arbeiten.

»Verdammt«, fluchte ich und machte auf dem Absatz kehrt.

Ohne anzuklopfen, betrat ich die Küche und fand Frau Clausen am Tisch sitzend vor.

»Hast du etwas vergessen?«, fragte sie mich irritiert.

Unentschlossen hob ich die Schultern. »Ich weiß nicht so recht. Vielleicht, Sie zu fragen, warum Sie meine Entscheidung für einen großen Fehler halten?«

Frau Clausen fuhr sich mit beiden Händen übers Gesicht. Ihre Stimme klang fast ein bisschen verschämt, als sie zu sprechen begann: »Es geht mich wirklich absolut nichts an. Aber Rosencarree ist so ein Traumanwesen und Gregor war so ein wunderbarer Mensch. Er wird sich etwas dabei gedacht haben, wenn er wollte, dass du das Gestüt bekommst. Du musst wissen, als er es vor Jahren gekauft hat, da war es nichts weiter als eine Ruine. Und jetzt wollen es alle haben. Ich weiß von einer Interessentin, die deinen Vater immer wieder bedrängt hat, an sie zu verkaufen. Ganz besonders in der Zeit, als er schon unheilbar erkrankt war. Manche Menschen sind einfach nur pietätlos.«

Sollte ich sie wissen lassen, dass die Erkenntnis dieses *wunderbaren Menschen*, dass er eine Tochter hatte, nur leider etwas spät kam – nämlich ganz genau 17 Jahre? Nein, ich hatte sie schon mehr als genug *wissen lassen*. Es reichte.

»Ich weiß nicht, was ich noch sagen soll«, gab ich ehrlich zu. »Das alles … na ja, heute ist ein echt verrückter Tag.«

Frau Clausen nickte verstehend. »Kann ich mir vorstellen. Und dann triffst du auch noch auf mich.« Sie verzog das Gesicht zu einem schiefen Grinsen. »Wenn mein Mann das mitbekommen hätte, dann würde er mal wieder nur den Kopf über mich schütteln. Ich habe nämlich ein ganz einmaliges Talent, meine Nase in Angelegenheiten zu stecken, die mich absolut nichts angehen.«

KAPITEL 9

Man darf das Schiff nicht an einen einzigen Anker und das Leben nicht an eine einzige Hoffnung binden.

(Epiktet)

»Sophia, bei allem Verständnis, aber ich möchte und muss jetzt auch dringend zurück nach Hamburg!«, erklärte meine Mutter.

Wir hatten uns kurz zuvor von Frau Clausen verabschiedet und eigentlich geplant, auf direktem Weg nach Hause zu fahren.

Doch dann war da plötzlich dieses diffuse Gefühl gewesen, das in mir rumort hatte. Es war wie eine innere Stimme, die nicht damit aufhören wollte, mir zuzurufen: Du darfst Rügen nicht verlassen, ohne wenigstens einmal Rosencarree gesehen zu haben.

In der Nacht hatte ich schon stundenlang wach gelegen und mir das Hirn über den hinter mir liegenden Tag zermartert. Da war mein Großvater, die Notarin und Frau Clausen, die mir alle etwas von einem ganz wunderbaren, herzlichen, so wertvollen Gregor Hansen erzählt hatten.

Doch das Bild, das meine Mutter mir von ihm vermittelt hatte, war ein ganz anderes. Und selbst wenn es so war, dass sie aus Wut auf ihn maßlos übertrieb, warum hatte er sich dann in all den Jahren nicht ein einziges Mal bei mir gemeldet?

Irgendetwas stimmte nicht. Das wurde mir immer bewusster und auch, dass ich herausfinden wollte, nein, sogar musste, was damals wirklich geschehen war. Ich brauchte ein klares Bild von meinem Vater – und das erhoffte ich mir auf Rosencarree zu finden.

Nur leider stieß ich bei meiner Mutter damit auf Granit.

»Ich dachte, wir sind uns einig, dass du das Erbe nicht annehmen wirst und wir die Notarin auf dem schriftlichen Weg davon in Kenntnis setzen werden.« Ihre Stimme klang gereizt. Fast schon wieder aggressiv.

Doch ich blieb dabei. »Ich möchte aber das Gestüt sehen und mich auch von Harry verabschieden.« Ich wagte es nicht, ihn vor ihr als meinen Großvater zu bezeichnen. Vielleicht weil ich wusste, dass sie nicht hören wollte, dass ich ihn so nannte. Harry und das Gestüt Rosencarree, die Insel, die Notarin, selbst die nette Frau Clausen, meine Mutter wollte auf gar keinen Fall, dass irgendwer, irgendetwas davon in meinem Leben eine Rolle spielte. Nicht in der Vergangenheit und erst recht nicht zukünftig. Das war so klar, wie Kleber nicht auf Sand klebte, würde Ella jetzt wohl sagen.

»Ich habe jetzt wirklich keine Zeit mehr für diesen Unsinn.« Das hatte sehr endgültig geklungen und mir wurde bewusst, dass ich sie nicht mehr umstimmen konnte. Ihre Message war eindeutig: Bis hierhin und keinen winzigen Zentimeter mehr weiter in Richtung Rosencarree, Harry Hansen, der Vergangenheit …

Als wir vom Parkplatz der Pension fuhren, war mir richtig elend zumute. Frau Clausen stand am Fenster und hob die Hand zum Abschied. Ich sah sie lächeln und musste wieder an ihre Worte gestern Abend in der Küche denken. Und dann fiel mir plötzlich noch etwas anderes ein.

»Mama, der Brief!«, rief ich.

Meine Mutter starrte stur weiter geradeaus. »Welcher Brief?«

»Der von meinem Vater an mich. Die Notarin hat gestern vergessen, ihn mir zu geben«, erklärte ich ihr aufgeregt. »Wir müssen ihn holen. Jetzt sofort, hörst du.«

Ich sah ihre Kieferknochen angestrengt arbeiten. Sie rang um Beherrschung. Vielleicht wurde ihr aber auch gerade bewusst, warum der Brief in Vergessenheit geraten war. Nach dem Theater, das sie gestern in der Kanzlei veranstaltet hatte, war kaum noch einer in der Lage gewesen, einen klaren Gedanken zu fassen. Und als sie sich dann endlich einigermaßen beruhigt hatte, waren wir fast schon fluchtartig aus der Kanzlei gestürmt.

»Die Notarin kann ihn dir zuschicken«, beschloss meine Mutter und trat das Gaspedal noch mehr durch.

»Nein! Mama, halt bitte an. Ich möchte aussteigen!«, verkündete ich entschlossen. »Ohne den Brief werde ich Rügen definitiv nicht verlassen.«

Meine Mutter stöhnte. »Was soll das Theater denn eigentlich?«, blaffte sie mich an. »Was sind diese Leute auf einmal so wichtig für dich? Wir sind doch all die Jahre auch ganz gut ohne die Familie Hansen ausgekommen. Warum um alles in der Welt meinst du plötzlich, du müsstest …« Sie brach ab. Schüttelte den Kopf und lenkte schließlich das Auto an den Straßenrand. Bevor sie mich ansah, atmete sie zitternd durch. Dabei umklammerte sie das Lenkrad so fest, dass ihre Handknöchel weiß hervortraten.

»Harry hat den Brief gestern aus der Kanzlei für dich mitgenommen. Er hat am Abend noch auf meinem Handy angerufen und mich darüber informiert.« Sie stockte erneut, um dann mit resigniertem Tonfall fortzufahren: »Du wirst eh keine Ruhe geben. Mal wieder. Also machen wir einen Zwischenstopp auf dem Gestüt.«

* * *

»Dahinter ist es«, sagte meine Mutter und lenkte den Mercedes in eine schmale Allee. Ihre Stimme klang spröde, ihre Körperhaltung hinter dem Lenkrad war so verkrampft, dass sie bestimmt tagelang Nackenschmerzen haben würde.

Ich beugte mich auf dem Sitz vor und starrte mit angehaltenem Atem durch die Windschutzscheibe. Das Herz schlug mir ganz weit oben im Hals, meine Handflächen waren feucht vor Aufregung, denken konnte ich nichts mehr, nur noch staunen.

Zwischen den schlanken und hoch gewachsenen Bäumen hindurch sah ich riesige Pferdekoppeln, eingezäunt mit weißen Holzpfosten und Planken. Sie erstreckten sich bis zu einem herrschaftlichen breiten Torbogen aus rauem Stein. In der Mitte baumelte ein dunkles Holzschild, auf dem in roten Buchstaben *Gestüt Rosencarree* geschrieben stand, eingerahmt von zwei doppelten Elchschaufeln in schwarz. Die doppelte Elchschaufel war das Brandzeichen der Trakehner, der Pferderasse, die mein Großvater und wohl auch mein Vater züchteten, hatte ich bei meinen Internetrecherchen herausgefunden.

Ein fasziniertes »Wow …«, entfuhr mir, als wir durch den imposanten Torbogen hindurch auf den Hof fuhren.

Rosencarree war wirklich beeindruckend. So ein Anwesen hatte ich bisher nur in gefühlsbetonten Charlotte Link-Verfilmungen gesehen. Rechts befand sich ein Gutshaus, schneeweiß mit vielen Verschnörkelungen und zwei kleinen Türmchen. Am Eingang wuchsen mehrere gewaltige Rosenstöcke. Irgendwie erinnerte es mich an ein Märchenschloss aus längst vergangenen Zeiten. Es lag inmitten eines wunderschön angelegten kleinen Parks. Der schmale Weg zum Haus war mit ordentlich frisierten Buchsbäumchen eingefasst. Auch hier blühten überall Rosen.

Neben dem Park befanden sich zwei flache, lang gezogene Gebäude. Bestimmt waren das die Pferdeställe, denn schräg dahinter entdeckte ich mehrere großzügige Paddocks. Auf der rechten Seite wurde ein riesiger Reitplatz sichtbar, der mit weißen niedrigen Planken eingegrenzt war. Schräg daneben ein weiteres imposantes Gebäude, jedoch viel höher als die Stallungen. Sicher war das die Reithalle.

»Ich ... ich hätte niemals gedacht, dass Rosencarree so groß und so ... schön ist«, stammelte ich überwältigt.

»Das ist nur ein Teil des Gestütes«, gab meine Mutter trocken zurück. »Hinter der Reithalle geht es weiter. Die Weiden erstrecken sich bis zum Küstenwald. Dahinter ist dann das Meer.«

Woher wusste sie das? Warum kannte sie sich hier so gut aus, wenn sie doch angeblich seit 17 Jahren keinen Kontakt zu meinem Vater gehabt hatte?

Auf meine Fragen zog es meine Mutter mal wieder vor, zu schweigen. Sichtlich verärgert, dass ihr diese Bemerkungen wohl rausgerutscht waren.

Sie parkte den Mercedes vor einer breiten Hecke, direkt neben einigen anderen Autos. Dann atmete sie noch einmal tief durch und öffnete die Fahrertür, um auszusteigen.

Ich blieb, wo ich war. Plötzlich fehlte mir der Mut. Rosencarree war so aufregend und großartig, so imposant, und wenn es nach dem Wunsch meines Vaters ginge, dann würde das alles hier zukünftig mir gehören. Einer siebzehnjährigen Gymnasiastin aus Hamburg, die weder von Pferden noch von beeindruckend großen Anwesen wie diesem hier auch nur den Schimmer einer Ahnung hatte.

Verrückt, komplett verrückt!

Meine Mutter war inzwischen ausgestiegen. Doch als ihr klar wurde, dass ich mich nicht vom Beifahrersitz rühren konnte und auch nicht wollte, beugte sie sich durch die noch immer offen stehende Fahrertür ins Wageninnere.

»Was ist?«, fuhr sie mich scharf an. »Hast du es dir jetzt doch wieder anders überlegt.«

»Mama, bitte«, flehte ich sie an. »Jetzt sei doch nicht die ganze Zeit so …« – Scheiße, lag es mir schon auf der Zunge. Denn genau so verhielt sie sich. Gestern, heute Morgen und jetzt schon wieder. Aber natürlich sprach ich es nicht aus. Auf noch mehr Stress konnte ich gut verzichten.

»Wie denn, Sophia?« Herausfordernd blickte sie mich an.

»Aggressiv«, gab ich zurück und stieg dann doch aus.

Als ich sie über das Autodach hinweg anguckte, sah ich, wie ihr die Gesichtszüge regelrecht entglitten. Mit ziemlicher Sicherheit stand sie kurz vorm Explodieren. Doch dazu sollte sie keine Gelegenheit bekommen.

Eine Frau wirbelte über den blitzblank gefegten Hof direkt auf uns zu und rief schon von Weitem: »Herzlich willkommen!« Dabei strahlte sie übers ganze Gesicht. Sie trug Bluejeans, ein Poloshirt, genauso auffallend blau wie ihre Augen, und hatte knallrote kurze Haare. Wie alt sie war, konnte ich nicht mit Sicherheit sagen. Sie kam mir sehr jung vor und fröhlich, unheimlich dynamisch. Doch als sie schließlich direkt vor mir stand, wurde mir klar, dass sie keinesfalls jünger als meine Mutter sein konnte.

»Harry hat euch schon angekündigt«, plapperte sie mit diesem überwältigenden Strahlen weiter. »Wenn ich ehrlich bin, habe ich es nicht geglaubt. Tja, und jetzt bin ich so aufgeregt, dass ich bestimmt viel zu viel und viel zu schnell rede, nicht wahr?«

Ich zuckte mit den Schultern. Was Besseres fiel mir einfach nicht ein. Meiner Mutter schien es genauso zu gehen. Sie stand einfach nur regungslos da und starrte die rothaarige Frau an.

»Du bist Sophia, stimmt's?!«, wandte sie sich jetzt an mich, und als ich daraufhin leicht nickte, umfasste sie meine Unterarme und wurde plötzlich ganz ernst. »Ich freue mich wirklich sehr, dass du gekommen bist. Harry hat es sich so gewünscht … wir alle haben es uns gewünscht, aber nicht wirklich daran geglaubt …« Sie blickte mir tief in die Augen. Ein sonderbarer Schauer lief mir über den Rücken. Es war eine Mischung aus Unbehagen und einem warmen Glücksgefühl. Wer war diese fremde Frau, und warum freute sie sich so überschwänglich, mich zu sehen?

»Wo finden wir Harry denn wohl?«, wollte meine Mutter von ihr erfahren. Nicht so zickig, wie sie gestern der Notarin begegnet war, aber auch nicht wirklich freundlich.

»Er ist im Café.« Die rothaarige Frau lachte hell auf.

»Ich habe euch durchs Fenster ankommen gesehen und bin gleich hinten durch die Küche rausgelaufen. Harry weiß noch überhaupt nicht, dass ihr da seid.« Sie zwinkerte mir verschwörerisch zu. »Na, das wird eine Überraschung.«

Café, Küche … ich verstand überhaupt nichts mehr.

Doch bevor ich endlich den Mund aufbekam, hatte sie mich schon untergehakt und zog mich quer mit sich über den Hof direkt auf das herrschaftliche Gutshaus zu. Sie zögerte keinen Wimpernschlag lang und schob die schwere Eingangstür auf, was mich annehmen ließ, dass sie sich hier auf jeden Fall bestens auskannte.

Die Absätze meiner Mutter klackerten auf dem Mosaiksteinfußboden, als wir den imposanten Flur mit unzähligen holzgerahmten Gemälden an den Wänden entlanggingen und kurz darauf vor einer weiteren barocken Tür angekommen waren. Die Frau öffnete auch diese und schon standen wir im Eingang eines Cafés, das so liebevoll und anheimelnd wie eine kleine Puppenstube eingerichtet war. Im Raum verteilt befanden sich mehrere gemütliche Sitzgruppen, jeweils aus einem bunten Sofa, zwei, drei dazu passenden Stühlen und einem antiken Holztisch bestehend.

An den Wänden hingen wunderschöne Landschaftsgemälde und zahlreiche Fotografien von Pferden. Die Rahmen harmonierten mit den anderen nostalgischen Dekorationsgegenständen, die überall im Raum zu finden waren. Den Mittelpunkt des Cafés bildete ein massiver

Tresen mit Glasaufsatz. Abgerundet wurde die romantische Einrichtung von den geblümten Übergardinen vor den Fenstern, eine Musterung, die in jeder Wohnung für nacktes Grauen gesorgt hätte, doch hier einfach nur stimmig und wunderschön aussah.

»Wo sind wir hier?«, hauchte ich.

Die Frau machte eine einladende Geste. »Willkommen in unserem Gutshof-Café.« Im nächsten Moment schlug sie sich klatschend die flache Hand vor die Stirn und rief: »Ach du meine Güte, ich habe mich ja noch überhaupt nicht vorgestellt.« Sie verdrehte die Augen, als könnte sie sich nur über sich selbst wundern. »Entschuldigung, das ist mir jetzt wirklich peinlich. Aber die Aufregung und … wie auch immer, ich bin Cornelia Andres, aber nennt mich bitte Conni, das machen alle und ist mir auch viel lieber. Ich betreibe das Gutshof-Café, und mein Mann Holger ist der Verwalter hier auf Rosencarree. Wir wohnen mit unseren Kindern Paul und Merle weiter hinten auf dem Gestüt im Verwalterhaus. Aber tagsüber bin ich fast immer hier im Gutshof-Café anzutreffen.« Sie lächelte mich an, als ob diese Information wichtig für mich wäre.

Nahm sie etwa an, ich würde auf Rosencarree bleiben? Hatte Harry so etwas in der Art behauptet?

Meiner Mutter schienen ähnliche Gedanken durch den Kopf zu gehen, denn sie machte unmissverständlich klar: »Wir bleiben nur einen kurzen Augenblick. Aber danke für die Info.« Damit schob sie sich an uns vorbei.

»Vorsicht, Stufe!«, rief Conni warnend.

»Wie?«, murmelte meine Mutter und blieb stehen.

Ich hingegen hatte Connis Warnung zwar gehört, aber bevor sie mir ins Bewusstsein geraten konnte, hatte ich schon einen Schritt ins Leere gemacht. Conni streckte noch die Hand nach mir aus, aber da war ich schon nach vorne gestolpert, wankte zwei, drei Schritte weiter geradeaus, und wenn nicht jemand wie aus dem Nichts nach meinem Arm gegriffen hätte, wäre ich der Länge nach auf einem ovalen Tisch gelandet, an dem zwei ältere Damen gerade frühstückten.

»Sophia, was machst du denn?« Die Stimme meiner Mutter klang besorgt, aber auch ein wenig vorwurfsvoll.

Ich blickte nach links in ein Paar blaue Augen, mit demselben ungewöhnlich dunklen Rand um die Iris herum, wie es mir schon bei Conni aufgefallen war.

»Diese Stufe ist wirklich verflixt«, brummte eine männliche Stimme. »Das habe ich meiner Mutter schon tausendmal gesagt.«

»Ist dir was passiert?«, fragte Conni fast zeitgleich.

Ich war so perplex, dass ich überhaupt nicht mehr wusste, wen ich zuerst anschauen sollte: meine Mutter, Conni oder denjenigen, der mich im letzten Moment festgehalten hatte.

Ich entschied mich für meine Füße, denn das Ganze war mir so peinlich, dass mir die Röte ins Gesicht schoss.

»Geht es wieder?«, brachte sich mein Retter in Erinnerung.

»Ja«, hauchte ich, ohne aufzusehen. »Alles toll.«

Er löste seinen Griff und verschwand dann irgendwohin. Ich war so neben der Spur, dass ich mich nicht einmal bedankte. Meine Mutter ignorierte ich ebenfalls. Nur von Conni wollte ich mit belegter Stimme wissen: »Wo ist denn jetzt nun eigentlich mein Opa … ähm, Harry?«

Conni sah sich im Café um. »Hm, komisch«, erklärte sie schulterzuckend. »Eben war er noch hier. Vielleicht ist er rüber zu den Stallungen gegangen. Ich schaue gleich mal nach.«

Sie lenkte meine Mutter und mich in eine kleine Nische. »Darf ich euch vielleicht etwas bringen, solange ihr hier wartet? Kaffee, Tee, Schokolade, was Kühles? Oder mögt ihr etwas essen?«

»Danke. Weder das eine noch das andere«, gab meine Mutter knapp zurück. »Wenn Sie bitte einfach nur so freundlich wären und Harry holen könnten.« Das *Sie* hatte meine Mutter ganz besonders betont. Mir war schon klar, dass ihr Connis vertrauliches *Du* ganz und gar nicht passte.

»Okay«, gab Conni noch immer lächelnd zurück. Die distanzierte Art meiner Mutter schien an ihrem Frohgemut einfach abzuprallen. »Dann flitze ich schnell und suche Harry. Der wird Augen machen …« Sie lachte vorfreudig und brauste wie ein ungestümes Kind davon.

»Komische Frau«, murmelte meine Mutter.

Ich ersparte mir eine Antwort darauf, denn ich war anderer Meinung. Ich fand Conni nett und herrlich unkompliziert. Ich kannte sie zwar nicht, aber dennoch war sie mir durch ihre herzliche Art gleich irgendwie vertraut gewesen. Ähnlich wie bei der netten Pensionsbesitzerin Frau Clausen.

Ich sah mich in der Nische um. Zwei kleine Bänke, ganz liebevoll mit fluffigen Plüschkissen drapiert, darüber ebenso nostalgische Bilder an den Wänden – alle handgemalt, bestimmt keine Drucke. Wie in einem richtigen Jagdschloss. Zwischen den bezogenen Bänken befand sich ein schmaler Tisch, auf dem silberne Kerzenleuchter und eine passende Schale wie zufällig in Szene gesetzt worden waren. Über all dem thronte ein pompöser Kronleuchter, den ich normalerweise als extrem kitschig eingestuft hätte, der hier jedoch das Gesamtwerk stilvoll abrundete.

»Das ist ein wirklich schönes Café«, sagte ich leise. »Findest du nicht auch?«

Meine Mutter verzog das Gesicht. »Mir ist das alles viel zu überladen.«

»Na ja, wohnen möchte ich so auch nicht. Aber hier passt es einfach. Hast du den Kronleuchter gesehen? Der ist doch ein Traum.«

Ich wusste, dass meiner Mutter der große Kronleuchter aufgefallen war. Sie liebte so etwas Antikes. Doch sie war nun mal in ihrer abwehrenden Haltung gefangen und konnte oder wollte da auch überhaupt nicht raus.

Das Einzige, was sie gewillt war, von sich zu geben, war:

»Ja, schönes Teil!« – allerdings so knapp und emotionslos, dass ich beschloss, besser den Mund zu halten, was ich dann auch für eine ganze Weile lang tat.

Und während wir in der gemütlichen Nische saßen und auf Harry warteten, darauf, dass er mir den Brief meines Vaters aushändigte, ich meine Mutter verstohlen musterte, wenn sie mal wieder genervt aufstöhnend einen Blick auf ihre Armbanduhr warf, wurde der Wunsch in mir immer größer, Rosencarree zu erkunden.

Ich wollte mich hier in Ruhe umschauen, jede Ecke des Gestütes kennenlernen und vor allem erfahren, wie mein Vater gewohnt hatte. Wie hatte sein Leben hier auf Rosencarree ausgesehen?

»Mama, warte du bitte alleine weiter auf Harry. Ich sehe mich in der Zwischenzeit etwas um«, verkündete ich. Bevor sie es verhindern konnte, war ich aus der Nische gerutscht und hatte das Café verlassen.

KAPITEL 10

In dir muss brennen,
was du in anderen entzünden willst.
(Aurelius Augustinus)

Am meisten faszinierte mich die Weite. Ich stand ein gutes Stück hinter der Reithalle und konnte mich kaum daran sattsehen. Wie meine Mutter schon angedeutet hatte, erstreckten sich die Koppeln bis hin zum Küstenwald, der von hier aus jedoch fast winzig erschien. In Maßeinheiten hätte ich das Land, das zu Rosencarree gehörte, nicht beziffern können. Ich kannte mich mit Morgen und Hektar nicht aus. Wusste nicht einmal, was von beidem größer war.

Während meiner Erkundung von Rosencarree war ich auch an den Stallungen vorbeigekommen und den dazugehörigen Paddocks. Wenn ich es richtig erkannt hatte, dann gehörte hier zu jeder Box ein kleiner Auslauf. Die Pferde konnten selbst wählen, ob sie sich in der Box oder draußen in dem Auslauf aufhalten wollten. Ich nahm an, dass das sehr artgerecht war.

Seitdem ich von meiner Mutter erfahren hatte, dass das Leben meines Vaters sich fast ausschließlich um Pferde gedreht hatte, hatte ich versucht, mich durch das Internet und Pferdebücher aus der Stadtbibliothek sachkundig zu machen. Soweit das in der kurzen Zeit überhaupt möglich war, und natürlich handelte es sich dabei dann doch noch immer um ein rein theoretisches Wissen. Aber zumindest wusste ich nun, dass Pferde viel Bewegung brauchten und ausschließliche Boxenhaltung alles andere als artgerecht war.

In der Stadtbibliothek hatte ich mir unter anderem auch ein Kinderbuch ausgeliehen. Nicht weil ich mich noch für ein Kind hielt, bestimmt nicht. Aber das Buch war nur 128 Seiten dick, und da die Zeit drängte, erhoffte ich mir, anhand der kurzen Geschichte so schnell und vor allem so viel wie möglich über Pferde zu erfahren.

Dummerweise stellte ich dann zu Hause fest, dass es sich um eine Geschichte handelte, die auf einem Isländerhof spielte. Bei den Pferden meines Vaters handelte es sich aber um Trakehner, Sportpferde.

Doch eine Szene war mir vorhin wieder in den Sinn gekommen, als ich die kleinen Ausläufe an den Boxen der Pferde entdeckt hatte.

Die beiden ebenfalls pferdeunerfahrenen Hauptfiguren des Buches hatten den Isländerhof erkundet, so wie ich Rosencarree. Als sie sahen, wie frei die Isländer dort lebten, so natürlich und ursprünglich auf einer Weide, die schier grenzenlos wirkte, waren sie schwer beeindruckt gewesen und hatten instinktiv gewusst, dass es so richtig ist.

Die Pferde trotzten in dieser Weite jedem Wetter. Rau, wild, frei – kein Wind schien ihnen zu eisig, kein Schneefall zu stark zu sein.

»So soll es eigentlich sein«, hatte die eine zu der anderen gesagt und ich fragte mich, ob so kleine Ausläufe zwar immer frische Luft für die Tiere garantierten, aber am Ende doch viel zu wenig Bewegungsfreiheit boten.

Und nun stand ich an den Weiden, die bestimmt noch endloser und größer waren als die in dem Buch beschriebenen. Nein, ich hatte keine Ahnung von Pferden, ich hatte mich vorhin ja noch nicht einmal getraut, sie anzufassen, ihre weichen Nüstern zu streicheln, die sie mir neugierig über das Paddockgatter entgegenstreckten. Himmel, ich wusste auch nicht, ob die Nüstern eines Pferdes tatsächlich ganz weich und warm waren, es hatte in dem Isländerbuch gestanden und deshalb nahm ich es an. Aber in diesem Moment, da wusste ich: So soll es sein. Immer unter freiem Himmel, in einer unendlichen Weite. So sollen Pferde gehalten werden.

Mein Handy klingelte und entriss mich unsanft der Stille und Harmonie des Augenblicks.

»Ja, Mama?«, sagte ich, nachdem ich das Handy aus der Hosentasche gekramt hatte.

»Wo bist du denn?«, wollte sie ungeduldig von mir erfahren. »Harry ist gerade gekommen. Er hat den Brief für dich.« Sie machte eine kurze Pause und fuhr dann mit vorwurfsvollem Unterton fort: »Ich möchte dann jetzt auch wirklich zurück nach Hause fahren, Sophia.«

Der Brief. Harry. Meine Mutter. Für einen Moment hatte ich all das tatsächlich komplett ausgeblendet. Es war so schön hier draußen an den Koppeln. Die in der Ferne grasenden Pferde. Die ersten Sonnenstrahlen des noch so unentschlossenen Aprils. Alles war ruhig und friedlich.

»Sophia? Hallo? Hast du mir zugehört?«

»Ja«, murmelte ich unwillig, »ich komme ja schon …«

Noch ein tiefer Atemzug, ein letzter Blick über die Koppeln, dann wandte ich mich um und lief zurück zum Gutshaus.

Als ich an der Reithalle vorbeikam, vernahm ich plötzlich eine männliche Stimme. Ganz sanft und so beruhigend, als würde sie jemandem gut zureden. Ich hatte keine Zeit, meine Mutter war genervt und drängte zum Aufbruch. Harry wartete auch auf mich, doch einen kurzen Blick musste ich einfach riskieren. Also schlich ich mich leise in die Halle und lugte vorsichtig über die Bande. Ein dunkelhaariger junger Mann, vielleicht etwas älter als ich, in Jeans und einem blauen Shirt führte etwas weiter hinten in der Halle ein braunes Pferd im Kreis herum.

Das Tier schien ziemlich aufgeregt zu sein, die Nüstern waren blutrot aufgebläht, es riss nervös am Strick herum, sodass der Dunkelhaarige Mühe hatte, es im Zaum zu halten.

Dennoch löste er nun behutsam die kurze Führleine vom Halfter des Pferdes und befestigte stattdessen eine wesentlich längere daran.

»Ruhig, meine Süße, alles ist gut und ich verspreche dir, so bleibt es auch. Entspann dich, kleine Lady«, redete er nun wieder mit dieser wohlklingenden Stimme, die mich kurz zuvor schon neugierig in die Halle gelockt hatte, auf das nervöse Pferd ein. »Du kannst dich auf mich verlassen, meine Schöne, das habe ich dir doch versprochen.«

Wie er zu dem Pferd sprach, so einfühlsam und mit dieser angenehm warmen Stimme, auch wenn ich keine Ahnung hatte, was er da gerade tat, ich war fasziniert. Und das Pferd schien sich tatsächlich zu entspannen, denn als er es nun erneut im Kreis herumzuführen begann, war es wesentlich artiger und riss kaum noch an dem langen Strick.

»Feines Mädchen«, lobte er und klopfte dem Tier sanft den Hals.

Nach einer Weile ließ er dem Pferd immer mehr Leine und bewegte sich dabei vorsichtig rückwärts in die Mitte des Zirkels, auf dem er das Pferd geführt hatte. Das schien das Tier wiederum zu verunsichern, denn es begann auf der Stelle herumzutrippeln, warf ein paar Mal den Kopf hoch und machte nun wieder keinen besonders zufriedenen Eindruck auf mich.

Der Dunkelhaarige zeigte sich jedoch nicht großartig davon beeindruckt und schickte das Pferd mit einem lauten Schnalzen vorwärts.

»Jetzt sei nicht albern!«, rief er ihm zu – diesmal mit deutlich mehr Strenge in der Stimme.

Zunächst sah es auch so aus, als würde das Pferd artig seiner Aufforderung nachkommen. Doch im nächsten Moment stoppte es abrupt, blähte die Nüstern und stürmte dann wie angestochen auf ihn zu. Direkt vor ihm stieg das Tier kerzengerade in die Höhe. Der Dunkelhaarige konnte gerade noch so zur Seite springen, sonst hätte es ihn mit den Vorderhufen erwischt.

Mit aller Kraft hielt er mit der langen Leine dagegen – und schaffte es tatsächlich, das wilde Tier wieder zurück auf alle vier Beine zu ziehen. Doch das Pferd hatte sich längst noch nicht wieder beruhigt. Es galoppierte aufgeregt um ihn herum. Dabei vollführte es die wildesten Bocksprünge. Ganz besonders, wenn es an einem der Seiteneingänge vorbeikam, die nur durch eine Eisenstange abgesperrt waren, sprang das Pferd erschrocken zur Seite. Selbst nach der zwanzigsten Galopprunde blieb das so.

Ich konnte den jungen Mann nur bewundern, dass er dennoch nicht nachließ, dem Pferd gut zuzureden, während er standhaft in der Mitte blieb, obwohl das Tier mit seinem Gewicht und seiner Kraft ihm eindeutig überlegen war.

Wie viel mochte so ein Pferd wohl wiegen, fragte ich mich. 500 Kilo? 600? Auf jeden Fall erheblich mehr als der Junge.

Mit angehaltenem Atem stand ich in der hintersten Ecke der Bande und verfolgte das Geschehen in der großen Reithalle. Wie die Hufe des Pferdes über den weichen Hallenboden stampften, es immer wieder wild den Kopf hochwarf, dabei heftig prustete und der Dunkelhaarige zwar hörbar keuchte, aber dennoch ganz gelassen in der Mitte des Zirkels blieb und mit beruhigender Stimme dem Pferd zuredete.

Verstand das Pferd ihn? Ich wusste es nicht. In dem Isländerbuch hatten sich die zwei Mädchen zwar immer mit den Pferden unterhalten und es wurde auch so dargestellt, als würden die Tiere jedes Wort verstehen und darauf reagieren, aber na ja, das war ein Buch. Eine fiktive Geschichte. Dazu auch noch für Kinder geschrieben. Wie die Realität aussah, ob so ein großes Tier tatsächlich auf die Stimme eines Menschen reagieren würde – ich hatte absolut keine Ahnung. Und so groß meine Begeisterung für das wunderschöne Gestüt auch war, wurde mir auf einmal klar: Das hier war eine Welt, die man nicht einfach nur durch ein paar Recherchen im Internet und anhand von Büchern verstehen und erlernen konnte. Dazu gehörte viel, viel mehr. Vor allem das Gefühl für so ein Pferd. Das hatte ich nicht. Definitiv nicht. Woher auch?

Nein, das hier war nicht mein Platz und würde es auch niemals werden.

Überraschenderweise versetzte mir diese Erkenntnis einen schmerzlichen Stich mitten ins Herz. Als ich vorhin mit staunenden Augen Rosencarree erforscht hatte, war zunehmend das Bild in mir entstanden, wie es sein könnte, wenn ich hier leben würde. Ich hatte mich schon auf dem Rücken eines dieser bildschönen Pferde sitzen, und wie in meinem verrückten Traum neulich, über eine Wiese galoppieren sehen. Den Wind in den Haaren, die unendliche Weite, die Natur, das rhythmische Geräusch der Hufe auf dem Gras. Ein mir zwar völlig unbekanntes, aber dennoch wunderschönes Gefühl.

Doch jetzt, wo ich diesen jungen Mann mit dem Pferd *kämpfen* sah, blieb nicht mehr viel von meinem verklärten Bild. Hier zu leben bedeutete bestimmt nicht nur Wind in den Haaren, Sonne auf der Haut und weiche Pferdenüstern, die einem sanft ihren warmen Atem in den Nacken bliesen. Das hier war kein Das-Leben-ist-ein-Ponyhof-Kinderbuch.

Ich machte einen Schritt von der Bande und wollte dann so leise und unauffällig, wie ich die Halle betreten hatte, sie wieder verlassen. Doch dabei hatte ich nicht mehr an den kleinen Hocker gedacht, der seitlich an der rechten Wand stand. Mein unabsichtlicher Fußtritt dagegen verursachte ein lautes Poltern.

Der junge Mann in der Halle schaute zu mir rüber, während das Pferd nun vollständig ausflippte. Es vollführte noch wildere Bocksprünge, warf sich dabei mit seinem ganzen Gewicht gegen die lange Leine, die dem Dunkelhaarigen schließlich aus den Händen gerissen wurde.

»Oh nein«, rief ich erschrocken. »Das wollte ich nicht. Entschuldigung …«

Das Pferd lief prustend und mit erhobenem Schweif nun durch die ganze Halle. Dabei zog es die lange Leine hinter sich her, die bei jedem Galoppsprung drohte, sich gefährlich um die Beine des Tieres zu verheddern.

Ich hätte am liebsten die Flucht ergriffen, denn der junge Mann bedachte mich mit nicht besonders freundlichen Blicken. Doch jetzt einfach so abzuhauen, kam mir schäbig und feige vor.

Das Pferd rannte, als ob es um sein Leben ginge. Doch der Dunkelhaarige blieb in der Mitte stehen. Er ließ das Pferd einfach laufen. Er unternahm nicht den leisesten Versuch, es wieder einzufangen.

Ich hingegen verspürte plötzlich den übergroßen Drang, meinen Fehler wiedergutzumachen. Wenn dem Pferd etwas passierte, wenn es sich so in der Leine verwickelte, dass es vielleicht sogar stürzte, dann war das einzig und allein meine Schuld. Auch wenn ich unter Garantie nie wieder hierherkommen würde, ich wollte trotzdem nicht dafür verantwortlich sein, dass sich ein Pferd meinetwegen womöglich schwer verletzte.

Ich öffnete die Bandentür und trat in die Halle. Mein Herz raste wie verrückt, meine Knie waren weich wie Watte und dennoch machte ich ein paar Schritte in die Bahn hinein.

Der junge Mann rief mir etwas zu, aber seine Worte erreichten mich nicht. Ich war wie in einem Tunnel, wollte unbedingt das Pferd zum Anhalten bewegen und verhindern, dass es sich meinetwegen verletzte.

Als es bei seiner nächsten wilden Galopprunde auf die kurze Hallenseite zuraste, an der ich mich befand, riskierte ich einen Schritt nach vorne und streckte dabei die Arme weit zur Seite aus. Ich warf mich dem Tier direkt in den Weg, ohne mir wirklich bewusst zu sein, in welche Gefahr ich mich damit begab.

»Bist du wahnsinnig geworden!«, hörte ich es noch rufen. Im nächsten Moment sah ich mich auch schon Auge in Auge mit dem Pferd. Es prustete, warf den Kopf noch einmal wild in die Luft – und dann stand es plötzlich!

Das Tier pumpte heftig und war klitschnass geschwitzt. Die Augen groß, die Nüstern blutrot, doch es stand. Ich hatte es tatsächlich dazu gebracht, anzuhalten.

Instinktiv bückte ich mich nach der Leine, hielt sie dann wie einen Fremdkörper in den Händen und wusste nicht weiter. Die Hand nach dem Pferd auszustrecken, ihm beruhigend den Hals zu klopfen, so wie ich es bei dem jungen Mann gesehen hatte, dazu fehlte mir der Mut – verrückt, wenn man bedachte, dass ich mich ihm gerade einfach so in den Weg gestellt hatte.

Der Dunkelhaarige war inzwischen bei uns. Fassungslos sah er mich an. Seine Stimme klang ganz rau, als er verlangte: »Gib mir die Longe!«

Ich nickte. Mein Herz überschlug sich fast in der Brust, meine Knie drohten nun vollständig nachzugeben. »Es … tut … tut mir leid …« Vorsichtig hob ich den Blick, schaute ihn verstohlen an und erkannte nun die blauen Augen von vorhin. »Oh, du schon wieder …«

Sein Blick wurde immer ungläubiger. »Du schon wieder? Ist das echt das Einzige, was dir dazu einfällt?«

Hilflos zuckte ich mit den Schultern. »Ich … ich wollte das nicht. Also, dass das Pferd meinetwegen so losrennt und sich losreißt …«

»Und da hast du dir gedacht, hey, dann stelle ich mich doch einfach mal mitten in den Weg. Vielleicht hält es ja an. Oder was ist da gerade in deinem Kopf vorgegangen?« Er war sauer. Richtig stinksauer. Daran war nichts falsch zu deuten. »Ist dir eigentlich klar, dass die Aktion gerade lebensgefährlich war?«

Was sollte ich sagen? Er hatte ja recht. Ich hatte nicht nachgedacht. Einfach instinktiv gehandelt, ohne Rücksicht auf die möglichen Konsequenzen für mich. Da war nur der Wunsch gewesen, meinen Fehler irgendwie wiedergutzumachen.

Er sah mich kopfschüttelnd an. »Du hast ’nen Knall! Das ist eindeutig.« Und nach einer kurzen Pause, in der er dem nun ganz artig dastehenden Pferd den schweißnassen Hals klopfte, grinste er plötzlich und schob hinterher: »Mindestens so einen großen, wie Gregor ihn hatte.«

KAPITEL 11

Mach deine Gedanken nicht zu deinem Gefängnis.

(William Shakespeare)

Am Abend hatte ich den Brief meines Vaters noch immer nicht geöffnet. Dazu fehlte mir einfach der Mut. Es war so ein diffuses Gefühl, dass er etwas geschrieben haben könnte, was mich verletzte.

Meine Mutter war direkt nach unserer Ankunft in die Agentur gefahren. Aber ich hätte sie sowieso nicht darum gebeten, den Brief für mich zu lesen. Ella jedoch schon.

Um kurz nach acht Uhr stand sie atemlos vor unserer Wohnungstür. Ich zog sie wortlos mit mir in mein Zimmer und drückte ihr den Brief in die Hand.

»Lies ihn bitte für mich!«, bat ich sie.

Ella machte große Augen. »Dann war das gerade am Telefon kein Scherz? Du hast ihn tatsächlich noch nicht aufgemacht?«

Ich seufzte tief. »Natürlich war das kein Scherz.«

Nachdenklich betrachtete Ella den Brief in ihren Händen. »Hm … ich weiß ja nicht.«

»Was weißt du nicht?«, rief ich – viel zu laut, viel zu schrill. Ich bemerkte es selbst.

Prompt wanderten Ellas Augenbrauen nach oben. »Sophia, puh, du bist ganz schön neben der Spur.«

Ich sank auf mein Bett. »Wärst du an meiner Stelle unter Garantie auch.«

Ella nickte. »Ja, bestimmt. Ich meine, wann bekommt man schon mal ein Millionenvermögen vererbt und sagt lässig: Nö, ich nehm das nicht.« Sie zwinkerte mir zu. Doch weil ich nun noch mehr in mich zusammensackte, schob sie mit misstrauischem Unterton hinterher: »Oder hast du es dir inzwischen wieder anders überlegt?«

Ich zuckte mit den Achseln. »Ich … ich …«

»Nicht dein Ernst!«, rief Ella.

»Jetzt lass das doch«, bat ich sie und fühlte mich von Sekunde zu Sekunde immer überforderter von dieser neuen und fremden und wirklich schwierigen Situation, in der ich mich befand. »Ich kann dir dazu nichts sagen. Zumindest noch nichts Endgültiges. Es gab heute auf dem Gestüt so ein paar Momente, da … na ja, da war es auf einmal so, dass ich es mir hätte vorstellen können.«

»Dort zu leben?«, schnaufte Ella. »Vielleicht sogar für immer?«

Ich winkte ab. »Nicht für immer. Blödsinn. Hier ist mein Zuhause, meine Schule, meine Freunde … mein Leben. Außerdem würde meine Mutter mich eh nicht gehen lassen, und ich will das auch überhaupt nicht. Ich möchte jetzt einfach nur erfahren, was in dem Brief steht.«

Ella nickte und öffnete den Umschlag. Ihre Finger zitterten ein wenig, als sie das in der Mitte gefaltete Blatt Papier herauszog und es aufschlug.

»Darf ich erst für mich lesen?«, fragte sie leise.

»Ja, klar doch …«

Doch dann, als Ella schließlich zu lesen anfing, ihre Stirn sich dabei immer mehr in Falten legte, hielt ich es doch nicht aus. »Ella, lies vor. Laut. Jetzt!«

Sie hob den Kopf und sah mich an. Tränen schwammen in ihren Augen, und mein Magen wurde zu einem schmerzlichen Klumpen.

»So schlimm?«, wisperte ich ängstlich.

Ella atmete tief durch. »Schlimm … hm, ich weiß nicht, eher irgendwie schön …«

Ich verstand nicht. »Wie meinst du das?« Doch bevor sie antworten konnte, redete ich schon weiter. »Lies ihn mir vor!«

Ella nickte. »Liebe Sophia«, begann sie und ich hörte ihr schon nach diesen zwei Wörtern an, wie das, was mein Vater geschrieben hatte, sie bewegte.

»Wie fange ich an? Glaub mir, darüber habe ich mir eine halbe Ewigkeit Gedanken gemacht. Wie oft ich schon versucht habe, dir zu schreiben, ich weiß es nicht. Unzählige Male – bestimmt! Und dennoch ist keiner der Briefe fertig geworden. Nur dieser. Mein letzter Brief.

Du siehst schon jetzt, dass es nicht allzu viel ist, was ich für dich aufgeschrieben habe. Mit Worten habe ich mich mein Leben lang etwas schwergetan – zumindest, was die richtigen betraf. Leider …

Was nun aber dich betrifft, Sophia, so ist es mir wichtig, dass du erfährst, dass ich immer da war – auch wenn du mich nicht gesehen hast. Ich habe zu jedem Zeitpunkt deines Lebens Anteil daran genommen und dich jede Sekunde vermisst.

Ich kann dir nicht erklären, wie es dazu gekommen ist. Weshalb wir uns nie kennengelernt haben, nur versichern, dass es mir unfassbar leidtut, dass ich nie die Gelegenheit dazu hatte.

Trotzdem oder gerade deshalb hoffe ich so sehr, dass du annimmst, was ich dir hinterlassen habe, und dass du mich dadurch doch noch wenigstens ein bisschen kennenlernst.

Harry wird dir dabei helfen. Du kannst dich auf ihn verlassen, so wie ich mich mein ganzes Leben lang auf ihn verlassen konnte.

Sophia, ich bin unsagbar stolz auf dich. So oder so und immer – schon immer.

Dein Vater, der dich stets im Herzen hat.«

Ella faltete das Blatt wieder in der Mitte zusammen und steckte es in den Umschlag zurück, bevor sie ihn mir reichte.

»Sophia«, sagte sie mit belegter Stimme, »da stimmt was nicht …«

Ich konnte nicht sprechen. Saß einfach nur stocksteif auf dem Bett und starrte sie an.

Ella setzte sich neben mich und legte mir den Arm um

die Schulter. »Sophia, da stimmt was nicht«, wiederholte sie nun noch eindringlicher.

Ich atmete tief durch. »Ja …«

»So schreibt niemand, der nichts von seinem Kind wissen will.«

»Ja …«

Ella umfasste meine Schultern. »Jetzt sag doch mal was dazu. Ich meine, was anderes als nur immer Ja.«

»Mir fällt nichts ein«, krächzte ich. Und so war es auch. Ich fand einfach keine Worte dafür, wie es gerade in mir aussah. Was ich fühlte, hoffte und auch fürchtete.

Ella seufzte tief. »Okay, ist eigentlich auch verständlich.« Sie stockte, verzog das Gesicht, als hätte sie Schmerzen, und meinte schließlich: »Es fällt mir megaschwer, dir das zu raten, aber, Sophia, du solltest dir das mit dem Erbe noch mal genau überlegen.«

Ich nickte. »Ja … ich schätze, das sollte ich …«

* * *

Am nächsten Morgen fühlte ich mich wie gerädert, denn an Schlaf war kaum zu denken gewesen. Erst hatte ich mich eine gefühlte Ewigkeit lang von links nach rechts gewälzt, schließlich war ich im dunklen Zimmer auf und ab gelaufen oder hatte am Fenster gestanden und auf die Straße hinuntergeschaut.

Doch nun war es endlich Morgen und ich konnte es kaum erwarten, meiner Mutter von meinem Entschluss zu erzählen. Natürlich war mir nicht wohl dabei zumute, denn dass sie davon nicht begeistert sein würde, war mehr als sicher. Doch ich war zu allem entschlossen – egal wie sehr sie sich aufregte, ich wollte mich auf gar keinen Fall umstimmen lassen.

»Morgen«, murmelte ich, als ich die Küche betrat.

»Sophia.« Meine Mutter starrte mich erstaunt an. Kein Wunder, denn zu dieser frühen Stunde tauchte ich normalerweise noch nicht auf. »Was machst du hier?«

Ich setzte mich zu ihr an den Küchentisch, auf dem ihre Müslischale und ihr Lieblingskaffeebecher standen. Wie immer. Nur war heute absolut nichts wie immer. Mein Pulsschlag war sprintverdächtig, mein Magen ein schmerzender Klumpen.

Noch einmal holte ich tief Luft, dann ließ ich die Bombe platzen. Im wahrsten Sinne.

»Mama, ich habe noch mal nachgedacht und bi…«

Ihre Augenbrauen schnellten in die Höhe, während sie mir das Wort abschnitt. »Was Rügen und deinen Vater betrifft, Sophia, ich denke, dazu ist alles gesagt.« Sie wollte sich vom Tisch erheben, doch ich hielt sie am Handgelenk zurück.

»Bitte bleib hier und hör dir an, was ich beschlossen habe!«, forderte ich sie eindringlich auf.

Sie stöhnte genervt. »Ich muss in die Agentur und außerde…«

Diesmal war ich diejenige, die sie nicht aussprechen ließ. »Du kannst sofort zur Arbeit fahren, Mama. Ich halte dich nicht lange auf. Ich möchte dir nur schnell sagen, dass ich beschlossen habe, meine Sommerferien auf Rügen zu verbringen. Ich werde jetzt gleich Harry anrufen und ihn fragen, ob das für ihn okay ist.«

Der Blick meiner Mutter war voller Empörung, ihre Stimme zwar sehr leise, aber dennoch schrill. »Mit welchem Ziel, Sophia? Überlegst du etwa ernsthaft, das Erbe anzunehmen? Hast du tatsächlich vor, auf diesen kompletten Irrsinn einzugehen, den sich dein Vater noch auf seine letzten Tage hat einfallen lassen?«

Ich nickte.

Meine Mutter hatte sichtbar schwer zu schlucken. »Und wenn ich es dir verbiete?«

Ich zuckte mit den Schultern. »Fahre ich trotzdem!«

Meine Mutter stand vom Tisch auf. Schweigend räumte sie die Schale und den Becher in den Geschirrspüler, nahm ein feuchtes Tuch und wischte damit über die Tischplatte. Dann verließ sie mit stocksteifen Schritten die Küche.

Ich blieb am Tisch sitzen. Einigermaßen fassungslos darüber, wie sich innerhalb weniger Tage unser sonst so gutes Verhältnis verändert hatte. Wie schwierig plötzlich alles geworden war. Klar, irgendwie verstand ich ihre Reaktion sogar, sie wollte nicht, dass ich mein Leben und meine Zukunft hier in Hamburg aufgab. Nur, das hatte ich doch überhaupt nicht vor. Doch da war auch dieser unbändige Wunsch in mir, Harry, das Gestüt, die Menschen und Pferde dort besser kennenzulernen – und so vielleicht auch meinen Vater. Ich wollte, nein, ich musste herausfinden, was für ein Mensch er tatsächlich gewesen war.

So wie ihn mir meine Mutter geschildert hatte? Oder wie Harry und die Rügener mir von ihm vorgeschwärmt hatten? Vielleicht lag die Wahrheit ja irgendwo in der Mitte?

Mein Kopf schwirrte, was beinahe schon ein Dauerzustand war, als ich mich schließlich vom Tisch erhob und die Küche verlassen wollte.

Im Türrahmen stand meine Mutter. Sie nickte mir ernst zu. »Ich werde dich nicht begleiten können, Sophia, das ist dir doch wohl hoffentlich klar?«

»Ich bin kein kleines Kind mehr«, gab ich ebenso ruhig zurück.

Sie nickte. »Gut. Wenn das dein ausdrücklicher Wunsch ist, dann frag von mir aus Harry.«

Damit machte sie auf dem Absatz kehrt und verließ mit eiligen Schritten fast schon fluchtartig die Wohnung.

KAPITEL 12

Entweder man findet einen Weg
oder man schafft einen Weg.
(Hannibal)

Es war beinahe windstill und die tief stehende Sonne schien warm und freundlich von dem hellblauen Julihimmel, als ich das Gutshaus verließ und langsam Richtung Springplatz ging. Harry war schon vorgelaufen, um den Parcours für Paul und seinen dunkelbraunen Wallach Quando aufzubauen. Demnächst stand die erste Springprüfung bei einem Turnier für die beiden an. Auch für mich sollte es eine Turnier-Premiere werden. Natürlich nicht als Reiterin – um Himmels willen –, doch als Zuschauerin fieberte ich dem Wochenende mindestens genauso aufgeregt entgegen.

Nun war ich bereits seit zwei Wochen auf Rügen, auf dem Gestüt meines Vaters, und fühlte mich hier von Tag zu Tag wohler. Auch wenn die Welt, in die ich hier eingetaucht war, sich komplett von meinem bisherigen Leben unterschied und sich fast ausschließlich um die Pferde drehte.

Klar, in der ersten Zeit hatte ich hin und wieder das Gefühl gehabt, etwas fehl am Platz zu sein. Ich konnte weder wirklich bei der täglichen Stallarbeit helfen noch mich irgendwie anders nützlich machen.

Doch Harry wurde nicht müde darin, mich zu unterstützen, das Gestüt, die täglichen Abläufe, die Pferde, die Menschen, die hier auf Rosencarree arbeiteten, richtig kennenzulernen – und vor allem zu verstehen.

Über meinen Vater sprachen wir dabei selten. Hin und wieder fiel sein Name, wenn Harry zum Beispiel von einem Pferd erzählte, das Gregor ganz besonders gemocht hatte. Oder auch im Gutshof-Café, der Platz, an dem er immer gesessen und seine Buchhaltung erledigt hatte – eine Aufgabe, die er wie nichts anderes gehasst hatte.

Am ersten Tag auf Rosencarree hatte ich Harry gebeten, mir so viel wie möglich über meinen Vater zu erzählen. Doch Harry hatte gemeint, dass das überhaupt nicht nötig sei. Je besser ich das Gestüt mit all den Pferden und Menschen kennenlernte, desto mehr würde ich über meinen Vater erfahren.

Er hatte recht, denn inzwischen fühlte ich mich ihm tatsächlich irgendwie näher – verstand, warum er hier auf Rosencarree leben wollte und nirgendwo anders.

Allerdings blieb ich noch immer sehr auf Distanz zu den Pferden. Mein Respekt vor ihnen war einfach zu groß. So schön und anmutig ich sie auch fand, sie machten mir irgendwie Angst.

Paul, dem ich immer wieder bei seiner Arbeit mit den Pferden zusah – manchmal sogar heimlich –, beeindruckte mich zutiefst, weil er so viel Ruhe und Geduld mit den Tieren hatte. Als Harry mich gefragt hatte, ob ich vielleicht Lust hätte, Paul und ihn zum nächsten Turnier zu begleiten, hatte ich sofort begeistert zugestimmt – worauf Harry irgendwie sonderbar gegrinst hatte.

Ich erreichte den Springplatz, als Paul bereits auf Quandos Rücken saß und im Schritt über den Sandplatz ritt. Als er mich entdeckte, nickte er mir im Vorbeireiten kurz zu.

»Hi«, sagte ich und lächelte ein wenig unsicher.

So richtig schlau war ich bisher aus Paul noch nicht geworden. Er benahm sich mir gegenüber zwar immer nett und hilfsbereit, wie so ziemlich alle hier auf dem Gestüt, aber irgendwie hatte ich ständig das Gefühl, dass er sich über mich lustig machte. Ich hätte nicht mit Sicherheit sagen können, ob er mich mochte oder auf den Tod nicht ausstehen konnte. Ich hingegen … nun ja, ich mochte ihn sehr. Ich bewunderte ihn. Okay, ich fand ihn toll. Vom ersten Moment an, als ich ihn damals in der Reithalle mit dem wilden Pferd gesehen hatte und in ihm den Jungen erkannte, der mich kurz zuvor im Café aufgefangen hatte.

Harry hatte inzwischen die einzelnen Hindernisse auf die Höhe und den Abstand zueinander aufgebaut, wie es wohl auch auf dem Turnier sein würde.

»Paul startet mit Quando in einer Springpferdeprüfung der Klasse A. Das ist eine reine Jungpferdeprüfung für 4- bis 6-jährige Pferde. Dabei geht es nicht darum, wie schnell das Pferd den Parcours bewältigt, sondern wie rittig und talentiert es als Springpferd ist. Das Ganze wird dann von den Turnierrichtern mit einer Wertnote beurteilt«, erklärte Harry mir, nachdem er sich neben mich an den Rand des Springplatzes gestellt hatte.

»Ich habe zwar keine Ahnung davon, aber ich finde, die beiden sehen ziemlich gut zusammen aus«, gab ich zurück.

Harry lächelte und seine Stimme klang nun stolz, als er erklärte: »Paul hat sehr viel Talent, Sophia. Er hat das richtige Gespür für Pferde, ist sehr einfühlsam und dennoch konsequent. Gregor hat ihm eine große Zukunft vorausgesagt und war sein Reitlehrer – und auch sein größter Fan.«

Ich nickte beeindruckt, während Harry mit seinen Lobeshymnen auf Paul weitermachte. »Er hat Quando selbst ausgebildet, ihn vierjährig angeritten und sehr behutsam gefördert. Gregor war es immer wichtig, dass die Jungpferde genügend Zeit bekommen, und nicht schon als Dreijährige ran müssen.«

»Quando gehört Gregor?« Ich war tatsächlich überrascht, denn bisher hatte ich angenommen, Paul sei der Besitzer des todschicken dunkelbraunen Pferdes. Zumindest behandelte er ihn so.

Harry nickte. »Natürlich. Alle Pferde hier auf Rosencarree gehören Gregor … gehörten …« Er zuckte irgendwie hilflos mit den Schultern. »Vielleicht ja irgendwann dir, Sophia?!«

Ich biss mir auf die Unterlippe. Auch wenn ich mich hier wirklich wohlfühlte und Hamburg bislang nicht sonderlich vermisste, der Gedanke, für immer hier zu bleiben, war mir nach wie vor fremd. Zu fremd. Eigentlich sogar völlig absurd.

Unbeholfen tätschelte Harry einen kurzen Moment meine Schulter, bevor er zurück auf den Springplatz ging und Paul aufforderte, sein Pferd anzutraben.

Quando war heute sehr lebhaft. Das war selbst für einen Laien wie mich zu erkennen. Paul musste ihn ein paarmal davon abhalten, loszustürmen. Doch er blieb gelassen und parierte Quando immer wieder konsequent in den Trab durch.

»Gut so, Paul«, lobte Harry ihn gerade, als Merle, Pauls ein Jahr jüngere Schwester, über den Hof kam.

Sie sah ihrem Bruder oft zu, wenn er sprang, obwohl sie selbst eine überzeugte Dressurreiterin war. Ich hatte mich in den letzten zwei Wochen öfter mit ihr unterhalten und neulich dabei zugesehen, wie sie auf einem bildschönen Rapphengst ritt.

»Hi, Sophia«, begrüßte sie mich und umarmte mich herzlich.

Ich freute mich ebenfalls, sie zu sehen, denn ich fand Merle total sympathisch. Im Gegensatz zu ihrem Bruder war ich mir sicher, dass es ihr mit mir genauso ging.

»So ganz geheuer ist es mir ja immer nicht, wenn Paul mit Quando springt«, gab sie offen zu.

»Und warum nicht?«

Vielleicht war die Frage für jeden, der Ahnung von Pferden hatte, absolut überflüssig, doch Merle ließ sich nichts anmerken und erklärte mir, dass Quando, was seine Springqualität betraf, zwar ein echtes Ausnahmepferd sei, aber bei all dem Talent leider auch total unberechenbar.

»Paul steht auf schwierige Pferde«, seufzte sie kummervoll. »Ich glaube, er hätte wenig Lust, ein Pferd zu reiten, das einfach nur brav dahinläuft, und sei es noch so genial.«

Merle ließ sich auf die Bank sinken, die am Springplatzrand stand, und ich hockte mich daneben.

Paul hatte Quando inzwischen angaloppiert. Er nahm die Zügel noch nicht auf, damit sich das Pferd zunächst noch langmachen, sich richtig strecken konnte. Das gehörte wie der Schritt und Trab am langen Zügel zur Lösungsphase eines Pferdes, wusste ich von Harry.

Als Quando dann wie aus heiterem Himmel wild zu buckeln anfing, krallte Merle ihre Hand in meinen Oberschenkel.

»Schrecklich, ich kann da kaum hingucken«, erklärte sie – und wendete den Blick dennoch nicht eine Sekunde von Pferd und Reiter ab.

Ich dagegen war absolut sicher, dass Paul jederzeit in der Lage war, den ungestümen Dunkelbraunen zu bändigen. Nicht dass ich Ahnung vom Reiten gehabt hätte – es war einfach nur so ein … vertrauensvolles Gefühl, das ich verspürte, wenn ich Paul reiten sah.

»Du reitest doch selbst und bist dann trotzdem jedes Mal aufgeregt, wenn dein Bruder auf dem Pferd sitzt?«, fragte ich sie verwundert.

Merle strich sich eine Strähne ihrer langen blonden Haare aus dem Gesicht und klemmte sie hinters Ohr. Und wieder einmal fiel mir auf, wie bildschön sie war. Hellblondes glänzendes Haar, gertenschlank, aber mit Rundungen an den richtigen Stellen, und dann diese strahlend hellblauen Augen, die mich schon bei Paul so fasziniert und die die Geschwister eindeutig von Conni, ihrer Mutter, vererbt bekommen hatten. Bei der Haarfarbe drifteten sie allerdings völlig auseinander, Paul war wie sein Vater dunkel, Conni feuerrot und Merle honigblond.

»Nur wenn er Quando reitet«, erwiderte sie und fügte nach einer kurzen Pause hinzu: »Und mit Finja war es genauso. Die war leider komplett irre. Gregor …« Sie biss sich auf die Lippe. »Hm … entschuldige, ich weiß gar nicht, ob es dir etwas ausmacht, wenn ich über deinen … Vater rede?« Leichte Röte stieg ihr ins Gesicht.

Ich winkte ab. »Nein, absolut nicht«, beruhigte ich sie. »Ich bin sogar dankbar, wenn ihr mir von ihm erzählt.« Nun war ich es, die kurz ins Stocken geriet, weil mir die richtigen Worte fehlten. »Ich … ich habe ihn ja leider nicht mehr kennengelernt …«

Merle legte mir den Arm um die Schultern.

»Ja, das ist wirklich schade. Ich habe Gregor sehr gern gehabt. Er war wie ein zweiter Vater für Paul und mich.

Als ich von meinen Eltern nach Gregors Tod erfahren habe, dass er eine Tochter hat, zu der er keinen Kontakt haben durfte, war ich echt total geschockt«, gab sie unumwunden zu. »Gregor ist einer der nettesten Menschen gewesen, die ich kenne. Ich kann mir absolut nicht vorstellen, dass er irgendetwas getan hat, was so etwas erklärt.«

Einen Moment lang konnte ich einfach nur dasitzen und Merle anstarren. So direkt hatte bisher noch niemand auf Rosencarree mit mir über meinen Vater gesprochen. Und dass er keinen Kontakt zu mir haben *durfte*, war mir völlig neu.

Merle schien ihre Offenheit auch direkt zu bereuen.

»Verdammt«, murmelte sie schuldbewusst. »Das wollte ich gar nicht sagen. Es ist nur ...«

Ich versuchte, sie zu beruhigen. »Merle, alles ist gut. Ich bin wirklich sehr froh, wenn mir jemand von ihm erzählt, denn mir ist das Ganze natürlich auch ein großes Rätsel. Zumal ich gerade das erste Mal gehört habe, dass mein Vater keinen Kontakt zu mir haben durfte. Soweit ich weiß, wollte er das einfach nicht.«

Nachdenklich nickte Merle. »Okay, dann ... tja, keine Ahnung, dann habe ich das wohl irgendwie alles falsch verstanden«, versuchte sie ihre Behauptung von eben abzuschwächen.

»Wie kommst du denn überhaupt darauf?«, wollte ich dennoch von ihr wissen.

Merle zuckte hilflos mit den Schultern. »Keine Ahnung.

Ich meinte mal so etwas in der Art mitgekriegt zu haben. Aber da habe ich mich wohl verhört.« Sie machte eine kurze Pause, und sah mir dann direkt in die Augen. »Was sagt denn deine Mutter dazu? Die muss es doch am besten wissen.«

Ich hob die Schultern. »Nichts! Absolut gar nichts!«

»Oha«, machte Merle. »Echt komisch …«

Ich wollte noch etwas erwidern, da forderte Harry Paul auf, jetzt mit dem Springen anzufangen. Merle und ich konzentrierten uns wieder auf die Geschehnisse auf dem Springplatz – doch ihre Worte schwirrten mir noch immer durch den Kopf.

Zunächst sprang Paul mit Quando ein paar Mal über ein kleines Kreuz. Obwohl der Sprung wirklich niedrig war, hob der Dunkelbraune ab, als hätte er eine dreimal so hohe Hürde vor sich.

Ich war total beeindruckt, doch Paul schüttelte unzufrieden den Kopf. Auch Harry war alles andere als begeistert und forderte ihn auf, das Kreuz aus dem Trab anzureiten.

Tatsächlich klappte es nun wesentlich besser und Paul klopfte dem Wallach lobend den Hals. Anschließend ging es für die beiden über einen Steilsprung und danach einen Oxer. Mit Merle an meiner Seite, die mir die Sprünge erklärte und ihre fachkundige Meinung dazu abgab, machte das Zuschauen gleich noch viel mehr Spaß, stellte ich fest. Nach und nach begriff ich, worauf es ankam. Warum sich nicht alle freuten, wenn Quando viel, viel höher sprang, als er eigentlich musste, und auch, warum Paul ein paar Mal auf ein Hindernis zuritt, um dann im letzten Moment durchzuparieren oder abzuwenden.

»Er ist nicht passend davor gekommen«, erklärte mir Merle. »Und wenn Quando dadurch in den Sprung reinknallt oder eben reißt, dann wird er unsicher. Das will Paul im Training natürlich unbedingt vermeiden und wendet deshalb ab, wenn er merkt, dass es nicht passt.«

Unglaublich. Ich hatte immer gedacht, man würde einfach nur mit ganz viel Tempo auf so ein Hindernis zureiten und hoffen, dass man heil und gesund auf der anderen Seite ankommt. Doch nun lernte ich, dass es um die Galoppsprünge ging, und den äußeren Zügel und das Gewicht des Reiters, auf welche Seite er es über dem Sprung dann verlagern musste, damit das Pferd auf dem richtigen Fuß landete. Es war mir unerklärlich, wie es Paul gelang, sich auf all das zu konzentrieren und sich dann auch noch die Reihenfolge des Parcours zu merken.

Inzwischen sprang Paul mit Quando über eine Reihe von fünf kleineren Steilsprüngen, dazwischen lag auf dem Boden jeweils eine Stange.

»Das schult nicht nur das Auge des Reiters«, erklärte mir Merle, »sondern vor allen Dingen das Vorderbein und den Rücken des Pferdes.«

»Aha«, machte ich interessiert. »Und über so etwas muss Paul dann auch am Samstag auf dem Turnier springen?«

Merle lachte. »Nein, Quatsch. Das gehört alles noch zum Aufwärmprogramm. Der eigentliche Parcours ist ein anderer.«

Merle hatte zwar gelacht, aber ich fühlte mich kein bisschen von ihr ausgelacht. So war sie einfach nicht.

Nach einer kurzen Schrittpause kündigte Paul an, nun den ganzen Parcours springen zu wollen. Er fasste die Zügel kürzer und ließ Quando angaloppieren. Der Wallach zog mit gespitzten Ohren zu den Sprüngen und flog wie eine Feder über die Steilsprünge und die Oxer.

»Schau mal«, sagte Merle begeistert. »Er muss nur die Hand stehen lassen, schon verkürzt Quando seinen Galoppsprung, sodass es optimal passt.«

Ich nickte, auch wenn ich das mit der *Hand stehen lassen* nicht wirklich begriff, aber gekonnt und dabei sehr harmonisch sah es auf jeden Fall auch für mich aus.

Nachdem Paul und Quando den Parcours fehlerfrei gemeistert hatten, parierte er den Wallach zum Trab durch und klopfte ihm überschwänglich den Hals.

»Das war sehr, sehr gut«, fand Harry und lächelte zufrieden.

Paul nickte und parierte Quando zum Schritt durch. Als er an der Bank vorbeikam, auf der Merle und ich saßen, fragte er: »Und, Sophia, wie hat es dir gefallen?«

»Gut«, antwortete ich. »Ich bin euer Fan!« – Im nächsten Moment hätte ich mir dafür selbst eine runterhauen können.

KAPITEL 13

Das Leben besteht aus zwei Teilen:
die Vergangenheit – ein Traum,
die Zukunft – ein Wunsch.
(Aus Arabien)

Am nächsten Morgen wurde ich von der Sonne geweckt. Ich öffnete die Augen und betrachtete eine Weile das Schauspiel der silbern schimmernden Staubkörner, wie sie langsam durch mein Zimmer schwebten. Ich wäre gerne noch ein bisschen liegen geblieben, doch unten auf dem Hof kläfften Kaja und Bella, Harrys Rhodesian Ridgeback Hündinnen, so aufgeregt, dass ich neugierig den kleinen Balkon betrat, der zu meinem Zimmer gehörte, und mich über die Brüstung lehnte.

Die Hündinnen sprangen bellend um einen älteren dunkelhaarigen Mann herum, den ich bisher auf dem Gestüt noch nicht gesehen hatte. Von Harry war keine Spur zu sehen.

Ich wollte dem Mann gerade zurufen, dass ich gleich runterkommen würde, da kam Holger Andres, der Verwalter des Gestüts und Vater von Merle und Paul, über den Hof auf den Mann zugeeilt.

»Bella, Kaja, aus!«, befahl er den beiden Hündinnen und deutete mit der ausgestreckten Hand Richtung Hauseingang. Sofort verstummten sie und trollten sich. Dann ergriff er die Hand des Mannes und lächelte ihn entschuldigend an. Die beiden unterhielten sich einen Moment, doch um was es ging, konnte ich von meiner Position auf dem Balkon nicht hören. Aber es kam mir auf jeden Fall so vor, als hätte Holger Andres den Mann erwartet.

Ich löste mich von der Brüstung und ging in mein Zimmer zurück, das sich im oberen Geschoss direkt neben dem Schlafzimmer meines Großvaters befand. Harrys rustikales Backsteinhaus lag schräg gegenüber des imposanten Gutshauses, in dem mein Vater bis zu seinem Tod gelebt hatte. Von Anfang an war es mir irgendwie vertraut und heimisch vorgekommen. Das Haus war schlicht, aber gleichzeitig sehr behaglich eingerichtet. Durch die vielen Gemälde und gerahmten Pferdefotografien, den Schleifen und Schärpen, die überall an den Wänden hingen, herrschte eine ganz besondere Atmosphäre, fand ich.

Am meisten war ich jedoch von der kleinen Bibliothek mit dem gemauerten offenen Kamin und den massiven Holzregalen, die bis unter die Zimmerdecke reichten, beeindruckt. Unzählige Bücher, dazwischen diverse Pokale und Pferdeskulpturen aus Holz, Keramik, Messing und Glas verliehen dem Raum einen wahnsinnig gemütlichen Charakter. Als ich ihn das erste Mal betreten hatte, konnte ich mich schon direkt in einem der beiden großen Ohrensessel sitzen sehen, ein Buch in den Händen, eine Tasse mit dampfendem Tee auf dem kleinen Abstelltisch und im Kamin ein loderndes Feuer.

Ich ging zum Schrank und holte mir frische Wäsche, ein weißes T-Shirt und meine blauen Shorts heraus. Dann marschierte ich ins Badezimmer rüber, das direkt über den Flur gegenüber von meinem Zimmer lag.

Entsetzt schnitt ich meinem Spiegelbild eine Grimasse, weil ich wirklich schrecklich aussah. Meine dunklen Haare standen mir in einem wirren Chaos vom Kopf ab, und die Wimperntusche, die ich mir gestern Abend nicht mehr so ganz ordentlich abgewaschen hatte, zog sich über meine linke Wange.

Horrorqueen!, fand ich und war froh, dass ich eben dem Mann unten auf dem Hof nicht wie zunächst vorgehabt zugerufen hatte. Der Arme hätte bestimmt den Schock seines Lebens bekommen.

Ich pellte mich aus meinen Schlafklamotten und stellte mich unter die Dusche. Ich spürte den warmen Wasserstrahl auf meiner Haut, schloss die Augen und versuchte, einfach mal eine Zeitlang an nichts zu denken. Etwas, was mir seitdem Harrys Brief auf unserem Küchentisch gelegen hatte, quasi nicht einen einzigen Moment lang gelungen war.

Tatsächlich hatte dieser kleine weiße Umschlag mein Leben völlig auf den Kopf gestellt. Egal wie ich mich entschied, oder eben in mein altes Leben zurückkehrte –

nichts war mehr so wie vorher. Ich konnte nicht einfach vergessen, dass es Rosencarree gab und dass an dem Gestüt das Herz meines Vaters so sehr gehangen hatte. Wenn ich nach den Ferien in Hamburg wieder mein normales Leben lebte, dann würden fortan Rügen, die Pferde, die Menschen auf Rosencarree irgendwie mit dabei sein. Auf jeden Fall in meinen Gedanken – und zunehmend auch in meinem Herzen.

Tja, das mit den Gedanken mal für einen Moment ausschalten, klappte einfach nicht, stellte ich fest, beendete die Dusche, trocknete mich ab, zog meine Sachen an und umwickelte das nasse Haar mit einem Handtuch. Dann eilte ich in mein Zimmer zurück. Gerade rechtzeitig, um mein Handy auf der schweren Kommode neben dem Kleiderschrank aus demselben weiß lasierten Holz klingeln zu hören.

»Hallo?«, rief ich, ohne vorher einen Blick aufs Display geworfen zu haben.

»Sophia?« Die Stimme meiner Mutter klang fragend und gleichzeitig vorwurfsvoll.

»Ja, klar, wer sonst«, versuchte ich zu scherzen. Die letzten Telefonate, die wir miteinander geführt hatten, waren immer sehr kurz und knapp ausgefallen. Meine Mutter nahm mir meinen Wunsch nach Bedenkzeit und den damit verbundenen Aufenthalt auf Rosencarree nach wie vor übel.

»Hast du auf Rügen vergessen, dass man sich mit Namen meldet, wenn man angerufen wird?!«

»Nein, Mama«, stöhnte ich. »Natürlich nicht.«

»Was soll der genervte Unterton in deiner Stimme, Sophia?«, hielt sie mir prompt vor.

Erneut seufzte ich, verkniff mir aber einen weiteren Kommentar dazu. Es brachte sowieso nichts. Sie war sauer, und solange ich hier war, würde sich daran auch nichts ändern.

Ich hörte sie am anderen Ende der Leitung tief Luft holen und sah sie regelrecht vor mir, zierlich, ja fast schon zerbrechlich, und dennoch strahlte alles an ihr Entschlossenheit aus. Die Haare zu einem glänzenden Zopf zusammengebunden, ihr Gesicht dezent geschminkt, der teure, aber nicht aufdringliche Goldschmuck und dazu eines ihrer blassrosa oder hellblauen Kostüme, die sie immer trug, wenn sie in der Agentur war.

»Ich möchte nicht schon wieder mit dir streiten, Sophia«, lenkte sie erst ein, um dann aber direkt hinterherzuschieben: »Nur mich erkundigen, ob du es noch länger aushältst oder endlich eingesehen hast, dass du dort einfach nicht hingehörst?!«

»Mama, wenn du mit *dort* Rosencarree meinst, nein, das kann ich überhaupt nicht feststellen. Das Gegenteil ist eher der Fall, ich fühle mich hier von Tag zu Tag wohler.«

Stille!

Dann räusperte sie sich und erklärte: »Na ja, wie auch immer, ich wollte dir eigentlich auch nur mitteilen, dass ich plane, zu Oma und Opa nach Teneriffa zu fliegen.«

»Schön«, sagte ich.

»Die letzten beiden Ferienwochen«, fuhr sie fort. »Wie sieht es aus, Sophia, magst du nicht doch mitkommen? Oma und Opa sind sicher enttäuscht, wenn ich ohne dich dort ankomme. Sie sehen dich doch nur so selten …«

Ich konnte es nicht fassen. Jetzt versuchte sie, mir auch noch ein schlechtes Gewissen zu machen.

»Wir haben vereinbart, dass ich sechs Wochen auf Rügen bleibe, Mama«, erwiderte ich schroff. »Und daran hat sich von meiner Seite aus auch nichts geändert. Außerdem habe ich Oma und Opa schon längst angerufen und ihnen gesagt, dass ich dieses Mal leider nicht kommen kann.«

»Was? Und warum erfahre ich erst jetzt etwas davon?« Ihre Stimme klang verärgert. Nichts Neues. Leider.

»Weil du in den letzten Tagen so gut wie kein Wort mit mir geredet hast«, hielt ich ihr vor.

Ich konnte regelrecht hören, wie meine Mutter versuchte, ihren Ärger herunterzuschlucken. »Was hast du ihnen gesagt? Doch nicht etwa, dass du auf Rügen bist?«

»Nein, Mama, das habe ich natürlich nicht getan. Du hast mich darum gebeten, Oma und Opa noch nichts von dem Erbe und so zu erzählen, und ich habe mich daran gehalten. Auch wenn ich es nicht verstehe. Aber okay, das ist momentan ja nichts Neues …«

»Gut«, sagte sie nur. »Dann will ich dich jetzt auch nicht länger stören. Ich wünsche dir einen schönen Tag. Bis bald.«

»Ja, ähm … danke, ich dir auch«, murmelte ich leicht irritiert, dass sie nun wieder so versöhnlich, ja fast schon verständnisvoll klang. »Tschüs.«

Ich wollte auflegen, aber meine Mutter war noch nicht fertig.

»Sophia, es tut mir leid. Das war nicht fair, *ich* bin nicht fair.« Sie stockte. »Mach's gut …«

Damit legte sie auf, und ich konnte nur verwirrt auf das Handy in meiner Hand starren.

Eigentlich war es unfassbar, wie sich das Verhältnis zwischen meiner Mutter und mir verändert hatte. Ich kannte sie kaum wieder. Aber womöglich ging es ihr mit mir genauso.

Ja, bestimmt hatte ich mich verändert, seitdem ich von Gregor, Rosencarree und all den Menschen wusste. Der Wunsch, unbedingt etwas über meinen Vater in Erfahrung zu bringen, ganz besonders, weil meine Mutter nach wie vor fast schon krampfhaft versuchte, eben genau das zu verhindern, trieb mich an, ließ mich nicht lockerlassen und auf Dinge bestehen, die ich niemals zuvor gewagt hätte durchzusetzen.

Doch seit Harrys Brief war alles anders – vor allem wohl ich selbst.

KAPITEL 14

Träume entspringen wachen Gedanken.
(Aus China)

Als ich kurze Zeit später die Küche betrat, saß Harry noch am Tisch und trank seinen Kaffee – so schwarz und stark, dass der Löffel darin stehen konnte.

»Guten Morgen, Sophia, hast du gut geschlafen?«, fragte er mich.

Ich nickte. »Ja.« Dann wollte ich allerdings wissen: »Was machst du denn noch hier?«

In den vierzehn Tagen, die ich jetzt schon hier bei Harry wohnte, war er immer längst im Stall gewesen, wenn ich aufgestanden war. Natürlich hatte ich angeboten, ebenfalls in der Frühe mitzuhelfen. Doch Harry hatte vehement abgelehnt. Er meinte, ich hätte Ferien und deshalb sollte ich auf gar keinen Fall so wie er schon um fünf Uhr aus den warmen Federn kriechen.

Mir war es nach wie vor unangenehm, dass alle längst bei der Arbeit waren, während ich faul im Bett lag. Doch andererseits wollte ich den Leuten hier auf dem Gestüt bei ihren alltäglichen und gewohnten Abläufen nicht im Weg sein – ich nahm an, das war der eigentliche Grund, warum Harry darauf bestand, dass ich morgens liegen blieb.

»Ich habe mir heute freigenommen«, verkündete er und grinste breit. »Weißt du, Sophia, was mir nämlich gestern Abend aufgefallen ist?!«

Ich verneinte.

»Dass du schon zwei Wochen hier auf Rügen bist, und obwohl das Wetter einfach nur traumhaft ist, bislang nicht ein einziges Mal am Strand warst.«

»Und jetzt hast du beschlossen, mit mir einen Strandtag einzulegen?«, kombinierte ich – stellte es mir aber zeitgleich irgendwie komisch vor, mit Harry am Strand zu liegen oder im Wasser herumzuplanschen …

Harry lachte laut auf. »Soso, du denkst wohl, ich wäre zu alt für so etwas, stimmt's?!«

Ich winkte ab. »Quatsch. Natürlich nicht …«, behauptete ich und fühlte mich ertappt.

Harry rieb sich die Hände. »Dann würde ich sagen, frühstücke in Ruhe, und pack dann deine Badesachen zusammen. Ich muss noch kurz etwas erledigen und würde deshalb vorschlagen, wir treffen uns in einer guten halben Stunde am Tor.«

Ich nickte und fühlte mich plötzlich wie beschwingt. Ein Strandtag war wirklich eine richtig gute Idee von Harry. In Windeseile aß ich etwas Müsli, trank einen Kaffee, allerdings stark mit Wasser verdünnt, denn der von Harry aufgebrühte war anders absolut nicht genießbar. Dann flitzte ich in mein Zimmer hoch, suchte meine Badesachen zusammen, holte aus dem Badezimmer noch ein großes Handtuch und war gut zehn Minuten vor der vereinbarten Zeit auch schon aus dem Haus.

Von Harry war noch nichts zu sehen. Auch seine beiden Hündinnen lagen nicht wie sonst auf der kleinen Veranda vor der Haustür.

Ich stand einen Moment lang unentschlossen herum, bevor ich rüber zur Reithalle ging, um nachzusehen, ob ich Merle dort finden würde. Vielleicht hatte sie ja Zeit und Lust, später noch nachzukommen? Oder war Harry dann womöglich eingeschnappt, weil er dachte, mir wäre es mit ihm allein zu langweilig am Strand?

Bevor ich mir weiter darüber den Kopf zermartern konnte, vernahm ich plötzlich eine aufgeregte Männerstimme, die ich auf die Schnelle niemandem vom Gestüt zuordnen konnte. Irgendetwas an der Stimme ließ mich aufhorchen. Als der Mann auflachte, wusste ich, was mich gestört hatte: der deutliche Zynismus darin.

Ich lief zu dem Stallgebäude, von wo die Stimme gekommen war, und ohne lange darüber nachzudenken, trat ich durch die Tür.

Harry, Holger Andres und der Mann, den ich vorhin unten auf dem Hof gesehen hatte, standen ziemlich am Ende der langen Stallgasse vor einer Boxentür.

Die drei hatten mich noch nicht bemerkt, und mir war klar, dass ich mich nun *bemerkbar* machen sollte. Doch dieser Spott, die Haltung des Mannes, irgendetwas war an ihm nicht ganz astrein.

Kurz entschlossen huschte ich rüber zu einem Rundballen Stroh, der in der breiten Boxengasse unweit von den drei Männern entfernt stand, und verbarg mich dahinter.

»Friedhelm, so geht das nicht. Wie stellst du dir das denn überhaupt vor?«, sagte Harry. Es waren nicht allein die Worte, sondern vielmehr der Tonfall, in dem Harry gesprochen hatte, der mir verdeutlichte, dass ich mich nicht geirrt hatte: Hier stimmte etwas nicht!

»Es geht nicht darum, was ich, du, ihr euch vorstellt, sondern einzig und allein, was meiner Mandantin zusteht und ich deshalb nun auch in ihrem Auftrag einfordere.«

Holger Andres lachte bitter auf. »Das ist absurd … Laura Ölkers Forderungen sind absurd. Noch ist überhaupt nichts entschieden.«

Der Mann knurrte etwas, das ich nicht richtig verstand, woraufhin Harrys Stimme noch eine Spur ärgerlicher wurde.

»Dann soll sie von mir aus vor Gericht ziehen. Ich fürchte mich nicht vor einem Rechtsstreit, falls ihr darauf spekuliert habt, Friedhelm.«

Wieder murmelte dieser Friedhelm etwas, was ich nicht verstand, und daraufhin wurde Harry richtig laut.

»Halt meine Enkelin da gefälligst raus, Friedhelm, sonst lernt ihr mich kennen. Und jetzt verlass bitte das Gestüt. Ich habe kein Interesse, dieses völlig absurde Gespräch mit dir fortzuführen. Zumal ich es noch immer nicht fassen kann, dass du dich für so etwas hergibst. Gregor ist noch nicht lange tot. Doch von Anstand haben du und deine Mandantin anscheinend keine Ahnung mehr.«

Wie dieser Friedhelm darauf reagierte, bekam ich nicht mehr mit. Ich vernahm Schritte hinter mir und fuhr ertappt herum. Paul warf einen kurzen Blick auf die drei Männer, und musterte mich dann kritisch. Es war ihm deutlich anzumerken, dass ihm mein Verhalten absolut nicht gefiel.

»Was machst du denn hier, Sophia? Belauschst du die drei etwa?«, fuhr er mich ziemlich barsch an. Seine schönen blauen Augen blitzten empört.

Ich spürte, wie mir die Röte ins Gesicht schoss. »Ähm … ich bin zufällig hier vorbeigekommen und … und habe sie streiten gehört …«, stammelte ich und schaffte es nicht, seinem vorwurfsvollen Blick standzuhalten.

»Soso«, machte er skeptisch.

Schnell schob ich mich an ihm vorbei und verließ fluchtartig den Stall.

Draußen rannte ich fast in Merle hinein, die den bildschönen Rappen von neulich am Halfter führte. Das Tier machte einen kleinen Satz zur Seite.

»Hey, hey, Sophia, hat dir noch niemand gesagt, dass es keine gute Idee ist, auf einem Gestüt zu rennen?«, sagte Merle auch prompt – allerdings mit einem Augenzwinkern. »Pferde sind Fluchttiere und wollen automatisch mitmachen.«

Entschuldigend hob ich die Hände. »Sorry, ich …«

Merles Augenbrauen wanderten nach oben. »Oha, was ist passiert?«

Hinter uns tat sich etwas. Erst trat Paul aus dem Stall, dann erschienen auch Harry, Holger Andres und dieser komische Friedhelm.

Harrys Gesicht war dunkelrot. Ich war mir nicht sicher, ob der Ärger mit diesem Friedhelm dafür verantwortlich war oder Paul ihm gerade gesteckt hatte, dass ich ihr Gespräch belauscht hatte.

»Sophia«, sagte er so überrascht, dass ich innerlich ein wenig aufatmete. Anscheinend hatte Paul mich nicht verpetzt. »Was machst du denn hier?«

»Ich … ich …« Verdammt, sämtliche Blicke waren jetzt auf mich gerichtet, während ich spürte, wie ich mindestens so rot wie Harry anlief, und mir nichts mehr wünschte, als dass sich der Boden unter meinen Füßen auftat.

»Sophia hilft mir bei Davy«, antwortete Merle für mich. Ich hätte sie dafür küssen können.

»Ach so«, murmelte Harry. Er zog ein kariertes Taschentuch aus der Gesäßtasche seiner dunklen Jeanshose hervor und wischte sich damit den Schweiß von der Stirn. »Dann verschieben wir das mit dem Strandbesuch einfach. Okay?«

Mechanisch nickte ich, und als Merle mir auffordernd gegen den Oberarm tatschte, hatte ich es sehr eilig, mit Davy und ihr zu gehen.

Kaum waren wir um die nächste Ecke verschwunden,

wo Merle Davy an einem Haken anband, platzte es aus mir heraus: »Wer ist der Mann da gerade gewesen? Dein Vater hat ihn gesiezt, Harry hat ihn Friedhelm genannt.«

»Wieso, hat es Ärger gegeben?«

»Wie kommst du darauf?«

Merle seufzte. »Weil es mit dem ständig Ärger gibt. Ich dachte allerdings, das wäre inzwischen geklärt.« Merle bückte sich nach dem Putzkasten, der auf dem Boden stand, und nahm Striegel und Kardätsche heraus.

Ich hielt sie davon ab, Davy zu putzen, indem ich meine Hand auf ihren Unterarm legte.

»Merle, das war eben total komisch. So habe ich Harry noch nie erlebt. Er war richtig böse und dein Vater, der hat ebenfalls vor Wut geschäumt. Hast du eine Ahnung, warum?« Dass auch mein Name gefallen und Harry daraufhin erst so richtig böse geworden war, erwähnte ich nicht.

Merle atmete tief durch. Ich sah ihr an, dass sie gerade innerlich mit sich rang und schenkte ihr meinen flehentlichsten Blick. »Bitte, Merle …«

»Oh Mann, ich soll doch meinen Mund halten«, murmelte sie verzweifelt.

»Ich verpetze dich nicht. Du kannst dich auf mich verlassen.« Ich hob die Hand zum Schwur und Merle grinste.

»Ja, schon gut, ich kann dir aber nur das sagen, was ich selbst so bruchstückweise von meinen Eltern mitbekommen habe. Ob und was davon wirklich stimmt, dafür kann ich nicht garantieren.«

»Okay!« beeilte ich mich ihr zu versichern. »Das ist absolut okay für mich.«

Noch einmal seufzte Merle tief, bevor sie endlich zu erzählen begann. »Gregor hat Rosencarree damals als heruntergekommene Hofstelle entdeckt und gekauft. Es hat wohl über zwei Jahre gedauert, bis hier alles so war, wie es heute ist. Die Stallungen und die Reithalle hat er komplett neu errichten lassen, und das alte Gutshaus wurde von Grund auf saniert. Vor ein paar Jahren sind dann plötzlich die ehemaligen Besitzer hier aufgetaucht. Sie haben behauptet, dass man sie damals irgendwie zu Unrecht enteignet hätte, und wollten nun von Gregor das Gestüt zurückkaufen. Das hat er natürlich abgelehnt, ihnen wohl allerdings ein Vorkaufsrecht eingeräumt.«

Merle begann Davy zu putzen – und schwieg.

»Ja und?«, forderte ich sie ungeduldig auf, weiterzureden.

Merle zuckte mit den Schultern. »Keine Ahnung. Die haben sich hier dann nicht mehr blicken lassen, bis ...« Merle stockte. »Ein paar Tage nach Gregors Tod stand dann plötzlich dieser Rechtsanwalt auf dem Gestüt und hat erklärt, dass er die Rückkaufsansprüche seiner Mandanten nun geltend machen wolle.«

»Aber wenn Rosencarree nicht verkauft wird, dann können die doch ihr komisches Vorkaufsrecht nicht einfordern.« Auch wenn ich mich mit Vertragsrecht und Ähnlichem nicht im Geringsten auskannte, so war das für mich absolut klar.

Merle sah mich eindringlich an und sagte leise: »Wenn, Sophia, *wenn* Rosencarree nicht verkauft wird.«

Ich musste ein paar Mal schlucken, weil ich plötzlich begriff. »Das heißt, wenn ich das Gestüt nicht will, dann wird es verkauft, und zwar an die angeblich ehemaligen Besitzer …?«, hauchte ich.

Merle nickte unglücklich.

Trotzdem musste ich ihr auch noch diese Frage stellen. »Und was bedeutet das dann für dich … deine Familie, all die, die seit Jahren hier auf Rosencarree zu Hause sind?«

Merle seufzte. »Sophia, ich habe es Harry versprochen«, versuchte sie um eine Antwort herumzukommen.

Doch ich wollte das jetzt wissen. Ich musste es erfahren, auch wenn mir bereits Schlimmes schwante.

»Von mir erfährt Harry kein Wort. Das verspreche ich dir«, versicherte ich ihr erneut und sehr eindringlich.

»Dass wir unser Zuhause verlieren. Eigentlich würden meine Eltern das Gestüt übernehmen. Doch das geht wegen dieses blöden Vorkaufsrechts ja nicht. Laura Ölkers und ihr Anwalt haben nicht den geringsten Zweifel daran gelassen, dass sie hier dann sofort alles umkrempeln werden.«

»Laura Ölkers? Das ist also diejenige, der mein Vater dieses leidige Vorkaufsrecht eingeräumt hat?«

Merle nickte. »Hast du noch nie von ihr gehört?«

Ich verneinte. Doch dann verbesserte ich mich. »Eben im Stall ist ihr Name gefallen …«

»Nein, das meine ich nicht«, erklärte Merle. »Sie ist eine erfolgreiche Dressurreiterin. Ist seit Jahren immer ganz weit vorne bei internationalen Wettkämpfen dabei. Sie war sogar schon bei den Weltreiterspielen.«

Ich hob die Hände. »Nein, aber ich kenne mich ja auch mit dem Reitsport nicht wirklich aus«, erinnerte ich sie.

Merle nickte, während sie Davys Schweif bürstete. »Stimmt, das vergesse ich immer wieder.«

Einen kurzen Moment schwiegen wir. »Dann bedeutet das also, wenn ich nicht will, dann seid ihr hier alle euren Job, euer Zuhause los ...«, stellte ich dann mit einem dicken Kloß in der Kehle fest.

Merle nickte.

»Und warum hat mir Harry das nicht offen und ehrlich gesagt?«, wunderte ich mich.

Merle klopfte die Bürste an der Stallwand ab. Staub und Pferdehaare rieselten zu Boden.

»Er möchte, dass du dich frei entscheidest und nicht, weil du dich für andere verantwortlich fühlst.«

»Aber könnte ich nicht einfach das Erbe annehmen und später das Gestüt dann an deine Eltern verkaufen«, kam es mir spontan in den Sinn, ohne darüber nachzudenken, ob ich das auch tatsächlich so wollte.

Merle seufzte tief. »Sophia, keine Ahnung. Und ich habe dir auch mal wieder viel zu viel gesagt. Harry wird mich lynchen und meine Eltern auch.«

»Verstehe«, murmelte ich – dabei verstand ich gerade überhaupt nichts mehr.

KAPITEL 15

Auch durch ein Nadelöhr
kann man den Himmel sehen.
(Aus China)

Es war ein Unterschied, Paul dabei zuzusehen, wie er mit einem Pferd über hohe Hindernisse sprang, und Merle beim Training mit Davy zuzuschauen. Während Paul viel Energie aufbringen musste, um seine meist ziemlich stürmischen Pferde unter Kontrolle zu bekommen und auch zu halten, kam es mir wie ein Tanz vor, wenn Merle auf dem wunderschönen Rappen über den Platz schwebte.

Ich bewunderte sie zutiefst dafür und träumte am Rande des Dressurvierecks tatsächlich auch ein wenig davon, selbst einmal im Sattel eines so traumhaft schönen Pferdes zu sitzen und so reiten zu können, wie Merle es selbst für mich Laien erkennbar so fantastisch und einfühlsam tat.

»Seit wann reitest du?«, fragte ich Merle, als sie Davy nach dem Training zurück in seine großzügige Paddockbox brachte.

Merle zuckte mit den Schultern. »Mein ganzes Leben

lang schon, schätze ich. Meine Eltern sind beide die totalen Pferdenarren und haben das eins zu eins an ihre Kinder vererbt.«

Ich lehnte mich an die gegenüberliegende Boxentür und sah Merle dabei zu, wie sie Davy liebevoll den Hals klopfte. »Danke, mein Schöner …«

Diese Innigkeit, diese spürbare Zuneigung, das Verhältnis, das Merle zu diesem Pferd hatte – ja, dafür beneidete ich sie fast noch mehr als für ihre tollen Reitkünste. Und vielleicht hatte ja auch mein Vater etwas von seiner Liebe zu diesen wunderbaren Geschöpfen an mich weitergegeben. Ich fühlte mich zu den Pferden hingezogen, sogar sehr, wenn auch immer noch mit sehr viel Unsicherheit, sodass ich mich bisher nicht wirklich gewagt hatte, ihnen richtig nahe zu kommen.

»Merle, würdest du es mir beibringen?«

Merle sah mich verständnislos an. »Was?«

»Den Umgang mit den Pferden … und vielleicht sogar das Reiten …«

Merles Augen funkelten vor Freude. »Echt? Ist das wirklich dein Ernst?«

Ich nickte und erklärte hoffnungsvoll: »Wenn du es mit mir versuchen magst?«

Doch zu meinem Erstaunen schüttelte Merle nun den Kopf. »Ich bin eine hundsmiserable Reitlehrerin. Ich kann einfach kein bisschen erklären. Das sagen alle.«

»Schade«, murmelte ich enttäuscht.

»Aber das ist überhaupt kein Problem, denn Paul ist

darin Weltklasse. Er hat eine wahnsinnige Geduld mit seinen Reitschülern und kann einfach auch richtig gut erklären. Ich frage ihn gleich mal, wann er Zeit für dich hat. Vielleicht klappt es sogar noch heute?!«

Mein Magen verkrampfte sich bei dem Gedanken, dass ausgerechnet Paul derjenige sein sollte, der mir das Reiten beibrachte. Ausgerechnet er.

»Ach nee, dann lass mal, Merle«, winkte ich ab. »Es war auch nur so eine Idee. Muss nicht sein und erst recht nicht sofort.«

Merle trat aus Davys Box und schloss die Tür hinter sich. Mit hochgezogenen Augenbrauen musterte sie mich. »Du hast Angst vor Paul, stimmt's?!«

»Quatsch!«, behauptete ich. »Sicherlich nicht! Wie kommst du bloß darauf?«

Merle legte mir die Hand auf die Schulter und blickte mir fest in die Augen. »Weil du immer ganz still wirst, wenn er auftaucht. Das ist mir neulich schon aufgefallen.« Sie stockte, neigte den Kopf leicht zur Seite und meinte schließlich: »Oder stehst du etwa auf ihn?«

Ich verschluckte mich fast an meiner eigenen Spucke. »Nein!«, rief ich viel lauter als beabsichtigt. »Also … äh … natürlich nicht!«

Doch Merles Grinsen war eindeutig, sie glaubte mir kein Wort.

»Ich muss jetzt auch los«, beschloss ich, bevor das Ganze in eine noch peinlichere Nummer ausarten konnte.

»Bist du jetzt sauer auf mich?«, fragte Merle schuldbewusst. »Ich hau manchmal Sachen raus, die gehen echt gar nicht. Das weiß ich selbst.«

Obwohl ich ihre Mutmaßungen wirklich alles andere als lustig gefunden hatte, musste ich nun über ihr zerknirschtes Gesicht lachen. »Schon gut, Merle, meine beste Freundin in Hamburg ist ähnlich ... na ja, ich nenne es jetzt mal impulsiv darin, einfach das auszusprechen, was ihr gerade so durch den Kopf schwirrt. Ob es nun stimmt oder völlig an den Haaren herbeigezogen ist.«

»Und ist das nicht furchtbar stressig für dich?«, wollte Merle von mir wissen. »Ich meine, weil du doch selbst immer so beherrscht bist. So ... abwartend.«

Erstaunt zog ich die Augenbrauen hoch. »Bin ich das?« Komisch, ich selbst sah mich kein bisschen so.

Merle nickte. »Absolut. Ehrlich gesagt beneide ich dich, dass du in der Lage bist, erst einmal zuzuhören, und nicht prompt deinen Senf zu irgendeiner Sache ablässt. Zum Beispiel das mit der Ölkers, ich könnte mich selbst in den Hintern treten, dass ich dir das erzählt habe. Wenn Harry davon erfährt oder meine Eltern, dann ...«

»Werden sie aber nicht«, versicherte ich ihr abermals. »Jedenfalls nicht von mir.«

Merle grinste schief. »Und was ist jetzt mit dem Reitunterricht? Traust du dich oder kneifst du?«

Ich will nicht, das trifft es besser, lag es mir bereits auf der Zunge. Doch dann kam mir plötzlich Merles impulsives Verhalten in den Sinn. Mit ziemlicher Sicherheit würde sie Paul erzählen, dass ich das mit dem Reiten gerne mal ausprobieren würde, aber sofort einen Rückzieher gemacht hatte, als Merle ihn als Reitlehrer ins Spiel gebracht hatte. Womöglich würde er das falsch auffassen. Vielleicht sogar Merles völlig absurde Vermutung teilen, dass ich ihn gut fand und deshalb nicht wollte.

»Natürlich traue ich mich«, behauptete ich und versuchte dabei, so normal wie nur möglich zu klingen. »Aber heute passt es mir nicht. Ich will runter ans Meer. Eigentlich mit Harry. Aber irgendwie scheint er seine Pläne nun wieder geändert zu haben.«

»Oh, gute Idee. Hast du was dagegen, wenn ich dich begleite? Ich muss nur noch schnell Sunny longieren, das habe ich Paul versprochen. Ich komme dann nach.«

»Gerne doch«, gab ich zurück. »Aber ich kann auch auf dich warten … oder dir vielleicht sogar helfen.«

Doch Merle winkte ab. »Ach was, geh du ruhig schon vor und genieße das schöne Wetter. Am besten läufst du von der Hauptstraße direkt den kleinen Trampelpfad entlang. Oberhalb der Steilküste gehst du dann ein Stück nach links und von dort aus kommst du an einen kleinen Sandstrand. An dieser Stelle ist es hundertprozentig Touri-frei, denn wer sich hier nicht auskennt, vermutet an der Steilküstenseite von Rügen bestimmt keinen Sandstrand. Ist also ein Insider-Tipp, den ich dir gerade gegeben habe.« Merle grinste.

»Okay«, sagte ich gedehnt. »Aber es macht mir wirklich nichts aus, auf dich zu warten …«

Erneut schüttelte Merle den Kopf. »Nein, geh ruhig

schon vor. Bei meinem Vater weiß man nie. Am Ende fällt ihm noch irgendetwas ein, was er mir aufs Auge drücken kann, und dann wartest du und wartest und ich komme eine halbe Ewigkeit nicht vom Hof.«

Resignierend hob ich die Schultern und machte mich schließlich auf den Weg. Wahrscheinlich nahm Merle an, dass ich ihr bei der Arbeit mit den Pferden doch nur im Weg stehen würde. Der Gedanke versetzte mir einen kleinen Stich – aber im Grunde genommen traf es absolut zu. Ich hatte nach wie vor nicht die geringste Ahnung von Pferden und allem, was damit zusammenhing, und das frustete mich zutiefst.

* * *

Die Sonne schien am wolkenlosen Himmel wie auf einer Urlaubskarte, es roch nach Meer, irgendwo in der Ferne kreischten die Möwen – und plötzlich kam mir alles nicht mehr ganz so aussichtslos und deprimierend vor.

Ich durfte nicht gleich den Kopf hängen lassen und an aufgeben denken, nur weil Merle nicht gleich »Juchuuu!«, gerufen hatte, als ich sie um Reitunterricht bat. Und was das Allen-eher-im-Weg-stehen betraf, vielleicht musste ich mir einfach mal ein dickeres Fell zulegen und darauf beharren, dass sie mich mit einbezogen. Schließlich war ich hergekommen, um alles kennenzulernen. Doch das konnte ich nicht, wenn ich immer nur untätig danebenstand, stets darauf bedacht, die täglichen Arbeitsabläufe des eingespielten Rosencarree-Teams bloß nicht zu stören.

Fast ein wenig beschwingt überquerte ich die kleine Landstraße und folgte dann dem schmalen Sandweg, der mich direkt zum Strand führen würde.

Der Weg schlängelte sich durch eine flache Dünenlandschaft mit schneeweißem feinkörnigem Sand, vereinzelt wuchsen kleinere Nadelhölzer und Schilf, dahinter befand sich der riesige Küstenwald, dessen Baumwipfel man vom Gestüt aus sehen konnte und von dem Harry mir schon vorgeschwärmt hatte.

Ich musste zugeben, dass mich die wilde Landschaft ziemlich faszinierte, doch als ich schließlich das Wasser erreicht hatte, war nichts von einem schönen Sandstrand zu sehen. Entweder war ich irgendwie falsch gelaufen oder Merle hatte mit dem *wunderschönen Sandstrand* ein wenig übertrieben. Tief durchatmend ließ ich meinen Blick nach links schweifen, wo das Meer rhythmisch gegen die steinige Hügellandschaft klatschte. Wenn sich Merles Insider-Tipp dahinter verbarg, dann hatte ich keine Ahnung, wie ich dort hinkommen sollte.

Zur rechten Seite bot sich mir fast das gleiche Bild, allerdings führte ein schmaler Pfad direkt in den Küstenwald. Kurz entschlossen folgte ich ihm und gelangte nach wenigen Metern tatsächlich auf einen Trampelpfad, der wieder runter ans Wasser führte. Ein paar Schritte weiter konnte ich dann tatsächlich den von Merle angekündigten Sandstrand in nicht allzu weiter Ferne entdecken.

»Wow«, entfuhr es mir, »damit hätte ich jetzt echt nicht mehr gerechnet.«

Kurz darauf hatte ich endlich den kleinen Sandstrand erreicht, der sich wie eine Mulde zwischen die hohen Felsen schmiegte. Was für eine verrückte Laune der Natur, hier inmitten der Steilküste so einen traumhaft schönen Zugang zum Meer zu schaffen, schoss es mir durch den Kopf.

Ich suchte mir einen Platz unterhalb des Küstenwaldes und breitete mein großes Badelaken aus. Dann schlüpfte ich aus meinen Shorts und dem T-Shirt und setzte mich im Bikini darauf.

Es dauerte nicht lange, da verlor sich mein Blick in den Weiten des Meeres, und ich versank in Tagträumen, die sich einzig und allein um Rosencarree drehten.

Ich malte mir aus, wie ich über eine der weitläufigen Wiesen galoppierte, auf dem Rücken eines Pferdes, so, als hätte ich nie etwas anderes getan. Ich war ein Teil von Rosencarree. Ich gehörte dazu – war nicht länger ein Fremdkörper, der von allen irgendwie in Watte gepackt wurde, um ja einen guten Eindruck vom Gestüt und dem Leben hier zu bekommen. Die Leute auf dem Hof waren um mich bemüht, weil sie in irgendeiner Form von mir abhängig waren, kam es mir in den Sinn und schlagartig war es vorbei mit dem herrlichen Galopp, der mich gerade noch innerlich so strahlen lassen hatte.

Es geht nicht wirklich um dich, Sophia, das ist dir doch wohl hoffentlich klar!

Und was war mit Harry? Wollte er mich, seine Enkeltochter, bei sich haben oder ging es ihm auch nur um die Zukunft des Gestütes und der Menschen, die hier lebten und arbeiteten? Hatte meine Mutter am Ende recht und die ganze Aktion war einfach nur komplett überflüssig?

»Nein, das glaube ich nicht«, murmelte ich und erschrak, als sich plötzlich jemand räusperte.

Seitlich neben meinem Badetuch stand Paul und blickte auf mich herunter.

»Was machst du denn hier?«, fragte ich völlig verdattert.

Er schien ebenso überrascht zu sein. »Das wollte ich dich auch gerade fragen.«

Ich zuckte mit den Schultern. »Eigentlich warte ich auf Merle …«

Er nickte verstehend.

»Und du? Ich dachte, du bist zum Training gefahren?« Tatsächlich hatte Paul vorhin, als ich das Gestüt Richtung Küste verlassen hatte, eines seiner Springpferde auf den Anhänger geführt. Von Harry wusste ich, dass er regelmäßig zu einem bekannten Springreiter zum Training fuhr, der seinen Hof in Bergen hatte.

»Wie kommst du darauf?«, gab Paul zurück.

»Ich hab's mir einfach so gedacht, weil du doch eines deiner Pferde verladen hast …«

Paul nickte. »Stimmt. Aber mein Vater ist mit Bella Donna losgefahren. Ich habe ihm nur beim Verladen der Stute geholfen. Er ist mir ihr zum Tierarzt.«

»Oh, ist sie verletzt?«

Paul schüttelte den Kopf. »Nein, sie hatte vor einiger Zeit eine Verletzung des linken Fesselträgers und heute steht einfach nur eine intensivere Nachuntersuchung mit Ultraschall und Röntgenbildern an.«

Ich hätte Paul gerne gefragt, was denn bitte schön ein Fesselträger war, doch dieses »Immer keine Ahnung von absolut gar nichts haben« ging mir selbst schon auf den Geist.

»Soll ich es dir erklären?«, schlug Paul vor.

Mir stieg die Röte ins Gesicht. Verdammt, was sollte das denn? Und konnte er etwa meine Gedanken lesen?

»Nein!«, sagte ich viel zu barsch.

Paul sah mich mit großen Augen an. »Entschuldige, ich wollte mich dir bestimmt nicht aufdrängen.« Er wandte sich zum Gehen, und ich hätte mich am liebsten selbst geohrfeigt.

»Paul, warte. Ich … ich hab es nicht so gemeint …«

Paul blieb stehen und musterte mich mit fragendem Blick. »Wie denn sonst?«

Ich seufzte tief. »Ich … na ja, irgendwie komme ich mir völlig falsch hier vor. Also … ich möchte mich jetzt nicht beschweren, alle sind supernett und geben sich Mühe, mir alles ganz genau zu erklären. Doch ich bin noch immer so fremd und ahnungslos. Ständig muss ich doofe Fragen stellen und im Grunde genommen stehe ich eigentlich allen nur im Weg, und wegen vorhin im Stall, ich wollte euch nicht belauschen. Es war nur so …«

Paul setzte sich neben mich auf das Badetuch und nahm meine Hand, was mich abrupt verstummen ließ.

»Sophia, ich bin derjenige, der sich entschuldigen muss«, sagte Paul und mein Herz überschlug sich fast vor Aufregung. »Ich habe dich viel zu schroff angefahren. Das ist mir im Nachhinein auch klar geworden. Aber es ist zurzeit eben alles nicht so ganz einfach und …«

Diesmal war ich es, die ihm ins Wort fiel. »Weil ihr nur hierbleiben könnt, wenn ich das Erbe meines Vaters annehme.«

Verdammt. Ich biss mir auf die Lippe. Das war mir einfach so rausgerutscht.

»Wie kommst du darauf?«, wollte Paul natürlich wissen. Sein Bick war nun misstrauisch.

Ich konnte und wollte Merle nicht verraten. Sie war die Einzige hier, zu der ich bisher so etwas wie eine freundschaftliche Beziehung aufgebaut hatte.

»Ich habe mir das einfach so zusammengereimt«, behauptete ich ausweichend. »Aus dem, was ich vorhin zufällig mitbekommen habe, und was Harry nebenbei mal erwähnt hat.«

Pauls Blick blieb misstrauisch – und seine Hand umschloss noch immer meine.

»Kannst du mich bitte loslassen«, krächzte ich.

»Oh, Verzeihung«, sagte er nun und klang plötzlich selbst etwas verunsichert. »Ich wollte dich nicht bedrängen oder so. Du hast nur gerade so verloren ausgesehen. Ich dachte …«

Was er dachte, behielt er dann aber doch für sich.

Er zog seine Hand zurück und kam schwungvoll auf die Beine. »Ich lass dir jetzt mal wieder deine Ruhe«, beschloss er und wandte sich erneut um.

Ich weiß nicht, woher ich den Mut nahm, doch ein zweites Mal ließ ich ihn nicht gehen.

»Paul, ich habe eine Bitte.«

»Schieß los!«, forderte er mich auf.

Noch einmal holte ich tief Luft. »Würdest du mir Reitunterricht geben? Ich möchte es wirklich gerne lernen. Merle meinte, du bist der beste Trainer, den ich kriegen kann.«

Paul lachte. »Merle redet Unsinn, ich bin bestimmt nicht der beste Trainer. Aber Reitunterricht gebe ich dir trotzdem gerne. Was hältst du von heute gegen 17 Uhr?«

»Echt?« Ich konnte mein Glück kaum fassen – und mich zeitgleich über meinen Mut nur wundern.

»Dann also um 17 Uhr im Hauptstall. Reitsachen kannst du dir erst mal von Merle leihen. Ihr habt ja in etwa dieselbe Figur.«

Zum dritten Mal wollte Paul gehen und diesmal versuchte ich nicht, ihn zurückzuhalten.

Mit rasendem Puls saß ich auf meiner Decke und starrte ihm hinterher. Und als nichts mehr von ihm zu sehen war, der Küstenwald selbst seine Schatten verschlungen hatte, da stand ich von meinem Badetuch auf und stakste mit weichen Knien zum Wasser. Abkühlung, oh ja, das war genau das, was ich jetzt dringend nötig hatte.

KAPITEL 16

Das Glück im Leben hängt von den guten Gedanken ab, die man hat.

(Marc Aurel)

»Hey, Süße! Das ist ja ein Zufall, ich wollte dich auch gerade anrufen. Wie ist es auf dem Ponyhof? Kommst du schon vor lauter Langeweile um? So ganz ohne mich?«, plapperte Ella drauflos. »In der Schanze hat übrigens ein cooler neuer Laden aufgemacht. Super Klamotten zu Hammerpreisen. Ich habe heute den halben Vormittag in der Warteschlange verbracht und jetzt bin ich noch pleiter als pleite. Aber wenn du meine Ausbeute siehst, dann wirst du blass vor N…«

»Ella, bitte, ich muss dich etwas fragen«, fiel ich ihr ins Wort. »Etwas sehr … na ja, Heikles!«

»Oha, dann schieß mal los. Bin echt gespannt!«

Ich schluckte. »Glaubst du an Liebe auf den ersten Blick?«

Ella kreischte so schrill in den Hörer, dass ich mein Handy erschrocken vom Ohr weghielt.

»Ella, sag mal, spinnst du denn?!«, blaffte ich sie vorwurfsvoll an.

»Wie heißt er? Wie sieht er aus? Wie alt? Welche Haarfarbe? Wo hast du ihn kennengelernt? Und natürlich die wichtigste Frage von allen, habt ihr euch schon geküsst? Oder sogar noch mehr …?« Sie lachte bedeutsam.

Vielleicht hätte ich Ella doch nicht fragen sollen.

Irgendwie war es ja klar, dass sie völlig ausrasten würde. So war Ella nun mal – verrückt. Aber auf jeden Fall liebenswert verrückt.

»Es ist Paul. Ich habe dir von ihm erzählt, nachdem ich das erste Mal hier auf Rügen war. Und außerdem, Ella, Rosencarree ist kein Ponyhof, sondern ein Gestüt.«

Stille am Ende der Leitung, bevor Ella verblüfft in den Hörer krächzte: »Heißt das jetzt, du bleibst auf Rügen?«

»Unsinn!«, gab ich entschlossen zurück. »Das eine hat doch mit dem anderen nichts zu tun. Zumal Paul keine Ahnung hat … und ich ehrlich gesagt nicht einmal weiß, was er von mir hält …« Ich stockte und fügte schließlich etwas geknickt hinzu: »Ich denke, er findet mich nicht besonders toll. Vielleicht sogar extrem anstrengend.«

Ich hörte Ella tief durchatmen. »Also, wenn du dich total in diesen Paul verschossen hast, dann ist das ja erst einmal nicht schlecht. Ich meine, hey, Sophia, verknallt sein ist auf jeden Fall schön.«

»Ella. Stopp!«, bremste ich sie aus. »Genau das ist es ja, was ich nicht weiß. Es ist nur einfach immer so, dass ich total nervös in seiner Gegenwart bin und dann jede Menge Blödsinn rede. Zum Beispiel habe ich ihn gefragt, ob er mir das Reiten beibringen kann. In einer Stunde geht es los und inzwischen könnte ich mich dafür selbst in den Hintern treten. Wie kann ich nur auf so eine total absurde Idee kommen? Ich werde mich blamieren. Schrecklich blamieren. Was ja wiederum dagegen spricht, also, dass ich mich in ihn verknallt habe, weil man sich dann bestimmt nicht freiwillig zum Vollhorst macht. Und außerdem kenne ich ihn ja nicht wirklich, und wenn man jemanden nicht kennt, dann kann man sich auch nicht verknallen. Es ist wohl eher so, dass sich hier alle so viel Mühe mit mir geben und Paul der Einzige ist, der mich bisher nicht großartig beachtet hat. Vielleicht bin ich deshalb so verwirrt und …«

»SOPHIA! HALLO! Hol mal bitte kurz Luft!«, unterbrach Ella meinen Redefluss. »Und wenn du einen Gang runtergeschaltet hast, dann wirst du dir deine Frage selbst beantworten können. Oh yeah, du bist tausendprozentig so was von total verknallt in diesen Paul.«

»Mist«, jammerte ich. »Und nun?«

Ella lachte. »Jetzt marschierst du rüber zum Reitplatz oder wo auch immer du es riskieren willst, auf ein Pferd zu klettern, und lässt dich von Paul gefälligst auffangen, wenn du in hohem Bogen runtersegelst.«

»Doofe Nuss!«, brummte ich.

Ella lachte. »Aber in megagenialen neuen Klamotten, Süße.«

»Und was mache ich nun, ich meine, jetzt mal ernsthaft, Ella?«

»Tja, vielleicht solltest du erst einmal herausfinden, ob

es ihm genauso geht. Und wenn ja, dann rate ich dir, genieße es. Liebe ist wunderbar. Ich wünschte, ich würde mich auch endlich mal wieder verlieben.«

»Ja, bestimmt ist es das. Zumindest, wenn beide dasselbe empfinden. Nur in diesem Fall ist es sowieso schon total kompliziert. Wenn ich nämlich das Erbe meines Vaters nicht annehme, dann bin ich dafür verantwortlich, dass Paul und seine Familie ihr Zuhause verlieren.«

»Heilige Scheiße!«, entfuhr es Ella.

* * *

Eine knappe halbe Stunde später betrat ich den Hauptstall. Kühle Luft schlug mir entgegen und der mir inzwischen fast schon ein wenig vertraute Pferdegeruch.

»Da bist du ja«, sagte Paul und lächelte mich an, als ich an die Box trat, in der er gerade einem Fuchs mit breiter Laternenblesse das Halfter anlegte. Er musterte mich erstaunt und wollte wissen: »Warum hast du keine Reitsachen an?«

»Merle ist nicht zu Hause gewesen und deine Mutter wollte ich damit nicht nerven. Vielleicht geht es ja auch so …«

Tatsächlich war Merle auf dem Gestüt nirgendwo auffindbar gewesen. Und, wie eigentlich verabredet, zum Strand war sie auch nicht gekommen. Vorhin war mir aber Merles Mutter begegnet und von ihr hatte ich erfahren, dass Merle kurzfristig doch mit zum Tierarzt gefahren war und anschließend mit ihrem Vater noch weiter zu einem befreundeten Züchter, wo die beiden sich mit ziemlicher Wahrscheinlichkeit festgequatscht hatten.

»Okay, dann belassen wir es heute vielleicht einfach erst einmal bei der Bodenarbeit. Hast du schon mal ein Pferd geputzt? Aufgetrenst? Gesattelt?«

Ich konnte zu allem nur den Kopf schütteln.

»Dann fangen wir wirklich bei null an.« Paul grinste schief. »Aber immerhin weißt du ja inzwischen bereits, dass man sich einem durchgehenden Pferd nicht unbedingt mitten in den Weg stellen sollte …«

Mist. Ich hatte so gehofft, dass er den Vorfall von damals längst vergessen hatte. Dazu behandelte er mich wie eine blutige Anfängerin, die ich schließlich auch war, und nicht im kleinsten Ansatz wie ein Mädchen, das er mochte … für das er etwas empfand.

Mit einer unendlichen Ruhe erklärte Paul mir, wie ich den Fuchswallach Mandolo richtig putze, unterstützte mich beim Hufe auskratzen, was mir absolut nicht geheuer war, und erklärte mir schließlich, wie man ein Pferd auftrenst. Zum Schluss sattelten wir Mandolo noch und ich durfte ihn ein paar Runden auf dem Dressurplatz führen. Die Zeit verging wie im Flug und ich fühlte mich immer sicherer bei dem, was ich tat, ohne den Respekt vor dem großen Fuchs zu verlieren.

»Mandolo ist eine Seele von einem Pferd. Er ist grottenbrav und würde niemals bewusst jemandem wehtun. Er liebt es, wenn man ihn stundenlang hinter den Ohren krault, und im Gelände ist er beinahe so was wie eine Lebensversicherung. Dennoch ist er ein Pferd und Pferde sind nun mal Fluchttiere. Das darfst du nicht vergessen, Sophia. Bei allem, was du tust, denk immer daran, wenn sie einmal in Panik geraten, dann ergreifen sie die Flucht. Egal, ob du gerade im Weg stehst.«

Die Zeit verging wie im Flug, und als wir Mandolo schließlich wieder zurück in seine Paddockbox brachten, fiel mir der Umgang mit ihm schon wesentlich leichter.

»Danke«, sagte ich zu Paul und wollte ihn gerade fragen, wann er wohl mal wieder Zeit hätte, mir eine Unterrichtsstunde in Pferdegewöhnung zu geben.

Doch Paul kam mir zuvor. »Morgen wieder um 17 Uhr. Dann aber bitte in Reitsachen.«

Ich nickte und spürte mein Herz, das sich vor Freude fast überschlug, und leider auch schon wieder die Röte meinen Hals hinaufkriechen. Ganz besonders, als Paul mir die Hand auf die Schulter legte und mich mit seinen unglaublich blauen Augen ansah.

»Du machst das super, Sophia, alles ganz fein und mit so viel Ruhe. Das mögen die Pferde. Hektik und ruppige Menschen sind ihnen nicht geheuer. Du hast ein Händchen für sie …«

Ein warmer Schauer lief mir über den Rücken und dort, wo Pauls Hand gelegen hatte, brannte noch eine halbe Stunde später meine Haut wie Feuer, als ich mit Harry auf der Terrasse hinter seinem Haus saß und wir zusammen zu Abend aßen.

»Paul gibt mir Reitunterricht«, sagte ich und konnte mir ein breites Grinsen nicht verkneifen.

Harry nickte. »Ich habe schon davon gehört.«

»Und was sagst du dazu?«

In Harrys Augen erschien ein warmer Glanz. »Ich freue mich. Wenn ich etwas anderes behaupten würde, dann würde ich lügen.« Er streckte seine Hand nach meiner aus und tätschelte sie kurz. »Du magst ihn, stimmt's?«

Ich nickte. »Ja, er ist okay. Genauso wie Merle«, versuchte ich das Thema zu entschärfen. »Wobei sie mich heute ganz schön hängen lassen hat. Ich habe eine halbe Ewigkeit unten am Strand auf sie gewartet.«

Harry grinste. »Merle ist ein Goldstück, aber unglaublich sprunghaft. Frag mal ihre Eltern, die können dir jede Menge Geschichten erzählen.«

Einen Moment lang aßen wir schweigen weiter. Bis ich schließlich nicht mehr anders konnte. Ich musste das jetzt einfach ansprechen – natürlich ohne Merle zu verpetzen.

»Aber sie ist nicht die Einzige, die mich heute in Sachen Strandtag versetzt hat. Warum hast du so kurzfristig deine Pläne geändert, Harry, und was hat das alles mit diesem Anwalt zu tun, der heute Vormittag hier auf dem Gestüt war?«

Harry winkte ab. Ich sah ihm an, dass er mir irgendeine fadenscheinige Erklärung auftischen wollte, und kam ihm zuvor. »Es ist doch so, dass der Hof an die Mandantin dieses Friedhelm geht. Ich habe blöderweise seinen

Nachnamen vergessen und auch ihren. Nur eben, dass sie eine erfolgreiche Dressurreiterin ist, die unbedingt Rosencarree haben möchte. Wenn ich also das Erbe nicht annehme, dann geht das Gestüt an sie, stimmt's?!«

Harry entglitten sämtliche Gesichtszüge. »Wer hat dir diesen Unsinn eingeredet, Sophia?«, krächzte er.

Nun war ich es, die nach seiner Hand griff. Ich umfasste sie, zumindest soweit mir das möglich war. Harrys Hände waren fast doppelt so groß wie meine. »Harry, bitte, sag mir doch einfach nur die Wahrheit. Ich bin schon groß und komme gut damit klar. Das versichere ich dir.« Ich lächelte ihn an.

Doch Harry schüttelte den Kopf. Sein Mund war nur noch ein schmaler Strich. »Ich möchte, dass du dich frei entscheidest, Sophia. So hat es Gregor gewollt. So und nicht anders. Dein Entschluss darf nichts damit zu tun haben, dass du dich für irgendjemand hier verantwortlich fühlst.«

»Dann stimmt es also, dass Rosencarree im Falle eines Verkaufs an diese … wie hieß sie denn noch …?«

»Laura. Laura Ölkers«, murmelte Harry.

»Also diese Laura Ölkers würde dann Rosencarree bekommen?!«

Harry lehnte sich weit auf seinem Stuhl zurück und atmete tief durch. »Sophia, ich …«

»Stimmt es?«, beharrte ich auf einer Antwort.

Harry nickte. »Ja, wenn wir verkaufen, dann an sie. Das ist vertraglich so geregelt.«

»Okay«, sagte ich nur. »Dann weiß ich jetzt Bescheid.«

Aber natürlich war nichts okay.

In den nächsten Tagen fieberte ich der Reitstunde mit Paul schon immer aufgeregt entgegen. Zugegeben, ich war wirklich schwer beeindruckt von Paul. Doch inzwischen war ich mir ziemlich sicher, dass das nichts mit Verliebtsein zu tun hatte, sondern eher mit Bewunderung. Ich wollte so sein wie er – zumindest, was das Thema Pferde betraf. Ich wollte unbedingt alles lernen, was mit Pferden zu tun hatte, und noch mehr wollte ich dieses Gespür für ein Pferd entwickeln, wovon Paul und auch Harry immer redeten.

Gregor hatte es gehabt, sagten alle. Oh ja, mein Vater war ein Pferdemensch durch und durch gewesen und hatte quasi sein ganzes Leben dieser großen Liebe untergeordnet. Ob das am Ende richtig war, ob er nicht noch mehr hätte versuchen sollen, auch den Menschen in seinem Leben einen wichtigen Platz einzuräumen, was er, wenn ich meiner Mutter glaubte, ja versäumt hatte, das konnte und wollte ich nicht beurteilen. Gregors Spuren waren hier noch überall und ich fühlte mich ihm von Tag zu Tag näher, meinte fast, ihn wirklich gekannt zu haben, und dieses Gefühl entschädigte mich fast ein wenig für all die bitteren Momente, in denen ich mich so schmerzlich nach einem Vater gesehnt hatte. Jetzt hatte ich einen, auch wenn er nicht mehr da war.

In der zweiten Trainingswoche mit Paul war ich mir dann wirklich sicher, dass ich mich getäuscht hatte. Ich war nicht in Paul verliebt und er erst recht nicht in mich. Wir waren Freunde und das war auch gut so. Allerdings begegnete ich nach einer wirklich schönen Reitstunde, in der Mandolo mich artig über den Platz getragen und Paul vehement behauptet hatte, dass ich talentiert sei, jemandem, in den ich mich tatsächlich und unwiderruflich verliebte.

Ich hatte sie schon einmal gesehen. Im Frühjahr, als ich das erste Mal hier auf Rosencarree gewesen war und sie sich wegen dem Lärm, den ich aus Versehen in der Reithalle verursacht hatte, von Pauls Longe losgerissen hatte.

Finja – das schönste Pferd, dem ich jemals begegnet war. Mit den sanftesten Augen und den weichsten Nüstern, in die man sich nur verlieben konnte. Oh ja, als die dunkelbraune Stute vom Anhänger mehr heruntersprang, als vorsichtig rückwärts zu gehen, stand ich mitten auf dem Hof und hatte das Gefühl, die Zeit wäre stehen geblieben, nur damit ich sie ausgiebig bewundern konnte.

»Ich kenne sie«, sagte ich zu Merle. »Ich habe sie schon mal gesehen, als ich im Frühjahr kurz auf dem Gestüt war. Paul war in der Reithalle mit ihr.«

Merle nickte. »Ja, das ist Finja. Sie war Gregors Lieblingspferd. Obwohl sie sich meistens ganz schrecklich aufgeführt hat. Harry hat sie im Juni dann schließlich verkauft, nachdem sie Paul beim Steigen fast erschlagen hätte.«

»Was?« Ich konnte es nicht fassen. »Und warum ist sie jetzt wieder hier?«

Merle verzog das Gesicht. »Na ja, die neuen Besitzer sind noch weniger mit ihr zurechtgekommen und wollten sie jetzt tatsächlich einschläfern lassen. Das hat Harry mitbekommen und sie zurückgekauft.«

»Einschläfern lassen? Nur weil sie etwas wild ist?« Ich konnte es kaum glauben.

»*Etwas* ist *etwas* untertrieben«, erklärte Merle und sah nicht wirklich glücklich darüber aus, dass das schöne dunkelbraune Pferd nach Rosencarree zurückgekehrt war. »Es wird letztendlich an Paul hängen bleiben«, murmelte sie bedrückt. »Er wird sich um sie kümmern müssen, so wie er es die Wochen nach Gregors Tod gemacht hat, und wir müssen ständig Angst haben, dass sie ihn verletzt … oder was noch viel Schlimmeres …«

»Paul mag sie also auch«, kombinierte ich.

Merle seufzte kummervoll. »Sie ist wahnsinnig talentiert. Genie und Wahnsinn sind bei ihr quasi untrennbar und für solche Pferde hat Paul einfach eine Schwäche.«

Ich beobachtete Finja, wie sie mit geblähten Nüstern und weit aufgerissenen Augen am Strick um Merles Vater herumtänzelte, sodass er aufpassen musste, dass sie ihm nicht auf die Füße sprang. Die Adern an ihrem Hals traten hervor, das Spiel der Muskeln war unter ihrem glänzenden Fell deutlich zu erkennen und den Schweif trug sie weit aufgestellt. Gott, wie unfassbar schön sie doch war!

»Ich könnte mich ja um sie kümmern …«, murmelte ich.

Merle zeigte mir einen Vogel. »Vergiss es! Weder Harry noch Paul noch mein Vater werden dir das erlauben und das ist auch gut so.«

Ich zuckte mit den Schultern und sagte etwas, das ich in diesem Moment auch tatsächlich so meinte – ja, auch wenn es selbst in meinen eigenen Ohren ziemlich verrückt klang: »Wenn sie meinem Vater gehörte, dann gehört sie jetzt mir und deshalb werde ich mich auch um sie kümmern.«

»Träum weiter«, riet mir Merle. Doch das war überhaupt kein Traum, sondern mein Ernst.

»Ich werde es versuchen«, beschloss ich.

KAPITEL 17

Sei vorsichtig mit deinen Wünschen,
sie könnten in Erfüllung gehen.

(Aus Asien)

Auf dem großen Sandauslauf hinter dem Hauptstall standen zwei Pferde und ein dickes Schimmelpony träge in der Nachmittagssonne. Als wir uns dem Gatter näherten, hoben sie neugierig die Köpfe.

»Das dicke Pony dort drüben ist Lizzy. Sonst ist sie nicht so dick. Aber sie wird nicht mehr geritten, und wenn sie nicht bald mal wieder was zu tun bekommt, dann explodiert sie demnächst«, sagte Paul mit einem schiefen Grinsen.

Ich fand sie auf Anhieb süß und wollte wissen: »Und warum wird sie nicht mehr geritten?«

»Weil Merle zu groß für sie geworden ist. Früher hat mein Vater sie noch ab und zu vor den Sulky gespannt, aber dafür fehlt ihm inzwischen die Zeit.«

»Ach, Lizzy ist Merles Pony?«

Paul nickte. »Ja, sie hat sie zu ihrem dritten Geburtstag bekommen … damals hatten wir noch unseren eigenen Hof.«

Erstaunt sah ich Paul an. Von einem eigenen Hof hatte ich bislang nichts gewusst.

»Ihr hattet einen Hof?«

Paul nickte.

»Und warum …«

Er ließ mich nicht weiterreden. »Eine lange Geschichte, Sophia. Ich erzähle sie dir mal bei anderer Gelegenheit.« Das klang endgültig.

»Okay …«, murmelte ich.

»So ist es auch, okay«, erklärte er, öffnete das Gatter, und ich folgte ihm auf den Sandplatz.

Während Lizzy und eine große braune Stute sofort angetrottet kamen, verzog sich Finja in die hinterste Ecke des Platzes und beäugte uns von dort aus misstrauisch.

»Sie macht einen wahnsinnig ängstlichen Eindruck auf mich«, stellte ich verwundert fest. »Dabei ist sie doch eher wild, oder habe ich da etwas falsch verstanden?«

Paul nickte. »Das eine ergibt sich bei ihr aus dem anderen.«

Das kapierte ich nicht. »Inwiefern?«

Paul seufzte tief. »Sie hat Angst. Und so richtig weiß niemand, warum. Gregor hat sie als Dreijährige bei einem befreundeten Züchter entdeckt und war sofort begeistert von ihr. Aber damals galt sie schon als schwierig. Der Züchter meinte, sie bräuchte wohl jemanden, der sich ganz intensiv um sie kümmert, dann würde sie bestimmt ihre fast schon panikartige Angst ablegen.«

»Und ist es meinem Vater gelungen?«, fragte ich.

Langsam schüttelte Paul den Kopf. »Leider nicht so wirklich. Er hat sie zwar angeritten und auch ganz gut ausgebildet, aber sie ist absolut unberechenbar und vor allem unzugänglich geblieben. Dann war er körperlich nicht mehr in der Lage, sich weiter mit ihr zu beschäftigen.«

Ein dicker Kloß steckte plötzlich in meiner Kehle und mein Magen zog sich schmerzvoll zusammen. »Wegen seiner Krankheit?«, fragte ich leise.

Pauls Gesicht verschloss sich.

»Hat er sehr gelitten?« Meine Stimme war jetzt nicht viel mehr als ein bedrücktes Wispern.

»Ja, ziemlich …«

Ich wollte etwas sagen – Paul weitere Fragen stellen. Doch der Kloß war inzwischen so groß, dass ich nur noch krächzen konnte: »Das tut mir leid.«

Paul nickte. »Ja, mir auch«, sagte er bitter und wir schwiegen einen Moment, bis Paul die Schultern straffte und erklärte: »Was nun aber Finja betrifft, so finde ich es gut, dass sie wieder hier ist. Ich war dagegen, dass Harry sie verkauft. Schließlich war es komplett vorhersehbar, dass auch dort keiner mit ihr zurechtkommt. Den Stress hätte ich ihr gerne erspart.«

»Und warum hat Harry es dann überhaupt gemacht?«

Paul verzog das Gesicht. »Na ja, meinetwegen. Er hatte einfach Angst, dass mir etwas passiert … auch noch.«

»Und nun hat er die Angst nicht mehr?« So ganz wurde ich aus dem Hin und Her um Finja nicht schlau.

»Wir haben beschlossen, sie als reine Zuchtstute hier auf Rosencarree zu behalten. Also vorausgesetzt …« Er stockte, wandte mir demonstrativ den Rücken zu und machte ein paar Schritte aufs Paddock.

Ich ging ihm hinterher, wissend, warum er plötzlich nicht weitergeredet hatte.

»Allerdings vorausgesetzt, Rosencarree wird nicht verkauft. Ansonsten hat sich das so oder so erledigt. Stimmt's?«, brachte ich seinen unausgesprochenen Satz zu Ende.

»Sophia, bitte, wenn du Fragen hast, dann stell sie Harry. Ich möchte mich da einfach nicht einmischen.«

Und ob ich Fragen hatte. So viele, dass ich nicht wusste, welche ich zuerst stellen sollte. Nur leider war es so, dass ich überall auf Granit stieß. Harry meinte immer nur, all das dürfte nichts mit meiner Entscheidung zu tun haben und darum wollte er auch nicht mit mir darüber reden. Paul machte dicht. Merle inzwischen auch.

»Eigentlich ist sie viel zu schade dafür. So ein talentiertes Pferd«, redete Paul nun weiter. »Aber ehrlicherweise gehen mir so allmählich die Ideen aus. Sie fasst einfach kein Vertrauen …« Er sah mich an und lächelte bemüht zuversichtlich. »Na ja, bestimmt bekommt sie wunderschöne Fohlen.«

Ich hatte keine Ahnung, was wohl das eigentliche Problem mit Finja war, aber ich konnte gar nicht anders, als sie anzustarren. Ihr dunkles Fell glänzte in der Sonne. Sie hatte einen wunderschönen kleinen Kopf mit einer schmalen Blesse, die im Bereich der Nüstern etwas breiter wurde. Ihre Mähne und der Schweif waren unheimlich dicht und leicht gewellt. Doch am meisten faszinierte mich das Spiel ihrer wohlgeformten Ohren. Vor und zurück, mal das linke, dann das rechte oder beide gleichzeitig. Sie bekam alles mit, obwohl sie uns nicht eines Blickes würdigte.

»Sie ist so eine Schönheit«, schwärmte ich. »Ist es denn wirklich hoffnungslos mit ihr?«

Paul zuckte mit den Achseln. »Gregor war davon überzeugt, dass er es mit ganz viel Ruhe und jede Menge Pferdeverstand schon irgendwann hinkriegen würde.«

»Und du nicht?«, wollte ich wissen.

Paul sah mich bedauernd an. »Selbst wenn ich wollte, Harry hat es mir verboten. Und wenn er uns jetzt hier erwischt, Sophia, dann kann ich mir den Anpfiff meines Lebens von ihm abholen.«

Schuldbewusst verzog ich das Gesicht. Erst hatte ich Merle fragen wollen, ob sie mit mir zusammen nach Finja schauen würde. Doch sie hatte gestern bei Finjas Ankunft auf dem Hof keinen Hehl daraus gemacht, dass sie absolut kein Fan der dunkelbraunen Stute war. Also hatte ich heute nach dem Reitunterricht kurz entschlossen Paul darum gebeten und tatsächlich hatte er sofort zugestimmt. Doch dass er meinetwegen Ärger mit Harry bekam, das wollte ich natürlich unbedingt vermeiden.

»Ich möchte sie nur etwas näher … kennenlernen. Sagt man das so?«

Paul schmunzelte. »Ja, das sagt man auch bei Pferden so.«

Ich blickte wieder zu Finja rüber. Wie sie dastand, mit leicht zitternden Flanken, die Nüstern unruhig aufgebläht, ängstlich und dennoch neugierig. Irgendetwas hatte sie, was mich anrührte. Ich hätte es nicht in Worte fassen können. Es war auf jeden Fall nicht nur ihre auffallende Schönheit, die mich beeindruckte. Vielleicht auch der Gedanke, dass sie das Lieblingspferd meines Vaters gewesen war – obwohl oder vielleicht sogar weil sie so schwierig war.

Keine Ahnung, was mich jetzt dazu bewegte, mich ihr zu nähern – es war fast so, als würden mich unsichtbare Bänder ziehen. Ich konnte nichts dagegen unternehmen.

»Sophia, was hast du vor?«, wollte Paul wissen, als ich mich bereits einige Schritte von ihm entfernt hatte.

»Ich möchte sie mir von Nahem ansehen«, erwiderte ich. »Oder darf ich das nicht? Wird sie mich dann angreifen?«

Paul verneinte. »Nein, das nicht. Sie wird nur vor dir weglaufen. Sie hat Angst …«

Tatsächlich trabte die Stute los, als ich bis auf wenige Schritte an sie herangetreten war – und das war unglaublich.

»Wie sie sich bewegt«, hauchte ich völlig überwältigt. »Sie schwebt ja … So was habe ich noch nie gesehen. Ist das klasse …«

Paul hatte sich inzwischen neben mich gestellt. »Ja,

das hat uns auch alle total fasziniert, es scheint so, als ob sie den Boden gar nicht berühren würde. Sie hat einen wahnsinnigen Schwung, absolut außergewöhnlich.«

»Und schön ist sie, einfach traumhaft«, schwärmte ich weiter und konnte dabei den Blick nicht eine Sekunde von ihr abwenden.

»Nur leider alles andere als einfach im Umgang«, erinnerte Paul mich. »Sie ist wahnsinnig schreckhaft und lässt sich nicht einmal auftrensen. Man darf nämlich ihre Ohren nicht berühren. Dann explodiert sie sofort.«

»So schade …«, murmelte ich und das war mein voller Ernst. »Ich würde mich gerne um sie kümmern …«

Ich war mir sicher, dass Paul genauso wie Merle reagieren und mir mindestens einen Vogel zeigen und mich für total verrückt erklären würde. Erst recht, nachdem er mir eben lang und breit erzählt hatte, dass er selbst von Harry das Verbot aufgebrummt bekommen hatte, sich weiterhin um Finja zu kümmern und bemühen. Viel zu gefährlich in ihrer unberechenbaren Angst.

Doch ich sollte mich täuschen.

»Ja, mach doch.« Er lächelte mich an. »Gute Idee.«

»Echt?« Das konnte Paul nicht ernst gemeint haben. Harry würde mir das niemals erlauben.

»Harry darf davon nichts mitkriegen«, sagte Paul, der offenbar meine Gedanken lesen konnte. »Zumindest zunächst einmal nicht. Und allein darfst du auch nicht mit Finja arbeiten. Dafür bist du viel zu unerfahren. Ich helfe dir.«

»Du?«
»Klar, wer sonst?«
»Ich … ich weiß nicht …«
»Dann wäre das ja jetzt geklärt.«

* * *

Die nächsten Tage vergingen wie im Flug. Harry ließ es endlich zu, dass ich bei der morgendlichen Stallarbeit mithalf. Wenn alle Pferde versorgt waren, die Boxen gemacht und die Stallgassen gefegt, half ich meistens Merle dabei, ihre beiden Dressurpferde fertig zu machen. Ich putzte sie und war sogar schon in der Lage, sie selbstständig aufzutrensen und zu satteln. Nur die Sache mit dem Hufe auskratzen und das Bandagieren oder Gamaschen anlegen war mir immer noch nicht ganz geheuer. Vor den Hufen mit den glänzenden Eisen hatte ich nach wie vor einen ziemlichen Respekt.

Ich hockte im Gras am Rande des Dressurplatzes und sah Merle beim Reiten zu. Hatte ich zu Anfang einfach nur staunend dagesessen, so versuchte ich mir jetzt jede ihrer Hilfen einzuprägen – zu analysieren. Wann machte Merle was und wie reagierte ihr Pferd darauf. Ich wollte vom Zusehen lernen und ja, ich tat es auch. Zumindest behauptete Paul das am Nachmittag, wenn meine Reitstunde bei ihm anstand.

»Du wirst immer besser, Sophia«, lobte er mich und tatsächlich fühlte es sich auch so an. Ich hatte Mandolo wirklich viel besser im Griff und schaffte es, mich auf meinen Sitz zu konzentrieren, ohne ihm dabei mit den Zügeln im Maul herumzureißen.

»Ein kleines Naturtalent«, grinste Paul, als ich nach der Reitstunde von Mandolos Rücken rutschte und ihn vom Platz rüber zu den Stallungen führte. »Aber okay, du hast ja schließlich auch den besten Trainer, den man sich nur wünschen kann.«

Ich knuffte ihm freundschaftlich gegen den Oberarm. »Ihhh, schon mal was von stinkendem Eigenlob gehört.«

Paul lachte und ich stimmte mit ein.

Inzwischen war ich mir ganz sicher, dass zwischen uns nicht mehr als Freundschaft war, und ja, das war auch gut so. Natürlich fand ich Paul noch immer wahnsinnig gut aussehend. Daran gab es nichts zu rütteln. Doch ich war nicht nach Rügen gekommen, um mich zu verlieben und dadurch alles noch komplizierter zu machen. Ich wollte in erster Linie etwas über meinen Vater erfahren und auch über mich. Ob ich für ein Leben, so wie er es geführt und es ihn so glücklich gemacht hatte, wirklich geschaffen war. Konnte und wollte ich in seine Fußstapfen treten oder hatte ich nach sechs Wochen genug von allem hier.

Und dann war da noch Finja. Und ja, Ella hatte recht. Es gab Liebe auf den ersten Blick. Nur eben, dass es nicht Paul war, an den ich ständig denken musste, sondern eine wahnsinnig schwierige und wahnsinnig schöne dunkelbraune Stute, an die ich mein Herz verloren hatte.

KAPITEL 18

Wer ans Ufer möchte,
muss so oder so den Fluss überqueren.
Worauf also warten?
(Indianische Weisheit)

Es war meine letzte Woche auf Rosencarree, als ich Mandolo wie selbstverständlich sattelte, auftrenste und dann zum Reitplatz hinüber führte. Ich lenkte ihn zur Aufstiegshilfe und schwang mich locker in seinen Sattel. Dann ritt ich im Schritt und am langen Zügel durch die Bahn. Fünfzehn Minuten später nahm ich die Zügel etwas auf und trabte Mandolo an. Der Wallach folgte meinen Hilfen sofort und ließ im Trab den Kopf fallen.

Zu Beginn immer schön tief reiten, hörte ich Pauls Worte in meinen Ohren. *Lange Zügel, das Pferd sich vorwärtsabwärts strecken lassen*.

Ich trabte den Wallach einige Runden im leichten Sitz, dann nahm ich den Galopp hinzu. Es gelang mir mühelos, Mandolo zu sitzen und ihn schließlich vom Galopp wieder in den Trab und schließlich zum Schritt durchzuparieren. Begeistert klopfte ich ihm den Hals und hielt dabei nach Paul Ausschau, der längst überfällig war.

»Sehr schöne Übergänge«, erklang Harrys Stimme vom Rand des Reitplatzes. »Butterweich, und was deinen Sitz betrifft, niemand würde vermuten, dass du erst seit Kurzem reitest, Sophia. Ich bin beeindruckt, was für rasante Fortschritte du gemacht hast.«

Verlegen winkte ich ab und musste insgeheim über meinen Großvater grinsen. Er tat so, als wäre er zufällig vorbeigekommen und hätte mich endlich mal auf dem Pferd gesehen. Dabei wusste ich ganz genau, dass er uns bei jeder Reitstunde, die mir Paul in den letzten Wochen gegeben hatte, heimlich beobachtet hatte.

Mein Großvater versuchte wirklich alles, um jede Art von Druck von mir fernzuhalten. Selbst wenn er sich begeistert darüber zeigte, wie talentiert ich anscheinend war und da vielleicht sogar tatsächlich etwas von meinem Vater vererbt bekommen hatte, dann hielt er sich gewöhnlich auch hier mit seiner Freude darüber stark zurück.

Ich ahnte auch, warum – ich sollte mich aus freien Stücken und mit ganzem Herzen für oder gegen Rosencarree entscheiden. Nicht wegen ihm, nicht wegen der Menschen, die hier lebten und arbeiteten, nicht einmal wegen der Pferde – es ging hier einzig und allein um mich. Ich vermutete, dass er es meinem Vater so versprochen hatte.

Was ich wollte …? Ich konnte es nicht mit Sicherheit sagen. Ich fühlte mich hier wahnsinnig wohl. Ich liebte es, zu reiten, und ja, Harry hatte recht, es fiel mir tatsächlich leicht, es zu erlernen.

In Merle und Paul hatte ich neue Freunde gefunden und in Finja meine große Liebe. Harry war mehr als nur mein Großvater, er war mein Freund, und all die anderen, mit denen ich es hier auf Rosencarree zu tun hatte, waren mir wirklich ans Herz gewachsen.

Aber ich vermisste Hamburg. Meine Mutter. Ella. Meine Freunde. Mein altes Leben, das immerhin siebzehn Jahre mein einziges Leben gewesen war.

Ich lag abends im Bett und sehnte mich nach meinem Zimmer, nach unserer Wohnung, nach den Sonntagen mit meiner Mutter – und gleichzeitig wollte ich Rosencarree nicht verlassen. Am liebsten nie wieder.

»Ich soll dir von Paul ausrichten, dass er leider heute nicht kann. Er hat kurzfristig einen Termin für eine Wohnungsbesichtigung bekommen.«

»Was?« Ich war völlig perplex. »Will er ausziehen? Aber … aber wohin denn?«

Harry trat neben Mandolo und klopfte ihm den Hals. Der Wallach blieb ganz ruhig und artig stehen. Ein absolutes Verlasspferd.

»Na ja, es ist höchste Eisenbahn, Sophia. Pendeln wird er auf Dauer nicht immer können.«

»Wie pendeln?« Ich verstand nur Bahnhof.

»Paul fängt doch zum Herbstsemester mit seinem Studium an.«

»Das wusste ich nicht«, gab ich ehrlich zu. »Ich dachte immer, dass er … na ja, dass er das Reiten zu seinem Beruf machen würde.«

Harry schüttelte den Kopf. »Nein, er hat zwar das Jahr nach dem Abi tatsächlich nichts anderes gemacht, aber das hatte in erster Linie etwas mit Gregors Krankheit zu tun. Doch jetzt muss der Junge auch mal wieder an sich denken und seinen eigenen Weg gehen.«

Komischerweise versetzte mir der Gedanke an Pauls *eigenen Weg* einen schmerzlichen Stich.

»Ja, klar doch. Was studiert er denn?«, versuchte ich mir meine Betroffenheit nicht anmerken zu lassen.

»Agrarwissenschaften.«

»Aha …« Ich nahm die Zügel wieder auf und ritt Mandolo an.

Harry blieb noch einen Moment unentschlossen am Reitplatz stehen, bevor er mir zurief: »Soll *ich* dir vielleicht Unterricht geben?«

»Hast du denn Zeit?«

Harry lächelte warmherzig. »Für dich jederzeit, Sophia.«

* * *

Gegen Abend war Paul wieder zurück auf Rosencarree. Ich bekam zufällig mit, wie er sich mit seinem Vater unterhielt und freudig von dem WG-Zimmer berichtete, das ihm so gut wie sicher war.

Ich war gerade auf dem Weg zu Finja, als Paul mich entdeckte und sich noch einmal dafür entschuldigte, dass er so kurzfristig den Unterricht ausfallen lassen hatte.

»Kein Problem. Harry ist für dich eingesprungen«, sagte ich so lässig wie nur möglich.

»Und wie war's?«, wollte Paul wissen.

»Gut«, blieb ich wortkarg. Keine Ahnung, warum, aber der Gedanke, dass Paul bald nicht mehr auf Rosencarree sein würde, nagte irgendwie an mir. Was ziemlich bescheuert von mir war, denn in wenigen Tagen war auch mein Aufenthalt hier vorbei.

»Bist du sauer auf mich?« Paul konnte man nichts vormachen.

»Blödsinn! Warum sollte ich?«

»Kommt mir so vor.«

»Das bildest du dir ein.«

»Okay«, sagte Paul gedehnt und musterte mich nun noch irritierter.

»Ich wollte gerade zu Finja«, beeilte ich mich ihm zu sagen und bemühte mich, normal zu klingen. Mein eingeschnapptes Verhalten war einfach nur kindisch, das war mir selbst klar.

»Ich komme mit«, beschloss Paul.

»Musst du aber nicht«, wiegelte ich ab. »Ich wollte nur noch mal probieren, ihr das Halfter anzulegen … ohne es auseinanderzubauen.« Ich versuchte zu grinsen, merkte aber selbst, dass es mir gründlich missglückte.

Paul zog die Augenbrauen hoch. »Ist wirklich alles okay, Sophia?«

»Ja! Wenn ich es dir doch sage!«

Wieder dieses lang gezogene »Okay …«

»Paul, du nervst«, blaffte ich ihn betont lässig an.

Aber auch davon ließ er sich nicht abhalten. »Ich weiß«, sagte er und lächelte sein entwaffnendes Grübchenlächeln, was dazu führte, dass ich mir endgültig wie eine Vollidiotin vorkam. Was für ein kindisches Herumgezicke. Einfach nur komplett lächerlich.

»Sorry«, murmelte ich. »Ich weiß auch nicht …«

Paul legte mir die Hand auf die Schulter. »Alles gut, Sophia, ich kann mir schon vorstellen, was dich gerade beschäftigt.«

So, konnte er das?

»Dann weißt du mehr als ich«, gab ich offen zu.

Nun lachte Paul. »Okay, das will ich nicht behaupten. Ich vermute einfach, das Ende deiner Ferien macht dir zu schaffen. Ist doch so, oder?«

Natürlich wusste ich, worauf er anspielen wollte. Dennoch mimte ich die Ahnungslose. »Wer hat schon Lust auf Schule. Klar nervt mich das.«

Paul nickte. »Stimmt. Das eine Jahr ohne hat mir ziemlich gut gefallen.«

»Wo du es gerade erwähnst, Harry hat mir erzählt, dass du demnächst zu studieren anfängst«, hörte ich mich sagen, und es gelang mir nicht ohne einen komischen Unterton.

Zum Glück überhörte Paul ihn. »Ja, wird jetzt langsam auch echt Zeit. Ans Nichtstun kann man sich nämlich ziemlich gut gewöhnen.«

»Nichtstun?« Überrascht schüttelte ich den Kopf. »Du

bist doch rund um die Uhr hier mit den Arbeiten auf Rosencarree beschäftigt. Und die ganzen Pferde, die du reitest … Ich habe dich eigentlich nicht einen Moment mal *nichts tun* gesehen, seitdem ich hier bin.«

»Reiten ist keine Arbeit für mich, sondern mein Hobby«, stellte Paul klar.

Diesmal war ich diejenige, die das »Okay …«, sehr gedehnt aussprach.

»Was überrascht dich daran, Sophia?«

Hilflos zuckte ich mit den Schultern. »Weiß nicht …«, gab ich ehrlich zu.

Doch ganz so ehrlich war ich dann auch wieder nicht. Tief in mir schlummerte die Antwort. Ich hatte mir die letzten Tage das Hirn zermartert, wie mein Leben hier auf Rosencarree aussehen könnte. Und irgendwie waren darin auch immer Merle und Paul vorgekommen, die hier ja sichtbar glücklich und zufrieden lebten. Merle ging noch zur Schule und Paul … tja, ich hatte einfach vorausgesetzt, dass er tatsächlich für immer hier bleiben würde. Dass Rosencarree sein Lebensmittelpunkt war und diese Vorstellung hatte es mir irgendwie leichter gemacht, mir das Leben hier für mich auch vorzustellen. Dass Paul nun wegging, änderte alles, erkannte ich und das wiederum verwirrte mich zutiefst.

»Lass uns zu Finja gehen, okay?«, schlug Paul vor.

Ich nickte. »Ja, gute Idee.«

Mit Mandolo war immer alles sehr leicht und entspannt, sodass ich inzwischen keinerlei Unsicherheit mehr im Umgang mit ihm verspürte – okay, bis auf die Sache mit dem Hufe auskratzen. Aber auch das wurde besser.

Mit Finja hingegen war alles ganz, ganz anders. Nichts war einfach, erst recht nichts selbstverständlich. Es dauerte immer eine halbe Ewigkeit, bis es mir gelang, ihr das Halfter anzulegen, denn Finja konnte es absolut nicht leiden, dass man ihre Ohren berührte.

Obwohl ich es nun schon einige Male mit ihr trainiert hatte, zuckte sie auch jetzt wieder zusammen, sobald ich mit dem Halfter auch nur in die Nähe ihrer Ohren kam.

Paul schlug vor, dass er es wie immer auseinanderbaute und ihr dann behutsam anlegte.

»Nein, Paul, ich möchte das machen. Es bringt mir ja nichts, wenn ich dich jedes Mal bitten muss, ihr das Halfter anzulegen.«

Paul murmelte irgendetwas Unverständliches, aber er ließ mir meinen Willen, rückte mir allerdings nicht von der Seite.

Irgendwann, es kam mir vor, als wären Stunden vergangen, hatte ich es dann tatsächlich geschafft.

»Geht doch«, sagte Paul und lächelte mir aufmunternd zu.

Dennoch seufzte ich tief. »Aber es hat echt gedauert.«

»Weißt du, was dein Vater immer zu mir gesagt hat, wenn ich ungeduldig wurde, weil etwas nicht gleich so klappen wollte.« Wie immer, wenn er über meinen Vater sprach, klang leichte Wehmut in seiner Stimme an.

»Was denn?«, fragte ich leise.

»Bei der Arbeit und im Umgang mit einem Pferd gibt es keine Zeit.«

Ein warmer Schauer lief mir über den Rücken. Paul sprach immer so herzlich, so warm, so hörbar zugeneigt von meinem Vater. Ich konnte mir einfach nicht mehr vorstellen, dass es derselbe Mann war, von dem mir meine Mutter immer erzählt hatte.

»Was zählt, Sophia, ist nur das Ergebnis, und das sollte immer so ausgerichtet sein, dass das Pferd dir vertraut.« Paul lächelte. »Egal wie lange es dauert.«

Ich nickte nachdenklich. »Ja … klar. Nur … was ist, wenn einem die Zeit davonrennt?«

»Du meinst, weil du nur noch bis zum Wochenende hier bist?«

Ich biss mir auf die Unterlippe und nickte. Der Gedanke tat wirklich weh.

»Du kannst doch an den Wochenenden kommen. So mache ich das auch, wenn ich mit dem Studium anfange. Und in den Ferien …« Er stockte, wirkte plötzlich irgendwie verlegen und wechselte dann auch abrupt das Thema.

»Wir wollen morgen Abend hinter der Reithalle auf der kleinen Wiese ein Lagerfeuer machen. Hat dir Merle schon Bescheid gesagt? Oder hast du was anderes vor?«

»Nein … äh, ich hab sie heute kaum gesehen …«, antwortete ich etwas perplex. Was anderes vor? Hallo, was sollte ich hier schon alleine vorhaben?

»Und? Bist du dabei?«

Ich nickte. »Klar. Gerne doch.«

Paul lächelte. Sein inzwischen so vertrautes Lächeln. »Schön. Ich freue mich.«

Ich mich auch, aber das sagte ich nicht. Die Stimmung zwischen uns war plötzlich komisch. Irgendwie fremd. Ich konnte damit nichts anfangen und es mir erst recht nicht erklären.

Vorsichtig wandte ich mich wieder Finja zu und führte sie aus der Box zum Anbinder. Paul blieb weiter nah bei uns, aber dennoch auf Abstand. Inzwischen hatten wir festgestellt, dass Finja ganz besonders mit Männern ihre Probleme zu haben schien. Paul meinte, dass es etwas mit dem Züchter zu tun haben könnte, bei dem sie die ersten drei Jahre ihres Lebens verbracht hatte. Der war wohl ein sehr ruppiger Typ und da konnte so ein Sensibelchen, wie Finja es nun mal war, leicht eine Panik gegenüber Menschen und insbesondere Männern entwickeln.

Beim Putzen blieb Finja zwar artig am Anbinder stehen, doch bei jeder etwas schnelleren Bewegung zuckte sie erschrocken zusammen. Ich musste also jeden Handgriff ganz bedacht ausführen, während ich fast ununterbrochen leise mit ihr redete.

Ich hatte mir fest vorgenommen, Finjas Vertrauen zu gewinnen und ihr etwas von ihrer Ängstlichkeit zu nehmen. Ja, das war mein ganz großes Ziel.

Natürlich hätte ich sie auch total gerne mal geritten,

doch daran war momentan noch nicht zu denken. Finja war zwar bereits angeritten, aber so schreckhaft, dass Paul meinte, das Reiten sollten wir besser noch nach hinten schieben.

Doch am nächsten Tag geschah dann etwas wirklich Verrücktes. Ich war gerade mit meiner morgendlichen Hofarbeit fertig, Merle ritt hinten auf dem Dressurplatz ihren schicken Dressur-Rappen Davy und Paul trainierte nebenan auf dem Springplatz für das Turnier, das am Wochenende anstand und zu dem ich ihn zusammen mit Harry begleiten wollte. Mein erstes Turnier – und mein letztes, bevor meine Mutter mich am Sonntag abholen würde.

Der Gedanke bereitete mir zunehmend Magenschmerzen.

Harry war zusammen mit Holger Andres zum Futtermittelhändler gefahren und Conni Andres war mit einer größeren Gruppe von Senioren beschäftigt, die sich im Gutshof-Café zum Frühstück angesagt hatten.

Ich beschloss, die Ruhe zu nutzen und Finja ein wenig in der Halle herumzuführen – falls ich nicht wieder eine halbe Ewigkeit dafür brauchte, ihr das Halfter anzulegen, und dann Harry und Holger Andres längst wieder vom Futtermittelhändler zurück waren.

Doch als ich in den Stall kam und mich Finjas Box näherte, hörte ich sie plötzlich leise und dunkel wiehern. Es klang fast so, als würde sie mich begrüßen.

Im nächsten Moment schob sie ihren Kopf über die

Boxentür in die Stallgasse hinein und sah mich mit gespitzten Ohren an.

»Finja, meine Süße, hast du etwa schon auf mich gewartet?«, flüsterte ich gerührt.

Erneut blubberte sie leise und ich dachte, mein Herz müsste vor lauter Glückseligkeit explodieren.

Ganz behutsam streckte ich die Hand nach ihr aus und sie ließ es geschehen, dass ich erst ihre Nüstern tätschelte, und dann ganz langsam meine Finger nach oben der Blesse entlang bis zu ihrer Stirn und von dort aus hinter ihre Ohren gleiten ließ. Sanft umfasste ich erst ihr linkes und dann ganz behutsam ihr rechtes Ohr.

Finja stand reglos da und nichts an ihr deutete darauf hin, dass sie sich gleich ängstlich entziehen würde – im Gegenteil, sie schien meine Liebkosungen sogar zu genießen.

Dafür raste mein Herz umso wilder – Finja ließ es tatsächlich zu, dass ich ihre Ohren anfasste. Ein kleines Wunder.

Wenn mir vor sechs Wochen jemand gesagt hätte, dass ich total aufgewühlt wäre, weil ich die Ohren eines Pferdes berühren durfte, ich hätte ihn ausgelacht und für verrückt erklärt. Doch jetzt stand ich in der Stallgasse vor der sensiblen Finja und hätte vor lauter Glück und Rührung am liebsten losgeheult.

Nach einer Weile zog ich meine Hand zurück, tätschelte ihr noch einmal sanft die weichen Nüstern und öffnete behutsam die Boxentür. Ich nahm Finjas Halfter vom Haken, legte es ihr ohne Hast, aber auch ohne großartig zu zögern an und führte sie aus der Box.

Noch immer raste alles in mir, ich musste mich zusammenreißen, dass Finja nichts von meiner inneren Aufregung spürte und sich am Ende noch davon anstecken ließ. Ich trat mit ihr hinaus auf den Hof, als Paul gerade mit Quando am Zügel vom Putzplatz kam. Er wollte das vom Training ganz schweißnasse Pferd wohl rüber zum Waschplatz führen, blieb aber stehen, als er Finja und mich entdeckte.

»Was habt ihr denn vor?«

Ich musste mich beherrschen, ganz ruhig zu reden, wo ich doch am liebsten lauthals losgejubelt hätte.

»Du glaubst es nicht, Paul, ich war irgendwie ganz locker drauf. Habe ihr erst eine Weile lang die Ohren gestreichelt und dann – schwupps – das Halfter angelegt. Sie hat es einfach geschehen lassen.«

Paul staunte nicht schlecht.

»Weißt du was«, redete ich weiter, »ich glaube beinahe, ich war bisher viel zu vorsichtig mit ihr und das hat sie nur noch mehr verunsichert. Ich schätze, ich muss alles viel *normaler* angehen.«

»Kann sein«, stimmte Paul mir zu. »Aber vorsichtig musst du trotzdem sein.«

»Das weiß ich. Aber eben auch nicht *zu* vorsichtig. Ich muss ihr durch meine Entschlossenheit zeigen, dass sie sich bei mir sicher fühlen kann.« Ich kraulte Finja sacht den Hals. »Dann verstehst du das auch, nicht wahr, meine Süße«, sagte ich liebevoll. »Wenn ich sicher bin, dann fühlst du dich auch gleich viel sicherer.«

Sie blickte mich aus ihren großen braunen Augen an, als würde sie tatsächlich jedes meiner Worte verstehen.

»Und wo willst du denn jetzt mit ihr hin?«, wollte Paul wissen.

»Ich dachte, ich nutze die Chance und führe sie ein bisschen in der Reithalle Schritt. Oder findest du, dass ich jetzt übertreibe?«

Paul verneinte. »Ich komme gleich nach und helfe dir. Ich muss nur noch schnell Quando abspritzen und stelle ihn dann auf die Weide zu den anderen Wallachen.«

Doch das wollte ich nicht. »Sei nicht böse«, bat ich ihn, »aber ich würde das gerne alleine mit ihr machen.«

Paul sah nicht besonders begeistert aus. »Wenn Harry davon Wind bekommt ...«

Ich fiel ihm ins Wort. »Paul, jetzt mal im Ernst, glaubst du wirklich, Harry hat nicht den kleinsten Schimmer davon, dass wir mit Finja arbeiten? Harry weiß das längst, davon bin ich überzeugt.«

Etwas unentschlossen zuckte Paul die Schultern. »Okay, aber zugucken werde ich doch wohl noch dürfen, oder?«

Ich nickte und Paul führte Quando endlich zum Waschplatz. Ich war mir ziemlich sicher, dass er dem Wallach heute im Eilverfahren die Beine abspritzen würde, um bloß schnell bei Finja und mir an der Reithallenbande aufzutauchen.

KAPITEL 19

Die Liebe ist die melodiöseste aller Harmonien und eine Ahnung davon ist uns allen angeboren.
(Honoré de Balzac)

Harry, Merle, Paul, Holger und Conni Andres saßen ums Lagerfeuer herum und unterhielten sich. Kaja nahm mich als Erste wahr und kam schwanzwedelnd auf mich zu. Bella, Harrys zweite Hündin, hob nur kurz den Kopf, blieb aber auf ihrem Platz direkt hinter Harry liegen. Nachdem ich Kaja zärtlich den Hals gekrault hatte, machte auch sie es sich wieder neben Harry gemütlich.

»Sophia«, lächelte Conni Andres mich an, »schön, dass du auch gekommen bist.«

Schuldbewusst blickte ich in die Runde. »Bin ich etwa zu spät? Ich dachte, gegen acht Uhr …?«

Merle winkte ab. »Quatsch, Mama war nur mal wieder zu früh dran. Wenn sie acht sagt, dann trommelt sie uns spätestens Viertel vor zusammen und tut so, als wären wir zu spät.« Merle grinste und ihre Mutter stieß ihr gespielt empört den Ellbogen in die Seite.

»Stimmt ja überhaupt nicht.«

Die anderen antworteten im Chor: »Und ob das stimmt!«

Conni verzog den Mund, dann aber lachte sie. »Ja, ja, macht euch bloß über mich lustig.«

Holger Andres legte den Arm um sie und erklärte: »Würden wir uns niemals trauen, Conni.«

Merle klopfte mit der Hand neben sich. »Hey, Sophia, komm hierher.«

Doch eigentlich war da überhaupt kein Platz mehr. Nur eine schmale Lücke zwischen ihr und Paul.

»Ich setze mich auf die andere Seite«, sagte ich.

Merle schüttelte den Kopf, während sie versuchte, Paul ein wenig nach rechts zu schieben. Lachend wehrte er sich. »Ey, ich habe hier vielleicht zuerst gesessen.«

»Das nenne ich mal einen Anti-Kavalier«, motzte Merle ihren Bruder kopfschüttelnd an. »Und so was will sich später mal Akademiker nennen.«

Ich ließ mich schnell gegenüber den beiden neben Harry auf einer der drei rustikalen Holzbänke, die ums Feuer standen, nieder.

»Das mit Finja wird ja immer besser«, sagte Harry plötzlich und schaute mich dabei an.

Natürlich war mir bewusst, dass er längst mitbekommen hatte, dass Paul und ich mit ihr arbeiteten – gegen seinen Willen, vorhin hatte ich das sogar selbst zu Paul gesagt. Trotzdem verschluckte ich mich an meiner eigenen Spucke und bekam einen Hustenanfall.

»Was ist?«, fragte Conni. »hast du dich verschluckt?«

»Nur eine Fliege«, krächzte ich und blickte zu Paul. Als ich ihn grinsen sah, wurde ich erst recht rot. Zumal es ihn anscheinend zu amüsieren schien, dass ich vor Verlegenheit am liebsten im Erdboden versunken wäre. »So'n Hunger, Sophia?«, scherzte er frech.

Harry wandte sich wieder an mich. »Ich habe mit Paul längst darüber gesprochen. Es ist okay, Sophia, du musst dich nicht mehr heimlich in den Stall zu Finja schleichen. Paul hat mir versichert, dass er ein Auge auf dich hat.«

Keine Ahnung, warum, aber irgendwie nervte mich Pauls fast ein wenig gönnerhaftes Grinsen. Und dass er mich so verarscht hatte, fand ich auch absolut daneben. Und was sollte das überhaupt heißen, dass er ein Auge auf mich hat? Auf mich musste niemand ein Auge haben und erst recht nicht Paul, der sowieso vorhatte, demnächst von hier abzuhauen.

»Tja«, begann ich und schaffte es sogar zu lächeln, während ich meinen Blick fest auf Paul richtete. »Genau genommen kann es mir sowieso niemand verbieten.«

Harry räusperte sich. »Hm, wie meinst du das?«

»Finja gehört mir. So wie eigentlich alles hier. Also … ähm, fast …«

Nun waren alle Augen auf mich gerichtet. Teils verständnislos, aber auch ein wenig befremdet. Der Großkotz stand mir anscheinend nicht – und wenn ich ehrlich war, dann gefiel ich mir in der Rolle auch nicht.

»Sorry, das war doof von mir«, winkte ich beschämt ab. »Sollte nur ein Spaß sein …«

Harry legte mir die Hand auf die Schulter. »Alles gut,

Sophia, du hast nichts Falsches gesagt. Aber ich bin für dich verantwortlich. Ich habe deiner Mutter versprochen, dass ich auf dich aufpasse. Und das hat absolut nichts mit irgendwelchen Besitzverhältnissen zu tun.«

Das Ganze war mir inzwischen so unangenehm, dass ich meinte, verglühen zu müssen. Und die ganze Zeit spürte ich Pauls verständnislosen Blick auf mich gerichtet. Als wollte er sagen: Hey, was ist denn in dich gefahren? Ist das jetzt dein wahres Ich? Zickige Großstadttussi mit Gestütbesitzerin-Allüren?

Es war zum Kotzen – ich fand mich zum Kotzen!

Zum Glück rettete Conni mich, indem sie in die Hände klatschte und rief: »So, wie sieht's aus, wer hat Hunger?«

»Ich!«, riefen Holger und Merle gleichzeitig.

»Holger, Schatz, dann sei so lieb und lege die Grillroste aufs Feuer. Und Merle, du holst mal bitte die langen Stöcke. Dann können wir parallel unseren Teig fürs Stockbrot in die Flammen halten.«

Merle und auch ihr Vater sprangen sofort auf. Sie waren sichtbar froh, der angespannten Stimmung zu entkommen. Was mich noch mehr beschämte, denn schließlich war ich diejenige, die den Abend beinahe versaut hätte.

Alle gaben sich die größte Mühe, lachten, erzählten und versuchten, den schönen Sommerabend zu genießen, und dennoch schwebte über all der zur Schau getragenen Heiterkeit irgendwie ein Hauch von Melancholie. Merle erwähnte ganz nebenbei, dass Gregor solche Abende geliebt hätte – und da war mir klar, woher diese leicht gedrückte Stimmung rührte: Statt Gregor saß nun seine Tochter hier und spielte sich als zukünftige Gutshofbesitzerin auf.

Später holte Holger Andres dann noch seine Gitarre, was bei Merle für einen kleinen Kreischanfall sorgte.

»Papa, aber bitte nicht schon wieder deine schrägen Countrysongs. Die kann echt keiner mehr ertragen.«

»Ich schon«, erklärte Conni und warf ihrem Mann einen verliebten Blick zu.

Schön, musste ich plötzlich denken, wenn man nach so einer langen Zeit noch so verliebt ineinander war wie Conni und Holger. Merle hatte mir zwar neulich mal erzählt, wie peinlich es sei, dass ihre *alten* Eltern ständig herumturtelten. Aber ich fand es einfach nur schön – die ganze Familie Andres war *einfach nur schön* miteinander. So viel Zusammenhalt, so viel Zuneigung …

Natürlich waren meine Mutter und ich auch ein gutes Team. Zumindest bis zu dem Tag, an dem Harrys Brief angekommen war. Seitdem … tja, seitdem war alles anders.

»Wenn ich euch zu altmodisch bin, dann spiel du doch!«, beschloss Holger und reichte Paul die Gitarre.

Der schüttelte wild den Kopf. »Nee, echt nicht!«

»Bitte, Paul!«, bettelte Merle. Und auch Conni, die zuvor noch ganz versessen auf Holgers alte Countrysongs war, nickte ihrem Sohn auffordernd zu.

»Tu uns den Gefallen, Paul. Der Abend ist so schön …«

Paul lachte. »Genau deswegen lasse ich es lieber. Er soll nämlich schön bleiben.«

Ich sah ihn an und plötzlich, keine Ahnung, warum, trafen sich unsere Blicke. Paul lächelte und mein Herzschlag beschleunigte sich.

Hallo? Was soll das? Dummes Herz, das hatten wir doch bereits geklärt. Ich bin nicht in Paul verliebt und er nicht in mich. Wir sind Freunde. Kumpels. Nicht mehr, nicht weniger. Perfekt.

»Biiiiitte, spiel uns doch bitte, bitte was.« Merle legte die Hände aneinander und rollte wie ein kleines Kind, das um einen Lolli bettelt, mit den Augen. »Habe ich dir eigentlich schon erzählt, dass Paul unfassbar gut singen und Gitarre spielen kann?«, wandte sie sich dann an mich. »Ich schwöre dir, du wirst es lieben, Sophia. Alle lieben es, wenn Paul singt.«

Ich war mir sicher, dass sie recht hatte, denn es kam mir fast so vor, als gäbe es einfach nichts, das Paul nicht konnte. Und dennoch war er keiner von denen, die damit herumprahlten.

Paul stöhnte genervt auf, aber er nahm die Gitarre schließlich entgegen. »Ist sie diesmal wenigstens gestimmt?«, knurrte er seinen Vater an.

Der nickte. »Natürlich! Das ist sie immer.«

Paul lachte auf. »Nicht, hast du vergessen hinzuzufügen …« Dann rutschte er mit dem Po auf den Rand der Bank und legte die Gitarre auf seinem rechten Oberschenkel ab. Konzentriert begann er, an den Saiten herumzuzupfen, um gleich darauf kopfschüttelnd zu seinem Vater zu sagen: »Klar doch, gestimmt.«

Der mimte den Überraschten, grinste dann aber. »Na ja, für mich ist das so okay.«

»Dann ist jetzt auch klar, warum sich bei dir immer jeder Song irgendwie schräg anhört«, rief Merle.

Holger wandte sich an seine Frau. »Conni, hey«, redete er mit Kleiner-Junge-Stimme, »sag mal, dürfen die so frech zu ihrem alten Herrn sein?«

Conni verwuschelte ihm das dunkle Haar. »Schatz, ich fürchte, die sind schon zu groß, um sie übers Knie zu legen. Also, falls du das jetzt von mir erwartet hast.«

Paul zupfte noch ein bisschen an den Saiten herum, neigte dabei den Kopf leicht nach links, während er an den weißen Stimmwirbeln herumdrehte. Irgendwann war er wohl einigermaßen zufrieden mit dem Klang der Gitarre und sah zu Merle auf.

»Was soll ich spielen?«, fragte er sie.

»Was für eine Frage, natürlich was von Ed Sheeran«, rief sie wie ein Kind, das sich auf Weihnachten freut.

Erneut stieß er einen Seufzer aus, kam dann aber ihrem Wunsch nach. Einen Moment lang spielte er nur auf der Gitarre, bevor er zu singen begann.

»I found a love for me. Darling just dive right in and follow my lead. Well I found a girl beautiful and sweet. I never knew you were the someone waiting for me …«

Er saß mit dem Oberkörper über die Gitarre gebeugt auf dem Stuhl, spielte und sang dazu mit so einer warmen und klaren Stimme diesen wunderschönen Song von Ed Sheeran, der so tief unter die Haut ging, dass ich alles um mich herum ausblendete. Ich starrte Paul wie elektrisiert an, es war mir nicht einmal mehr möglich zu atmen.

Seine linke Fußspitze bewegte sich im Takt auf und ab, das dunkle Haar war ihm weit in die Stirn gefallen.

Als er aufschaute, da trafen sich unsere Blicke erneut. Seine blauen Augen versenkten sich in meine. Er sah mich an, sang: »Well I found a woman, stronger than anyone I know. She shares my dreams, I hope that someday I'll share her home …«, und es war, als sänge er nur für mich.

Ich wollte wegschauen, aber seine Augen und seine Stimme hielten mich gefangen. Er lächelte, und ich hatte das Gefühl, wahnsinnig zu werden, wenn er nicht bald aufhörte, mich so anzusehen.

Ein prickelnder Schauer jagte mir über den Rücken, gleichzeitig schnürte mir irgendetwas die Luft ab.

Hör auf, Sophia, sieh ihn nicht so an. Was soll das denn? Aber es nützte nichts. Ich schaffte es einfach nicht, mich ihm zu entziehen. Ich hing an seinen Lippen, verlor mich in seinen Augen.

Endlich endete das Lied, endlich hörte Paul auf zu spielen. Endlich konnte ich damit aufhören, ihn anzustarren.

Merle begann wild zu klatschen, pfiff auf den Fingern und rief immer wieder: »Zugabe! Zugabe! Bitte noch einen Song, komm, Paul, spiel noch einen Song für uns!«

Aber er schüttelte nur lächelnd den Kopf und stellte die Gitarre zur Seite. »Nein, keine Chance, Merle. Das war's.«

Schmollend schob Merle die Unterlippe vor. »Menno«, murrte sie.

»Das war wirklich schön«, schaffte ich mit fast normaler Stimme zu sagen und erhob mich dabei langsam von der Bank. »Aber bitte seid mir nicht böse, wenn ich jetzt gehe.« Ich blickte von Harry zu Conni. »Danke für den schönen Abend und das Essen und … eben für alles …«

Merle wollte mich zurückhalten und auch Harry versuchte, mich zum Bleiben zu überreden, aber ich verabschiedete mich mit einem flüchtigen Handheben und lief dann mit steifem Rücken rüber zu Harrys Haus.

Noch eine Sekunde länger, und ich wäre entweder in Tränen ausgebrochen oder Paul um den Hals geflogen. Beide Varianten wären unfassbar peinlich gewesen und den anderen kaum zu erklären.

* * *

Ich konnte nicht schlafen, es war mir einfach unmöglich, die Augen zu schließen und nicht augenblicklich Paul mit der Gitarre in der Hand vor mir zu sehen: »*Well I found a girl beautiful and sweet …*«

Dieser kurze Moment am Feuer. Dieses eine einzige Lied, und plötzlich stand alles Kopf.

Irgendwann hielt ich es nicht mehr aus und stand aus dem Bett auf. Einen Augenblick zögerte ich, bevor ich beschloss, runter in die Küche zu gehen und mir eine Tasse mit warmer Milch und etwas Honig zu machen. Schließlich hatte dieses Einschlafrezept früher bei mir immer wahre Wunder bewirkt.

Die Tür zur Bibliothek stand offen, in einem der bequemen Ohrensessel saß Harry und legte das Buch zur Seite, in dem er gelesen hatte. »Sophia, was ist los? Kannst du nicht schlafen?«

Ich blieb auf der Schwelle stehen und zuckte mit den Schultern. »Und was ist mit dir?«

Harry lächelte. »Ich wollte längst im Bett liegen …« Er deutete auf das Buch neben sich auf dem kleinen Mahagoni-Beistelltisch. »Aber dieser Roman lässt mich einfach nicht los. Ich nehme mir vor, nur noch diese Seite, nur noch das Kapitel … und dann klappe ich es doch nicht zu und lese weiter und weiter …«

Ich nickte verstehend. »Kenne ich. Ich hab es auch schon geschafft, ganze Nächte durchzulesen. Ich bin dann irgendwie auf einem anderen Planeten unterwegs … alles um mich herum verliert an Bedeutung.«

Harry lächelte verschwörerisch. »Und am nächsten Morgen ist man dann wie gerädert.«

Erneut nickte ich. Dann aber wollte ich wissen: »Hat mein Vater … Gregor … hat er auch so gerne gelesen?«

Die Frage war eigentlich überflüssig. Bisher hatte ich zwar nicht allzu viel Zeit drüben im großen Gutshaus in der ersten Etage verbracht, die mein Vater bewohnt hatte. Doch natürlich kannte ich seine Bibliothek, die bestimmt viermal größer als Harrys war, was die Räumlichkeit, aber eben auch die Anzahl der Bücher in den Regalen betraf. Wenn er sich diese beeindruckende Anzahl an Lektüre nicht allein aus Imagegründen zugelegt hatte, dann verriet das über ihn, dass es neben den Pferden noch eine weitere Liebe in seinem Leben gegeben hatte: Literatur!

Harry lachte leise auf. »Ob du es glaubst oder nicht, ich habe früher überhaupt nicht gelesen. Die Liebe und das Interesse an Literatur hat Gregor von seiner Mutter vererbt bekommen, sie war eine leidenschaftliche Leserin. Erst nach ihrem Tod, als ich eigentlich ihre Schätze, so hat sie ihre Bücher immer genannt, in Kisten verpacken und sie der Bücherei spenden wollte, habe ich angefangen, in einem der Bücher zu blättern und schließlich zu lesen. Seitdem habe ich quasi nicht mehr damit aufgehört.«

Ich staunte. »Dann sind das hier alles eigentlich die Bücher deiner Frau … meiner Oma?«

Harry nickte. »Größtenteils. Das ein oder andere habe ich selbst gekauft oder Gregor hat es mir geschenkt.«

Ich ging langsam an den Regalen entlang und betrachtete dabei die vielen Buchrücken. Hier und da erkannte ich einen aktuellen Titel. Doch die meisten der Bücher waren tatsächlich schon ziemlich alt.

»Und welches ist dein Lieblingsbuch?«, wollte ich von Harry erfahren, während ich mich ihm gegenüber in den zweiten Ohrensessel sinken ließ.

Harry schlug die Beine über. Er überlegte einen Moment. Dann sagte er: »Meine Frau hat Kriminalromane gemocht. Deshalb habe ich mich natürlich erst einmal durch dieses Genre gelesen. Aber tatsächlich ist es auch mein Lieblingsgenre. Nicht zu blutig, ich bevorzuge eher analytische Handlungen.« Er machte eine Pause, neigte dabei den Kopf etwas nach links und erklärte schließlich: »*Misery* ... ja, *Stephen King* war Charlottes Lieblingsautor und *Misery* ist mein Lieblingsbuch.«

Eine Weile schwiegen wir. Jeder von uns mit seinen eigenen Gedanken beschäftigt, Harry bestimmt mit der Erinnerung an seine seit vielen Jahren verstorbene Frau, meine Oma.

»Was ist los, Sophia?«, wollte er nach einer Weile von mir erfahren. Seine Stimme klang sanft, warm, vertrauensvoll – mir kannst du alles anvertrauen, Sophia. ALLES!

Dennoch konnte ich nur schwach mit den Schultern zucken. Was sollte ich ihm schon sagen? Dass ich sofort Paul vor mir sah, sobald ich die Augen zumachte? Bestimmt nicht! Es war sowieso schon alles so schrecklich kompliziert – da musste ich jetzt nicht auch noch mit dieser völlig überflüssigen Gefühlsduselei daherkommen. Schon einmal hatte ich gemeint, dass da mehr zwischen Paul und mir wäre, dass ich mich quasi auf den ersten Blick in ihn verknallt hätte. Doch die letzten Wochen, in denen er mir das Reiten beigebracht und sich zusammen mit mir um Finja gekümmert hatte, war da einfach nur Paul, der gute Freund und Kumpel gewesen, und ich mir sicher, dass ich mir all die Schmetterlinge im Bauch nur eingebildet hatte.

Und jetzt ... jetzt war ich auf einmal so neben der Spur. Und das nur, weil Paul demnächst studieren würde. Ja, klar, und dann dieses Gitarrenspiel und dazu seine Stimme.

»Sophia, ich hoffe, du weißt, dass du über alles mit mir reden kannst?!«

Ich sah meinen Großvater an und nickte. Und zeitgleich wusste ich, dass das nicht stimmte. Über meine wechselhaften Gefühle für Paul konnte ich definitiv nicht mit Harry reden. Lieber hätte ich mir die Zunge abgebissen.

»In ein paar Tagen fährst du nach Hause. Ist es das, was dich beschäftigt?«

Ich atmete tief durch. »Klar, ich denke an fast nichts anderes«, murmelte ich.

»Das habe ich befürchtet.« Harry schüttelte langsam den Kopf. »Vielleicht war das alles einfach keine gute Idee. Du bist noch so jung und solltest ganz unbeschwert dein Leben leben.«

»Dann rätst du mir also ab«, kombinierte ich. »Meinst du, ich bin alldem hier nicht gewachsen?«

Harry schob die Unterlippe vor. »Nein, das wollte ich damit nicht sagen. Ich finde, du hast dich schon großartig hier eingelebt. Und was dein Händchen für die Pferde betrifft, so kommst du anscheinend ganz nach der männlichen Seite deiner Familie.« Er lächelte. »Gregor hat sich durchgesetzt. Wenigstens dieses eine Mal ...«

»Was meinst du damit?«

Nun war es Harry, der tief durchatmete. »Nichts, Sophia, das ist mir nur so herausgerutscht. Entschuldige bitte, es war ein langer Tag und ich bin ein alter Mann und rede manchmal Unsinn.«

Beides stimmte nicht, Harry wirkte kein bisschen alt und Unsinn hatte ich ihn noch niemals reden gehört.

»Harry, bitte, erklär es mir.« Ich rutschte bis auf die Kante meines Sessels vor und sah ihn eindringlich an.

Es war ihm anzumerken, wie unwohl er sich fühlte und wie er sich über sich selbst ärgerte. »Ich möchte mich da raushalten. Das war eine Sache zwischen deinen Eltern, Sophia, und ich habe mir vorgenommen, nichts mehr dazu zu sagen.«

»WAS?« Ich war laut geworden. Vielleicht zu laut. Aber diese Heimlichtuerei, dieses »Du sollst selbst und frei entscheiden und wir werden dabei kein Wort von uns geben, das dich womöglich beeinflusst«, das war doch alles einfach nur Bullshit. Wenn ich nicht wusste, was damals wirklich geschehen war, wie konnte ich mich dann für irgendetwas entscheiden?

»Harry«, versuchte ich es erneut. »Ich muss doch wissen, wie mein Vater war. Warum er nie etwas mit mir zu tun haben wollte und ihm erst kurz vor seinem Tod eingefallen ist, dass es mich ja auch noch gibt. Und dieses Erbe, ist das nichts anderes als der letzte Versuch eines Todkranken, irgendwie noch etwas gutmachen zu wollen? Mama sagt das auf jeden Fall. Aber weißt du, ich brauche kein Vermögen, ich hätte einen Vater gebraucht.«

Harry rang schwer mit sich. Dann erhob er sich vom Sessel und verließ ohne ein weiteres Wort die Bibliothek. Völlig baff starrte ich zu Tür. Er hatte mich einfach sitzen gelassen. Ohne eine Antwort. Doch gerade als ich mich erheben und ihm hinterherlaufen wollte, da kam er zurück. In den Händen ein kleines blaues Album.

»Hier«, sagte er mit rauer Stimme. »Gregors *Schatz*. Er hat dieses Album geliebt …«

Ich nahm das Album entgegen und klappte es behutsam auf. Meine Finger zitterten etwas. Gregors Schatz. Was konnte das sein?

»Das bin ja ich«, hauchte ich völlig perplex, nachdem ich die ersten Seiten durchgeblättert hatte. Fotos von mir. Und neben jedem einzelnen mit dünnem blauem Stift mein Alter und hin und wieder auch ein Ereignis geschrieben.

»Warum? Ich meine, woher hat er die alle, wenn er doch keinen Kontakt …?« Ich brach ab. Ich verstand einfach die Welt nicht mehr. Tränen stiegen mir in die Augen. Ich spürte die erste brennend über meine Wange laufen, während ich Seite für Seite mein Leben in diesem Album betrachtete. Taufe, Kindergarten, Einschulung, ich beim Radfahren, im Zoo, im Urlaub, auf der Schaukel im Park … bis zu einem Foto, das ich Anfang des Jahres via Handy meiner Mutter geschickt hatte und das mich mit Ella beim Skikursus in Österreich zeigte.

»Deine Mutter hat sie ihm geschickt. Vier pro Jahr. So war die Vereinbarung.«

Mir blieb die Luft weg. »Vereinbarung«, sagte ich mit zitternder Stimme. »Ich dachte, die beiden hätten keinen Kontakt und er wollte nichts mit uns zu tun haben.«

Harry ließ sich auf der dicken Lehne meines Sessels nieder und legte mir seine große warme Hand auf die Schulter. »Deine Mutter liebt dich sehr, Sophia, du bist ihr Ein und Alles und sie wollte dich wahrscheinlich nur schützen. Ich denke tatsächlich, dass sie den Schock niemals überwunden hat.«

»Welchen Schock?«, krächzte ich.

»Deine Tante Charlotte. Sie ist damals verunglückt. Du warst noch nicht geboren und …«

»Ja, das weiß ich. Meine Oma hat mir von ihr erzählt. Auch, dass meine Mutter und Charlotte eine ganz besonders enge Verbindung zueinander hatten. Sie waren nicht *nur* Schwestern, sondern auch beste Freundinnen. Sie ist dann bei einem Autounfall ums Leben gekommen, und meine Mutter ist damals wohl fast daran zerbrochen. Aber sie selbst hat nie mit mir darüber geredet. Charlotte ist ebenso ein Tabuthema bei uns zu Hause wie Gregor. Hast du Charlotte etwa gekannt?«

Harry nickte. »Ja, das habe ich. Aber es war kein Autounfall, Sophia«, erklärte er mit belegter Stimme. »Sie ist auf unserem alten Gutshof in Schleswig-Holstein ums Leben gekommen.«

»Was? Aber … wie?« Ich verstand die Welt nicht mehr.

Wieder einmal. Immer mehr. Was war in meinem Leben gerade verdammt noch mal los?

»Bei einem Reitunfall. Sie ist so unglücklich gestürzt, dass sie sich schwere Kopfverletzungen zugezogen hat und daran ein paar Tage später verstorben ist. Daraufhin ist es dann zur Trennung zwischen deinen Eltern gekommen. Das war kurz vor deiner Geburt.«

»Warum ...?«

Harry seufzte kummervoll. »Martina hat Gregor für den Tod ihrer Schwester verantwortlich gemacht. Sie hat es ihm nie verziehen. Nach deiner Geburt hat sie ihn nicht als Vater angegeben und somit hatte er auch keinerlei Rechte ...«

Ich hatte schon den Mund aufgemacht, um Harry weitere Fragen zu stellen. Doch er winkte ab.

»Was ich dir gerade erzählt habe, hätte ich eigentlich sowieso schon nicht tun dürfen. Martina hat damals eine einstweilige Verfügung gegen Gregor und mich vor Gericht erwirkt.«

»Was hat sie?«, rief ich ungläubig.

Harry erhob sich von der Sessellehne. Noch einmal strich er mir sanft über den Rücken. »Es tut mir leid, Sophia, mir sind die Hände gebunden. In jeglicher Art. Bitte rede mit Martina. Vielleicht ist sie ja inzwischen bereit, dir selbst zu erzählen, was damals wirklich passiert ist.«

Mit steifen Schritten und wie auf einen Schlag um mindestens zehn Jahre gealtert verließ Harry die Bibliothek.

Ich blieb noch eine Weile reglos im Sessel sitzen. Wieder einmal überschlugen sich die Gedanken in meinem Kopf. Wieder einmal verstand ich mein Leben nicht mehr. Dann endlich war ich in der Lage aufzustehen. Mit weichen Knien ging ich zur Tür, Schritt für vorsichtigen Schritt die knarrenden Treppenstufen hinauf. Ein kurzer Abstecher ins Badezimmer, dann ließ ich mich in meinem Zimmer schwerfällig aufs Bett sinken und wählte die Nummer meiner Mutter.

»The participant is not available.«

Ja, klar doch. Sie war noch auf Teneriffa. Kehrte erst am Samstag zurück. Allerdings war es mir neu, dass man sie auf dem Handy nicht erreichen konnte. Selbst kurz vor Mitternacht. Ihr Handy war immer angestellt und in ihrer direkten Nähe.

Aber vielleicht war es gut, dass ich sie jetzt nicht an den Hörer bekam. Am Telefon konnte sie mich abwimmeln. Wenn ich ihr gegenüberstand nicht. Dieses Mal nicht.

KAPITEL 20

Die Erde lächelt, die Gewässer lächeln,
der Himmel lächelt – aber ich, ich verlerne zu lächeln,
wenn du mir nicht nahe bist.

(Indianisches Sprichwort)

Am nächsten Morgen quälte ich mich aus dem Bett und schleppte mich nach einer kurzen Morgentoilette runter in die Küche.

Harry lächelte mich verschlafen an. »Oha, warum bist du nicht liegen geblieben, Sophia? Es ist gestern Abend wirklich spät geworden.«

Ich ließ mich auf den Stuhl fallen. »Du bist kaum früher ins Bett gegangen …«, gab ich zurück.

»Du hast Ferien.«

Ich zuckte mit den Schultern. »In denen ich das Hofleben kennenlernen soll …«

Harry lachte. »Ich gebe auf. Du lässt dich ja eh nicht abhalten.«

»Stimmt«, gab ich zurück und griff nach dem Orangensaft, der in der Mitte des Tisches stand.

Den Vormittag über bekam ich kaum jemanden von

den anderen zu sehen. Nachdem die Pferde versorgt waren, machte sich Holger mit ein paar Helfern daran, Stroh und Heu einzufahren. Harry war mit zwei Dreijährigen zum Tierarzt gefahren. Sie sollten demnächst verkauft werden. Er hatte mir etwas von einer Eliteauktion erzählt und dass die beiden jungen Stuten dafür noch den »Großen TÜV« benötigten.

»TÜV? Wie beim Auto?«

Harry hatte gelacht. »Na ja, so ähnlich.«

»Und was wird dort mit den beiden gemacht?«

»Willst du es genau wissen?«

Ich hatte genickt. »Ja, unbedingt.«

Harry hatte mir erklärt, dass es sich um eine gesundheitliche Untersuchung samt diversen Röntgenaufnahmen von den Beinen der Pferde handelte. Ebenso wurden die Blutwerte gecheckt und sich der Rücken genau angeguckt. All das sollte dem eventuellen Käufer garantieren, dass das Pferd zum Zeitpunkt des Verkaufs topfit und gesund war. Sozusagen die Voraussetzung, dass ein Pferd überhaupt für die Eliteauktion infrage kam.

Merle war mit einer Freundin irgendwohin gefahren. Sie hatte mich gestern Abend gefragt, ob ich mitkommen wolle. Doch ich hatte verneint und hätte jetzt tatsächlich nicht mehr sagen können, wohin sie wollte.

Paul war der Einzige, den ich aus dem Augenwinkel beim Training auf dem Springplatz mit dem Fuchs Quandolino sah, den er am Wochenende auf dem Turnier in einigen höheren Springprüfungen reiten wollte. Ich wollte ihm aus dem Weg gehen und machte deshalb einen großen Bogen um den Springplatz, um zum Stall zu gelangen.

Erst putzte ich Finja ausgiebig, traute mich sogar, ihr die Hufe auszukratzen, und führte sie dann in der Halle ein paar Runden auf dem Hufschlag. Sie lief so artig neben mir her, als hätte sie niemals etwas anderes getan, schnaubte immer wieder zufrieden und war dennoch aufmerksam, was ich am unentwegten Spiel ihrer Ohren erkannte. So langsam, aber sicher gewöhnte sie sich an mich und vertraute mir von Tag zu Tag mehr – und in zwei Tagen würde dann erst einmal alles wieder ganz anders sein.

»Du süße Maus«, sagte ich leise zu ihr, als ich sie zurück in die Box gebracht und ihr das Halfter abgenommen hatte. »Übermorgen fahre ich zurück nach Hamburg … nach Hause …« Ich seufzte tief. »Du wirst mir fehlen. Ganz schrecklich sogar …«

Behutsam schloss ich die Boxentür und beobachtete die schöne Stute noch einen Moment lang, wie sie erst etwas Heu aus der Raufe zog und es kaute und dann rüber zur Tränke ging. Nachdem sie eine Weile getrunken hatte, schnaubte sie zufrieden, sah mich noch einmal an und ging schließlich zur hinteren Tür hinaus auf ihren Paddock, wo bereits einige andere Pferde in der angenehmen Mittagssonne standen.

»Alles wird mir fehlen … alles.«

Harry kam erst am Nachmittag zurück. Er machte einen zufriedenen Eindruck auf mich, als er aus dem Auto stieg und sich nach Paul umsah.

»Weißt du, wo er ist?«

Ich verneinte. »Aber ich kann dir doch beim Abladen helfen.«

Harry musterte mich unentschlossen. »Die Rappstute ist etwas hitzig. Sie geht nicht rückwärts, sie springt jedes Mal wie angestochen los. Da ist es vorne wie hinten manchmal unangenehm.«

»Ich komm schon nicht unter die Hufe«, winkte ich ab und öffnete die Anhängerklappe.

Harry zögerte noch. Dieses Übervorsichtige nervte mich wirklich. Doch wenn es tatsächlich so war, dass meine Tante bei einem Reitunfall umgekommen war, dann konnte ich Harrys Angst schon nachvollziehen. Meine Mutter würde ihm die Hölle heißmachen, wenn mir auch nur ein Fingernagel abbrach.

Die Rappstute ließ sich dann wider Erwarten ziemlich entspannt abladen. Die Braune hingegen war etwas schnell. Ich musste tatsächlich zusehen, dass sie mir nicht auf die Füße sprang.

»Ich lebe noch«, sagte ich zu Harry und grinste. »Und was ist jetzt mit diesem TÜV? Haben beide ihn bekommen?«

Harry nickte. »Bekommen tut den jedes Pferd. Es kommt hier nur auf die Kategorie an, also die Bewertung«, erklärte er mir.

»Aha, und was für eine Bewertung haben sie erhalten?«

Nun strahlte Harry stolz, und ich fragte mich für den Hauch eines Moments, wie er eigentlich zukünftig ohne Pferde leben wollte, wenn ich mich gegen das Gestüt entschied. Wobei, neulich hatte Merle mir erzählt, dass Harry noch irgendwo einen kleineren Hof verpachtet hätte, den er dann bestimmt wieder übernehmen würde. Pferde ganz und gar aus seinem Leben zu streichen, war für ihn undenkbar.

»Beide mit 1!«

»Wow, ich schätze, das ist gut?!«

Harry nickte. »Besser geht es nicht. Jetzt kann Merle mit den beiden noch ein bisschen arbeiten, denn sie gehen eher in Richtung Dressur, und dann heißt es nächste Woche: ab zur Auktion.«

»Ist es denn aber nicht auch irgendwie traurig, wenn sie dann verkauft werden?«

Harry neigte den Kopf leicht nach links. »Na ja, wir sind in erster Linie Züchter und es ist unser Job, gute Pferde zu ziehen und sie dann in ebenso gute Hände zu verkaufen.«

»Und das weißt du bei jedem der Käufer? Ich meine, schau dir Finja an, die ist ja auch wieder nach Rosencarree zurückgekommen, weil es mit den neuen Besitzern nicht geklappt hat.«

Harry sah mich einen Moment nachdenklich an. »Stimmt. Immer passt es natürlich nicht. Aber was Finja betrifft, die hat sich ihren Menschen ganz alleine ausgesucht.«

Ich musste schwer schlucken. »Denkst du, ich bin das? Finjas Mensch?«

Harry nickte.

* * *

Am nächsten Morgen fuhr ich mit Paul, Harry und drei Pferden im Transporter aufs Turnier. Um sieben Uhr begann die erste Prüfung, die Paul an diesem Tag reiten wollte, eine Springpferdeprüfung, weshalb wir bereits um halb sechs vom Gestüt fuhren. Ich hockte zwischen Harry, der den Transporter fuhr, und Paul und war so müde, dass ich mich noch nicht einmal unwohl wegen Pauls Nähe fühlen konnte. Harry war bester Dinge, sehr davon überzeugt, dass Paul mit den beiden jungen Springpferden gut abschneiden würde. Anschließend wollte Paul noch bei einem M*-und M**-Springen mit Quandolino starten. Es würde also ein langer und aufregender Tag werden.

Und Harrys gutes Gefühl hatte ihn nicht getäuscht, Paul gewann mit Quando die erste Springpferdeprüfung der Klasse A und platzierte sich auf dem zweiten Platz mit Queen Frida. In der nächsten Springpferdeprüfung belegte er erneut die ersten beiden Plätze, diesmal nur genau umgekehrt, Queen Frida siegte, auf Platz 2 landete Quando.

»Besser hätte es gar nicht laufen können«, freute Harry sich, nachdem wir zusammen mit Paul die beiden Pferde versorgt und sie auf den Transporter zu Quandolino gestellt hatten.

»Ja, und ich bin auch direkt auf Frida angesprochen wurden«, erklärte Paul. »Hofrichters haben großes Interesse.«

Harry strahlte. »Hofrichters, super! Das würde auch richtig gut passen. Die älteste Tochter hat ein tolles Händchen und Frida würde dort unter Garantie bestens gefördert werden.«

Paul nickte. »Sicher. Allerdings weiß ich nicht, was sie für Preisvorstellungen haben.«

»Tja, schauen wir mal«, meinte Harry, klang aber sehr zuversichtlich.

Zu dritt gingen wir vom Anhängerplatz rüber zum Zelt, das am Rande des großen Springplatzes aufgebaut war. Drumherum gab es diverse Stände, die Getränke und Speisen anboten, aber auch einen großen, der Pferdesachen verkaufte.

»Was möchtest du trinken, Sophia?«, fragte Harry.

»Eine Cola«, gab ich zurück.

Paul entschied sich ebenfalls für Cola, und während Harry sich ans Ende der Warteschlange vor dem Getränkestand stellte, sahen Paul und ich zum Springplatz, auf dem gerade ein Stilspringen der Klasse L** lief.

»Was ist mit dir, Sophia?«, fragte Paul plötzlich. »Bist du irgendwie sauer auf mich?«

»Nein«, gab ich viel zu laut zurück – was Paul erst recht aufhorchen ließ.

»Kommt mir aber so vor. Und dass du gestern den Unterricht ganz kurzfristig ausfallen lassen hast, spricht auch dafür. Also, sag schon, was habe ich dir getan?« Er knuffte mir leicht in die Seite.

»Nichts!«, behauptete ich weiter.

»Okay, dann …« Mitten im Satz hörte Paul auf zu reden und verzog genervt das Gesicht. Keine Sekunde später hatte sich eine blondhaarige Frau vor uns aufgebaut. Langer Pferdeschwanz, blaue Augen, ein Unschuldsgesicht und ein Lächeln, das mir nicht gefiel. Auch wenn sie ziemlich hübsch war und ihre Stimme sich freundlich, fast ein wenig zu mädchenhaft anhörte, als sie nun sagte: »Hallo, Paul. Glückwunsch zum Doppelsieg«, war sie mir auf Anhieb unsympathisch. Irgendetwas strahlte sie aus – eine unangenehme Art von Arroganz gepaart mit ganz viel Selbstbewusstsein und ja, eindeutig Selbstverliebtheit.

»Danke«, gab Paul spröde zurück und legte den Arm um mich.

Ich zuckte unmerklich zusammen. Wollte Paul hier etwa seiner Ex klarmachen, dass er kein Interesse mehr hatte? Quatsch, die Blondhaarige war bestimmt Mitte bis Ende vierzig – auch wenn sie sich verdammt gut gehalten hatte, sah man ihr das an.

»Komm, Sophia«, sagte er leise zu mir. »Wir besorgen schon mal was zum Essen.«

»Ach, dann bist du also Sophia – Gregors Tochter«, hielt die Frau uns jedoch zurück.

Ich wandte mich zu ihr um und sagte so sicher, wie es mir unter ihrem eisigen Blick nur möglich war: »Die bin ich. Und wer sind Sie?« Das *Sie* betonte ich ganz besonders, um ihr klarzumachen, dass sie mich nicht einfach zu duzen hatte. Normalerweise kratzte mich das kein bisschen. Doch diese Frau … und Pauls Reaktion auf sie. Da stimmte etwas nicht.

»Laura. Laura Ölkers ist mein Name. Ich bin … war eine gute Freundin deines Vaters.«

Laura Ölkers? Wer war noch mal Laura Ölk…

Verdammt, jetzt wusste ich es wieder. Sie war diejenige, die Rosencarree kaufen würde, falls ich beabsichtigte, das Erbe nicht anzunehmen. Sie war diejenige, die sich dieses verflixte Vorkaufsrecht von Gregor erschlichen hatte, und wenn sie Rosencarree bekam, dann würde nichts mehr so sein wie früher. So hatte es Merle gesagt und auch Harry hatte etwas in der Art angedeutet.

»Und? Wie gefällt es dir hier auf der Insel?«, redete diese Ölkers mit ihrem falschen Grinsen weiter. »Bestimmt ist es im Vergleich zu dem Großstadtleben, das du in Hamburg führst, total trostlos für dich? Zumal ich gehört habe, dass du keinerlei Interesse an Pferden hast und auch nicht reiten kannst. Da können die Tage ziemlich lang und trist sein, stimmt's?!«

Ich holte tief Luft. »Danke der Nachfrage«, gab ich betont förmlich zurück. »Aber ich kann nicht klagen. Ich fühle mich hier sehr wohl und von Langeweile kann absolut keine Rede sein.«

Noch immer lächelte sie. Nur jetzt regelrecht anzüglich. »Tja, wenn man so eine nette Ablenkung an seiner Seite hat«, trällerte sie zweideutig. »Paul kann einem jungen Mädchen wie dir bestimmt die Zeit vertreiben. Im Stroh gibt es da ja so einiges zu erleben.«

Paul machte einen Schritt auf sie zu. Seine Wut war ihm deutlich anzusehen.

»Lass, Paul«, hielt ich ihn zurück. »Ich kläre das schon.« Und mit zuckersüßer Stimme sagte ich: »Wissen Sie, Frau Ölkers, ich weiß nicht, was *Sie* im Stroh gewöhnlich so treiben. Wie Sie schon richtig sagten, damit kennen wir uns in Hamburg nicht so aus. Aber es ist mir auch egal, denn Sie sind mir egal.«

Ich wandte mich um und wollte mit Paul weggehen, da rief sie uns hinterher: »Aber du denkst doch nicht ernsthaft darüber nach, hierzubleiben? Kindchen, mach dich nicht unglücklich …«

Es war absolut nicht meine Art und meine Mutter würde unter Garantie direkt der Schlag treffen. Doch diese Laura Ölkers war eine so durch und durch gehässige und überhebliche Zicke, ich konnte nicht anders. Ohne mich umzudrehen, streckte ich den Arm über meinem Kopf in die Höhe und zeigte ihr den Mittelfinger.

Sie rief uns noch irgendetwas total Empörtes hinterher, doch was genau, verstand ich nicht. Es ging in Pauls Lachen unter und in meiner in diesem Augenblick wirklich ernst gemeinten Beteuerung: »Niemals bekommt diese alte Bratze Rosencarree. NIEMALS!«

Paul siegte anschließend auch noch im M*-Springen und belegte den dritten Platz im M**-Springen. Mit sechs Schleifen am Rückspiegel baumelnd fuhren wir zurück nach Rosencarree, und ich war fest entschlossen, einen Weg zu finden.

Am Abend lud Harry dann noch die vier Andres zu einem kleinen Abschiedsessen ein, das er für mich gezaubert hatte. Die Stimmung war heiter und fröhlich, weil der Turniertag für Rosencarree wirklich super gelaufen war, aber auch ziemlich wehmütig.

»Freust du dich auf Hamburg?«, wollte Merle beim Verabschieden von mir wissen.

Ich nickte, dann schüttelte ich den Kopf. »Ich freue mich auf meine gewohnte Umgebung, meine Freunde, meine Mutter … aber euch werde ich schrecklich vermissen. Darum kann ich dir nicht sagen, ob ich mich freue.«

Merle nickte. »Verstehe.« Sie legte mir die Hand auf die Schulter. »Ich würde mich auf jeden Fall *freuen*, wenn du mal wiederkommst …« Mehr sagte sie nicht. Vielleicht war ihr aber auch gerade bewusst geworden, dass ich nur wiederkommen konnte, wenn ich das Erbe und die Auflage, die damit verbunden war, annahm – und ich glaubte, Merle war sich sicher, dass ich mich dagegen entscheiden würde.

KAPITEL 21

Zweifle an der Sonne Klarheit,
zweifle an der Sterne Licht,
zweifle, ob lügen kann die Wahrheit,
nur an meiner Liebe nicht.
(William Shakespeare)

Ich stieß die Tür auf und trat hinaus in die Dunkelheit. Tief durchatmend stand ich einen Moment da und sog die frische Luft ein.

Was nun?, fragte ich mich. Morgen geht es zurück nach Hause und du weißt noch immer nicht, was werden soll? Das gibt es ja gar nicht. Du musst doch so allmählich mal im Klaren darüber sein, was du willst!

»Sophia?«, hörte ich plötzlich Pauls Stimme. »Was machst du denn noch hier draußen?«

»Das Gleiche könnte ich dich auch fragen«, gab ich zurück. Viel zu schroff, das war mir durchaus bewusst.

»Deine Laune ist also noch immer im tiefsten Keller«, stellte Paul fest und umfasste meinen Unterarm. »Ist mir schon den ganzen Abend aufgefallen.«

»Soso, ist aber zum Glück nicht dein Problem«, pampte ich ihn an. Meine Güte, wie konnte man nur so zickig sein?! Ich konnte mich gerade selbst nicht ausstehen. Schrecklich.

Doch Paul sah großzügig darüber hinweg. Er ließ sich nichts anmerken. Genauso wie Harry. Wie so ziemlich alle hier. Sie behandelten mich wie ein rohes Ei. Dass es mir ja gut ging, dass ich mich hier unbedingt wohlfühlte – und genau das war auch teilweise mein Problem.

»Was hältst du davon, wenn wir noch ein bisschen ans Meer gehen?«, fragte Paul.

»Nichts!«, gab ich knapp zurück.

»Angst vor der Dunkelheit?« Pauls Stimme klang so einfühlsam, so nett, so … Verdammt. Es war zum aus der Haut fahren, aber es machte mich wahnsinnig, nicht zu wissen, ob es Paul, Harry, Merle … all ihnen nun tatsächlich um mich, Sophia, ging oder um die eventuelle Erbin Sophia. Mochten sie mich meinetwegen, oder weil sie mich mögen mussten, weil schließlich meine Entscheidung auch für sie alles entscheidend war?

Was hatte mein Vater sich bloß dabei gedacht, mir so eine Bürde aufzuerlegen? Erst gibt er siebzehn Jahre nicht das kleinste Lebenszeichen von sich und dann kommt er mir mit so einer Aktion, wenn ich ihn nicht einmal mehr fragen kann, was das alles soll?

Und dann dieses Fotoalbum, das eindeutig beweist, dass meine Mutter und er Kontakt zueinander hatten. All die Jahre.

»Na los, Sophia, gib dir einen Ruck«, hörte ich Paul sagen.

»Ich habe Kopfschmerzen und möchte jetzt nur noch ins Bett.«

»Bei Kopfschmerzen ist frische Seeluft das perfekte Gegenmittel.«

»Nein, Paul, lass mich jetzt einfach in Ruhe …«

Doch Paul überhörte meinen Einwand. Er nahm meine Hand und zog mich mit sich Richtung Weiden und dann weiter zur Steilküste. Keine Gewaltanwendung war notwendig, kein Zauberspruch, der mich wehr- und willenlos werden ließ. Ein tiefer Blick aus seinen unfassbar blauen Augen, die mir im Schein der Hoflichter noch strahlender vorkamen, reichte, damit ich mit ihm ging.

Und nun standen wir am Rande der Steilküste. Unter uns das tiefschwarze rauschende Meer, über uns die Sterne. Und Paul hielt noch immer meine Hand. Warm und trocken und so wahninnig vertraut – und irgendwie auch fremd.

»Sophia …« Paul strich mir mit dem Daumen langsam über meinen Handrücken und ein warmer Schauer überfiel mich. »Ich mag dich …«

Ich schluckte schwer. Sagen konnte ich nichts. Dabei hätte ich es wirklich gerne getan. Zum Beispiel, was er mit *mögen* eigentlich genau meinte. Mochte er mich wie eine ganz normale Freundin? Oder war ich so etwas Ähnliches wie eine Schwester für ihn? War ich für ihn wie eine zweite Merle? Oder mochte er mich anders …?

In meinem Kopf schwirrte es. Das war einfach alles viel zu viel für mich. Seit Tagen lag ich abends wach, Stunde für Stunde, und zermarterte mir das Hirn, was ich tun sollte. Wie ich mich entscheiden sollte. Und jetzt stand ich hier im Stockdunkeln unterm Sternenhimmel. Die Luft war noch immer warm, aber auch wenn minus zehn Grad geherrscht hätten, ich glühte innerlich dermaßen, dass mir selbst klirrender Frost nichts hätte anhaben können.

»Entschuldige, Sophia, ich wollte dich damit jetzt nicht so überfallen …« Paul ließ meine Hand los, als hätte er einen Stromschlag bekommen. »Es ist nur so …« Er stockte, schien nach den richtigen Worten zu suchen und holte schließlich tief Luft, bevor er fortfuhr. »Ich … ich mag dich wirklich *sehr*. Und wenn ich nicht total danebenliege, dann geht es dir genauso. Sollte ich aber gerade den größten Unsinn aller Zeiten von mir gegeben haben, dann tu mir den Gefallen und vergiss sofort jedes Wort wieder.«

Wie er mich jetzt ansah – so lieb – so freundschaftlich. Nein, da war mehr und außerdem hatte er es selbst gerade zweimal gesagt: Er mochte mich – sehr.

Ich schluckte schwer. »Ich mag dich auch, Paul«, gab ich leise zu. »Aber … ich weiß einfach nicht, wie ich das alles hinbekommen soll. Ich will nicht, dass Rosencarree verkauft wird. Ich weiß aber auch nicht, ob ich immer hier sein kann … ob ich hier leben möchte. Und wenn du dann auch noch weg bist …«

Ich brach ab, denn ich spürte, wenn ich weiterredete, würde ich in Tränen ausbrechen.

Paul sah mich einen Moment schweigend an, bevor er langsam den Kopf schüttelte und mich in die Arme zog. »Sophia, Sophia, ich gehe doch nicht von hier weg, nur weil ich jetzt studiere. Ich werde jedes Wochenende hier sein und in den Semesterferien natürlich auch«, versicherte er mir. »Aber davon darfst du so oder so deine Entscheidung nicht abhängig machen. Ich mag dich auch dann noch, wenn du dich gegen Rosencarree entscheidest. Ich würde es sogar gut verstehen, die Herausforderung ist einfach echt krass …«, redete er weiter. »Das ist allen hier bewusst und niemand wird dir daraus einen Vorwurf machen. Das darfst du wirklich nicht denken …«

Ich stand da und konnte mich kaum rühren. Jeder Zentimeter meines Körpers hielt inne – in der Gewissheit, dass Paul mein Freund war, dass er mich mochte und egal wie ich mich entschied, sich daran nichts ändern würde. Jetzt endlich wusste ich es.

Keine Ahnung, wie lange wir so verharrten. Es kam mir lange vor, wie eine Ewigkeit. Und dennoch waren es nur wenige Augenblicke, bevor ich mich behutsam aus seiner Umarmung löste.

»Ich hätte Lust zu schwimmen. Gibt es einen Weg runter zum Meer, den wir auch im Dunkeln gefahrlos gehen können?«, fragte ich betont heiter.

Paul grinste und zwinkerte mir zu.

»Folg mir«, sagte er mit geheimnisvoller Stimme, nahm meine Hand und zog mich mit sich.

Es dauerte nicht lange, da standen wir tatsächlich unten am Meer. Wenn Paul mich jetzt hier zurückließ, ich wäre nicht in der Lage gewesen, den Weg im Dunkeln auszumachen, den wir gerade gegangen waren.

»Okay, dann auf ins Wasser!«, meinte Paul – doch ich hatte nun doch irgendwie Bedenken.

»Ich weiß, ich hab's gerade selbst vorgeschlagen, aber … ähm … ich habe keine Badesachen dabei …«

Paul lachte. »Na und, wo ist das Problem?«

Im Handumdrehen war er aus seinem Shirt und der Jeans geschlüpft und watschelte in Boxershorts ins Wasser.

»Nun mach schon, Sophia, das Wasser ist genial!«, forderte er mich auf.

Eine frische Böe vom Meer kommend fuhr durch mein Haar und streifte meine Haut. Mit einem Mal waren meine Bedenken wie weggefegt, als ob der Wind sie mit sich genommen hätte. Ich zog mich bis auf BH und Slip aus und folgte Paul. Doch nach den ersten Schritten wäre ich am liebsten direkt wieder umgekehrt – das Wasser war wirklich eisigkalt.

»Ich hab's mir anders überlegt«, rief ich.

Paul kam zurück ans Ufer, und ohne ein Wort zu sagen, griff er nach meiner Hand und zog mich mit sich.

»Paul … uhhh, das ist ja echt eisig«, beschwerte ich mich, doch ich ging weiter. Tiefer und tiefer, bis uns das Wasser bis unter die Brust reichte.

»Bei drei!«, sagte Paul.

Ich nickte.

Paul begann zu zählen, dann ließ er meine Hand los und sprang mit ausgestreckten Armen kopfüber ins Meer.

Ich zögerte kurz, doch dann tauchte auch ich in die dunklen Fluten ein, allerdings weitaus weniger elegant als Paul.

Kaltes Wasser und Dunkelheit umschlossen mich. Schnell war ich wieder an der Oberfläche und entdeckte Paul ein paar Schwimmzüge vor mir entfernt. Der Mondschein spiegelte sich in seinem Gesicht wider, sodass es sich deutlich von der Schwärze der Meeresoberfläche abhob.

Ich schwamm direkt neben ihn.

»Und, ist dir noch immer kalt?« Er lächelte mich an.

»Ja!«, gab ich ehrlich zu. »Aber es ist trotzdem genial.«

»Lass uns weiter rausschwimmen!«, forderte er mich auf.

Obwohl mir das nachtschwarze Meer etwas unheimlich war, fingen wir wie auf ein geheimes Kommando an zu kraulen. Seite an Seite, ohne ein Wort zu sprechen. Nur das gleichmäßige Plätschern und das Rauschen des Meeres waren zu hören.

Etwas später saßen wir auf einem großen Findling, der halb an Land, halb im Wasser lag. Ich träumte mich bis ans Ende des Meeres, hoch zu den Sternen und dann wieder direkt an den Ort, an dem ich mich gerade befand.

Paul strich mir mit den Fingerspitzen sacht über den Oberarm, was meine Haut zum Kribbeln brachte.

»Du zitterst. Wir sollten zurückgehen …« Doch er stand nicht auf und machte auch sonst keine Anstalten, seinen Worten Taten folgen zu lassen. Stattdessen fragte er mich: »Soll ich dich wärmen?«

Ein dicker Kloß steckte in meiner Kehle, deshalb konnte ich nur krächzen: »Lieber nicht …«

Paul schwieg, schaute mich dabei mit einem Blick an, der mir durch und durch ging. Dann beugte er sich vor und hauchte mir einen sanften Kuss auf die Schulter.

Eine jähe Woge der Zuneigung durchströmte mich, so heftig, dass mir der Atem stockte und mein Herzschlag sich beschleunigte. Was sollte das? Warum jetzt? Am Abend vor meiner Abreise? Und was war eigentlich mit unserer Freundschaft?

»Paul, ich weiß nicht …«

Weiter kam ich nicht. Paul umfasste meinen Hinterkopf mit einer Hand und zog mich so nah an sein Gesicht, dass ich seinen warmen Atem spüren konnte.

»Sophia«, flüsterte er. »Ich mag dich wirklich sehr, sehr gerne.«

»Ich dich auch«, formte ich mit den Lippen, ohne dass ich einen Laut hervorbrachte.

Pauls Mund wanderte zu meiner linken Wange, bevor seine Lippen meine berührten. Ganz sanft, nur ein Hauch, wie eine Feder, doch das reichte, um mein Blut zum Kochen zu bringen.

»Soll ich aufhören?«, fragte er leise.

»Nein …«, flüsterte ich.

Noch bevor ich zu Ende gesprochen hatte, riss er mich in seine Arme und küsste mich. Ich schmiegte mich an ihn und tauchte ganz tief hinein in den Kuss, ich wünschte, er würde niemals enden. Paul hielt mich so eng umschlungen, als wollte er mich niemals wieder loslassen. Er fuhr mit den Händen durch meine Haare, strich mir über den Rücken, küsste meine Wangen, meinen Hals, wieder meinen Mund, bis ich schließlich atemlos den Kopf zurückbog und in seine wunderschönen Augen sah.

»Was machst du mit mir?«, keuchte ich.

»Was ich schon die ganze Zeit tun wollte. Schon als wir uns das erste Mal gesehen haben«, raunte er mir ins Haar und begann mich erneut zu küssen.

Irgendwann gingen wir zurück nach Rosencarree. Seite an Seite, eng umschlungen, wie eine Einheit. Nichts kann uns erschüttern.

Dann standen wir vor Harrys Haustür und mir fehlten die Worte.

»Du solltest jetzt lieber hineingehen und deine nasse Unterwäsche ausziehen«, sagte Paul – doch seine Stimme klang nicht so, als würde er wirklich wollen, dass ich gehe.

»Ja, das sollte ich«, gab ich zurück und rührte mich nicht von der Stelle.

Paul schlang seine Arme um mich und ich schmiegte mich an seine Brust.

»Und wenn wir einfach für immer hier stehen bleiben?«, schlug ich leise vor.

Paul küsste meinen Kopf. »Gute Idee.«

* * *

»O mein Gott, sieht der Hammer aus«, quietschte Ella und starrte auf mein Handydisplay, wo in meiner Fotogalerie Paul zu sehen war. Soeben hatte er mir ein Foto von sich geschickt, auf dem er mit Finja zu sehen war. Meine süße, scheue Finja, wie sehr ich sie doch vermisste. Und Paul erst … es war schrecklich.

»Und wie soll das jetzt nun mit euch weitergehen?«

Ich seufzte tief und sehnsuchtsvoll. »Ich weiß es nicht. Nur eben, dass ich unbedingt will, *dass* es weitergeht.«

Ella ließ sich neben mir aufs Bett plumpsen. »Sophia, Sophia, du machst es dir echt nicht leicht. Erst dieser ganze Stress mit dem Erbe und deiner Mutter und überhaupt, und jetzt verknallst du dich auch noch in einen Typen, der eben genau auf dem Gestüt lebt, das demnächst verkauft wird – dazu noch tausende von Kilometern von dir entfernt.«

»Erstens sind es keine tausende, sondern nur dreihundert Kilometer«, berichtigte ich sie. »Und zweitens ist noch überhaupt nicht entschieden, dass Rosencarree verkauft wird.«

Ella machte große Augen. »Hä, aber deine Mutter hat doch gesagt …«

Ich fiel meiner Freundin ins Wort. »Ella, meine Mutter hat das tatsächlich nicht zu entscheiden. Und deshalb ist es völlig egal, was sie sagt.«

»Puh …« Ella rollte vielsagend mit den Augen. »Dann herrscht also noch immer Eiszeit zwischen euch?«

Gleichgültig hob ich die Schultern. »Solange sie es vorzieht, mir nicht auf eine einzige meiner Fragen zu antworten, nur immer wieder behauptet, Harry würde lügen, ganz bewusst, um mich zu manipulieren und mich gegen sie aufzubringen, ja, so lange macht es tatsächlich überhaupt keinen Sinn, mit ihr zu reden.«

Ella schüttelte langsam den Kopf. »Dass das mal so zwischen euch sein würde, das hätte ich niemals gedacht. Ihr wart doch immer so ein gutes Team. Ich habe dich total um deine Ma beneidet, weil sie so locker, so freundschaftlich mit dir umgegangen ist. Und jetzt ist da nur noch Funkstille. Schöner Scheiß.«

»Ich wünschte auch, es wäre anders, Ella, das kannst du mir glauben. Ich habe schon überlegt, ob ich meine Großeltern anrufen sollte und sie zu all dem befragen. Aber wenn meine Mutter das mitkriegt, dann bringt sie mich um. Oma ist in letzter Zeit gesundheitlich etwas angeschlagen, hat meine Mutter mir gerade neulich erzählt und mich noch mal eindringlich darum gebeten, sie und Opa nicht mit der ganzen Erbschaftssache zu behelligen.«

Eine Weile lang saßen wir nebeneinander auf meinem Bett und schwiegen. Ella kam mir ebenso ratlos vor, wie ich es tatsächlich war.

Seit dem Sonntag vor knapp einer Woche, als meine Mutter mich von Rügen abgeholt hatte, es nicht einmal für nötig befand, aus dem Auto zu steigen, mich nur durch das heruntergelassene Fenster aufforderte, mich zu beeilen, weil sie angeblich abends noch einen wichtigen Termin in Hamburg hätte, konnte es kaum noch schlimmer zwischen uns werden.

Sie wollte nicht wissen, wie es auf Rosencarree für mich gewesen war, was ich erlebt hatte, wen ich kennengelernt hatte, was mit den Pferden war – nichts. Sie wollte einfach nur wissen, ob ich denn nun endlich der Anwältin Bescheid gegeben hätte, dass ich das Erbe meines Vaters ausschlagen würde.

Als ich daraufhin erklärt hatte, dass ich aber womöglich zu einem anderen Entschluss gekommen wäre, hatte sie hysterisch aufgelacht und mich für völlig verrückt erklärt. Fragen nach dem Unfalltod ihrer Schwester, nach dem Fotoalbum, nach dem Kontakt, den sie all die Jahre nachweislich zu meinem Vater hatte, und danach, was es eigentlich mit dieser seltsamen einstweiligen Verfügung auf sich hatte, ließ sie ungerührt an sich abprallen. »Das hat Harry sich alles nur ausgedacht, um dich gegen mich aufzubringen. So war er schon immer!«, war alles, was sie dazu sagen wollte.

Irgendwann hatte ich es aufgegeben und seitdem herrschte, wie Ella es schon richtig erkannt hatte, komplette Funkstille zwischen uns.

»Und wie soll das nun werden?«, fragte Ella nach einer

Weile. »Willst du tatsächlich nach Rügen ziehen? Für immer? Und das jetzt sofort, quasi kurz vorm Abi?«

»Nein. Aber ich fahre in den Herbstferien wieder nach Rügen. Vielleicht sogar vorher noch ein paar Mal übers Wochenende. Mit dem Zug ist das gar nicht so schlimm. Allerdings weiß meine Mutter davon noch nichts.«

Ella nickte. »Und du vermutest, sie wird es dir verbieten?«

Nun nickte ich. »Ja, davon gehe ich fest aus.«

»Und dann?«

Ich blickte meiner Freundin fest in die Augen. »Dann fahre ich trotzdem. Ella, ich bin in einem halben Jahr 18. Was will sie mir eigentlich noch verbieten?!«

KAPITEL 22

Nur wer an die Zukunft glaubt,
glaubt an die Gegenwart.

(Aus Brasilien)

In den nächsten sechseinhalb Wochen bis zu den Herbstferien glückte es mir zweimal, übers Wochenende nach Rügen zu fahren. Beide Male fuhr ich mit dem Zug, denn auch wenn meine Mutter es mir nicht verbot, so war dennoch von ihr keinerlei Unterstützung zu erwarten. – Daran ließ sie nicht den geringsten Zweifel aufkommen.

Es war schon ein kleines bisschen so, wie nach Hause zu kommen, und dass Finja zur Begrüßung dunkel blubberte, war die Bestätigung, dass ich mich auf dem richtigen Weg befand.

Die Zeit mit Paul war zwar viel zu kurz, aber so spannend und gleichzeitig vertraut, dass es mir vorkam, als würden wir uns schon eine halbe Ewigkeit kennen, während ich mich von Sekunde zu Sekunde mehr in ihn verliebte. Keine Ahnung, ob die anderen davon etwas mitbekamen, Harry schwieg beharrlich, Merle hatte einmal eine grinsende Andeutung gemacht.

Und nun standen mir wieder zwei Wochen auf meinem bereits so geliebten Gestüt Rosencarree bevor – und zwischen meiner Mutter und mir herrschte noch immer Eiszeit. Wir sprachen, klar, ganz ohne Worte ging das Zusammenleben dann doch nicht. Aber eben nur das Nötigste und auch nicht besonders freundlich. Ich hatte noch einige Versuche unternommen, etwas in Erfahrung zu bringen, aber sie machte regelrecht dicht. Verschloss sich immer mehr, je öfter ich sie mit meinen Fragen bombardierte.

Ella riet mir schließlich, sie einfach in Ruhe zu lassen.

»Das hält die nicht ewig durch, Sophia. Irgendwann platzt der Knoten und dann wird sie mit dir reden«, war sie sich sicher.

Als ich nun in Stralsund aus dem Zug stieg, Harry hatte wie auch an den beiden Wochenenden zuvor darauf bestanden, dass er mich mit dem Auto vom Bahnhof abholte und ich nicht noch in den Bus steigen musste, hatte ich schon längst eine Entscheidung getroffen.

»Hallo, Sophia«, begrüßte Harry mich und umarmte mich herzlich, aber schnell, damit wir bloß ins Auto kamen. Es regnete seit heute Morgen ununterbrochen. »Schön, dass du wieder da bist.«

»Ich freue mich auch. Und, was gibt es Neues? Außer, dass es hier noch kälter und verregneter als in Hamburg ist. Dabei hätte ich nicht gedacht, dass das möglich sei.«

Harry lachte. »Du klingst schon so wie dein Vater. Wenn der von einer längeren Tour zurückkam, hat er mich auch immer zuerst gefragt: *Und, Vater, was gibt’s Neues?*«

»Tja, ich habe anscheinend tatsächlich so einiges von ihm«, stellte ich fest, pellte mich aus meiner Regenjacke und ließ mich auf den Beifahrersitz plumpsen. Die Jacke verfrachtete ich einfach in den Fußraum. »Was für ein Wetterumschwung«, stöhnte ich.

Harry war auch nicht begeistert. Jedoch aus ganz anderen Gründen. »Ja, dieser lange und heiße Sommer hat uns sehr zu schaffen gemacht. Alles ist vertrocknet und ausreichend Heu zu bekommen, hat sich teilweise tatsächlich als schwierig herausgestellt. Und jetzt regnet es und regnet, und der ausgetrocknete Boden kann das ganze Wasser gar nicht so schnell aufnehmen. Auf den Feldern schwämmt es den Landwirten die frische Saat weg, und der viel zu frühe Frost erledigt den Rest, sodass auch die nächste Ernte schon jetzt unter einem schlechten Stern steht. Das bedeutet wiederum für Rosencarree, dass Futter- und die Heupreise noch mehr ansteigen und vor allem, dass wir zusehen müssen, rechtzeitig genug zu bekommen.«

»Puh, das war mir überhaupt nicht bewusst«, gab ich ehrlich zu.

Harry nickte. »Woher auch. Bislang musste es dich nicht großartig interessieren. Das Wetter und seine Auswirkung auf die Landwirtschaft ist bestimmt nicht dein Hauptthema in Hamburg. Außer natürlich, dass das veränderte Klima die Folge davon ist, wie wir mit unserer

Umwelt umgehen. Und daran kann dann tatsächlich jeder Einzelne von uns etwas verändern.«

Ich dachte eine Weile über das nach, was Harry mir erklärt hatte, und stellte zu meiner Schande fest, dass ich mir tatsächlich das erste Mal um das veränderte Klima, die Gründe dafür und vor allem die Folgen wirklich Gedanken machte. Tja, und was es bedeutete, so ein großes Gestüt wie Rosencarree zu führen, das Ausmaß wurde mir auch immer bewusster. Doch niemand verlangte von mir, dass ich einfach mal eben so die Leitung übernahm. Harry kümmerte sich und natürlich Holger Andres, der das Gestüt leitete, und ich hatte alle Zeit der Welt, mich in die Materie einzuarbeiten. Bestimmt war das so. Dennoch grummelte es plötzlich ganz eigenartig in meinem Magen. Als wir kurze Zeit später durch Bergen fuhren, kam mir die Notarin in den Sinn, die hier ihre Kanzlei hatte.

»Harry, ich habe mir übrigens etwas überlegt, aber ich möchte es gerne euch allen zusammen sagen. Am liebsten wäre es mir, wenn auch meine Mutter dabei wäre. Nur leider reden wir zurzeit nur das Nötigste miteinander, wie du ja weißt.«

Harry murmelte etwas, was ich nicht so recht verstand, aber ich ahnte, dass ihn das Verhalten meiner Mutter ärgerte.

»Es kotzt mich an«, gab ich offen zu. »Der Umgang ist einfach so wahnsinnig anstrengend, und ich weiß echt nicht …«

Harry ließ mich nicht ausreden. »Ich bin mir ehrlicherweise nicht mehr so sicher, Sophia, ob Gregors Idee eine gute war.«

»Wie meinst du das?« Weil mir nicht klar gewesen war, was der Klimawandel mit dem Heu für die Pferde zu tun hatte? Quatsch! Das konnte und wollte er mir bestimmt nicht zum Vorwurf machen.

Harry seufzte tief. »Dass es jetzt so schwierig zwischen deiner Mutter und dir geworden ist, kann ich nicht gutheißen, und ich denke, das hat Gregor auch nicht gewollt. Letztendlich soll es dir gut gehen, Sophia. Wenn du dich für Rosencarree entscheidest und damit automatisch gegen deine Mutter, dann ist das alles andere als gut.«

»Aber es liegt doch an ihr«, verteidigte ich mich. »Sie spricht doch nicht mit mir. Sie ist es doch, die ich kaum noch wiedererkenne.«

Noch einmal seufzte Harry. »Vermutlich ist es eine Art Trauma. Ich glaube wirklich, sie hat es nie überwunden und deshalb ist das Ganze für sie jetzt eine schreckliche Qual … Ich habe in letzter Zeit viel an deine Mutter denken müssen, Sophia, und ja, ich habe wirklich Mitleid mit ihr.«

Ich traute meinen Ohren nicht. Harry hatte Mitleid, und ausgerechnet an ihm ließ meine Mutter kein gutes Haar.

»Du musst dir weder um mich noch um sie Sorgen machen«, gab ich mit fester Stimme zurück.

Behutsam legte ich meine Hand auf seine, die den Schalthebel umfasste. Warm und trocken, etwas rau, eben Harrys mir schon so sehr vertraute Hand. »Wir werden uns schon wieder vertragen. Ewig kann sie dieses Schweigen nicht durchhalten. Ich kenne sie. Und was mich betrifft, ich bin sehr froh, dass ich die Chance bekommen habe, euch alle kennenzulernen.«

Harry nickte.

»Vielleicht können wir sie unter einem Vorwand hierher locken?«, überlegte ich laut. »Du könntest sie anrufen und sagen, ich hätte mir den Fuß verknackst und sie müsste mich abholen kommen.«

Harry weigerte sich sofort. »Nein, Sophia, das halte ich für keine gute Idee.«

»Tja, dann sage ich es ihr eben am Telefon«, beschloss ich. »Dann kann sie mir wenigstens nicht direkt den Kopf abreißen.«

Harry zog die Augenbrauen hoch. »Dann heißt das, du willst es tatsächlich tun? Du nimmst Gregors Erbe an? Mit all den Konsequenzen, die sich daraus für dich ergeben?«

Ich holte tief Luft. Dann nickte ich langsam. »Ja, ich möchte es zumindest versuchen.«

Harry sagte nichts. Er blickte nun wieder nach vorne und dort blieben seine Augen auch, bis wir Rosencarree erreicht hatten.

Ich lief als Erstes zu Finja in den Stall. Als sie meine Schritte hörte, wieherte sie leise.

»Hallo, meine Schöne. Da bin ich wieder … und wenn alles gut geht, dann bin ich ganz bald für immer hier.« Ich klopfte ihr liebevoll den Hals, genoss ihre Nähe und war einfach nur glücklich, sie zu sehen.

»Pferd müsste man sein«, sagte jemand hinter mir, als ich Finja einen Schmatzer direkt auf ihre warme weiche Nase drückte.

Ich flog herum und im nächsten Moment in Pauls Arme.

»Ich hab dich so vermisst«, gab ich ehrlich zu, während er mein Gesicht mit lauter kleinen Küssen überzog.

»Und ich dich erst einmal.«

Später lagen wir eng umschlungen auf meinem Bett. Pauls Nähe ließ mich wie auf Wolke sieben schweben, aber auch der Entschluss, den ich gefasst hatte, beflügelte mich regelrecht.

»Paul, ich muss dir etwas sagen.«

Er stützte sich auf den Ellbogen und sah mir prüfend ins Gesicht. Sein dunkles Haar fiel ihm in die Stirn, der Mund war rot und weich, ich musste mich beherrschen, ihn nicht an mich zu ziehen und zu küssen.

»So ernst?«

Ich nickte, holte noch einmal tief Luft und gestand ihm dann leise: »Ich habe erst im Internet recherchiert und bin dann vor zwei Wochen mit Ella in Hamburg auf einem Gestüt gewesen, um mich dort nach den Möglichkeiten und dem Ausbildungsweg zur Pferdewirtin zu erkundigen. Die waren wirklich supernett, haben mir alles sehr genau erklärt und auch aufgezeigt, wie ich mich nach der Ausbildung noch weiterentwickeln könnte, zum Beispiel, indem ich Pferdewissenschaften studiere.«

Paul machte große Augen. »Du willst in Hamburg eine Ausbildung machen?«

Doch ich schüttelte den Kopf. »Nein, nicht in Hamburg, hier auf Rügen. Bei deinem Vater. Auch in diesem Punkt habe ich mich bereits schlau gemacht und weiß, dass er als Pferdewirtmeister Lehrlinge ausbilden darf.«

Paul nickte nachdenklich, sagte aber nichts dazu. Meine beruflichen Pläne nach dem Abitur schienen ihn ziemlich zu überraschen – ihm womöglich nicht zu gefallen?

»Ich möchte den Beruf von der Pike auf erlernen, Paul, weil ich beschlossen habe, Rosencarree zu behalten.«

Ich stockte kurz und nach einem Seitenblick auf Paul beeilte ich mich, ihm zu versichern: »Aber das hat nichts mit dir zu tun. Also … na ja, du sollst jetzt nicht denken, du wärst mir irgendwie verpflichtet oder …«

Paul stoppte mich, indem er mich küsste.

Dann sah er mich lange und intensiv an, bevor er sagte: »Es ist mir völlig egal, Sophia. Von mir aus kannst du das Gestüt verkaufen. Das hat nichts mit meinen Gefühlen für dich zu tun. Ich liebe dich nämlich und das vom ersten Augenblick an, als ich dich gesehen habe.«

Ich musste schwer schlucken, so sehr rührte sein Geständnis mich. Dennoch wollte ich wissen: »Und warum warst du dann in den ersten Tagen, die ich hier auf Rosencarree verbracht habe, immer so kurz angebunden?«

Paul stöhnte. »Na ja, erst wollte ich es selbst nicht wahrhaben und dann habe ich mir gedacht, du könntest denken, ich will was von dir, weil du die zukünftige Erbin eines großen Vermögens bist.«

Ich knuffte ihm grinsend ans Kinn. »Hey, das sind also deine wahren Absichten. Schön, dass du mich darauf hinweist.«

»Nein, Sophia, bestimmt habe ich das nicht im Sinn«, gab Paul ernst zurück.

Ich war ganz erschrocken, wie sehr ich ihn anscheinend mit meinem Scherz verletzt hatte. »Paul, hey, ich hab's nicht so gemeint.«

Er nickte. »Schon gut«, dann rappelte er sich aus dem Bett auf.

»Du bist sauer auf mich«, stellte ich fest.

Doch Paul schüttelte den Kopf. »Nein. Bin ich nicht. Ich wollte das nur klarstellen. Mehr nicht. Und jetzt habe ich Lust, mit dir auszureiten. Also, hopp, hopp, du lahme Schnecke, runter vom Bett, raus an die frische Luft.«

Unten trafen wir auf Harry, der eigentlich bei einem guten Freund sein wollte. Die Situation war ziemlich eindeutig – und mir ziemlich peinlich.

»Jetzt guckt nicht wie zwei verschreckte Kaninchen. Glaubt ihr wirklich, wir sind blind. Selbst der ein oder andere Gestütsmitarbeiter hat mich schon darauf angesprochen, ob ihr beiden ein Paar seid.«

Harry lachte und mir stieg die Röte ins Gesicht.

»Was habt ihr jetzt vor?«

»Wir wollen ausreiten«, beeilte Paul sich zu antworten.

»Okay«, gab Harry gedehnt zurück. »Aber du hast ein Auge auf Sophia. Bis eben hat es noch geregnet und der Boden ist völlig durchweicht und rutschig – teilweise sogar leicht gefroren. Sehr ungewöhnlich, dass nach so einem langen und heißen Sommer die Temperaturen so früh im Jahr derart rapide in den Keller gehen.«

»Sogar zwei Augen, Harry, das weißt du doch!«, versicherte Paul ihm und lächelte mich an.

Als wir schon halb zur Tür hinaus waren, sagte Harry plötzlich: »Ach Sophia, ich habe übrigens mit Martina telefoniert. Sie wird dich dann am Sonntag in zwei Wochen abholen kommen und ja, sie weiß auch, dass es etwas zu besprechen gibt, und hat sich bereit erklärt, sich mit uns an einen Tisch zu setzen.«

Ich staunte. »Wie hast du das denn hinbekommen?«

Harry zuckte mit den Schultern. »Hab wohl einfach das Richtige gesagt.« Damit verschwand er in der Küche und ich folgte Paul in den Stall.

KAPITEL 23

Wenn ich einen grünen Zweig im Herzen trage,
wird sich ein Singvogel darauf niederlassen.
(Aus China)

Es hatte zwar zu regnen aufgehört, doch die dicke graue Wolkendecke war noch immer nicht aufgerissen. Fröstelnd zog ich die Schultern hoch. Eigentlich kein Wetter für einen Ausritt. Das hatte ich Paul auch schon gesagt. Doch er hatte abgewinkt.

»Wir werden die nächste Zeit noch genug in der Halle reiten müssen. Da sollten wir die Regenpause unbedingt nutzen.«

Ich stellte meinen Fuß in den Steigbügel und schwang mich auf Mandolos Sattel. Der Fuchswallach spitzte die Ohren, als er merkte, dass es nicht in die Reithalle ging, sondern hinaus über die Felder und zum Küstenwald.

Paul ritt auf seinem Quandolino und war damit beschäftigt, sein Temperament zu bändigen. Der schicke Fuchs tänzelte nervös auf der Stelle herum.

»Er ist geladen ohne Ende, weil er einfach viel zu selten ins Gelände kommt. Früher bin ich regelmäßig mit ihm raus, aber momentan fehlt mir einfach die Zeit dafür. Ich muss ihn mal wenigstens ein bisschen traben lassen. Meinst du, das ist okay für dich?«

Ich nickte. »Klar doch, Mandolo ist lieb wie immer, und wenn du jetzt nicht im gestreckten Galopp lospreschst, dann sollte ich das schon hinkriegen.« Ich grinste und Paul ließ den ungestümen Quandolino antraben. Er lenkte ihn den Sandweg entlang, der uns an abgeernteten Feldern vorbei zu einer großen Wiese brachte.

»Warte hier, ich lass ihn jetzt mal ein bisschen galoppieren«, bat er mich.

Ich parierte Mandolo durch, der sich nicht im Geringsten von der Hitzigkeit des Fuchses anstecken ließ. Er war wirklich ein wunderbares Verlasspferd. Wie es wohl mit Finja sein würde, wenn ich mit ihr eines Tages ins Gelände reiten konnte? Vielleicht sogar so ausgelassen über die Wiese galoppieren, wie Paul es gerade mit seinem Quandolino tat? Ich stellte es mir traumhaft vor.

Ein eisiger Wind frischte auf. Ich wandte mein Gesicht ab und stellte mit einer Hand den Kragen meiner Jacke auf.

Ich lenkte Mandolo auf die Wiese und trabte an. Ohne davonzustürmen, aber so schwungvoll, wie ich ihn in der Reitbahn auf dem Gestüt noch nie erlebt hatte, trabte er voran. Schließlich traute ich mich sogar, ihn anzugaloppieren und stellte mich leicht in die Steigbügel. Es war so schön, ich hätte ewig meine Galopprunden hier auf der weiten Wiese drehen können. Doch irgendwann steuerte Paul den schweißnassen Quandolino Richtung Wald und parierte ihn zum Schritt durch. Ich folgte seinem Beispiel und tauchte hinter den beiden mit Mandolo in das dichte Meer aus Bäumen ein. Zwischen den Baumstämmen war es beinahe windstill, nur die Wipfel regten sich im Wind und das Laub, das schon längst an Farbe verloren hatte, dämpfte das Geräusch der Pferdehufe auf dem schmalen Pfad, den wir entlangritten.

»Es ist so schön hier«, schwärmte ich.

»Du solltest erst einmal im Frühjahr durch den Wald reiten«, gab Paul zurück. »Ich bin jedes Mal aufs Neue völlig geflasht, was die Natur da zustande bringt.«

Wir ritten noch eine ganze Weile lang kreuz und quer durch den Wald. Zumindest kam es mir so vor, denn meine Orientierung hatte mich längst im Stich gelassen. Irgendwann verließen wir ihn dann aber wieder.

»Da ist ja Rosencarree«, stellte ich erstaunt fest. Ich war mir sicher, wir wären an einer ganz anderen Stelle.

Paul lachte. »Richtig! Die Kandidatin hat 100 Punkte.«

Vor uns lagen die großen Koppeln, auf der die Jungpferde grasten, die hier einen unbeschwerten Sommer verbracht hatten. Bald war es zu kalt und sie würden zurück aufs Gestüt kommen, wo sie den Winter über in Laufboxen blieben, aber sich am Tag auf dem großen Auslauf frei und vor allem im Herdenverband bewegen konnten.

Auf Rosencarree legte man viel Wert auf eine weitestgehend artgerechte Haltung, hatte Harry mir erklärt. Inzwischen wusste ich, was darunter zu verstehen war, nämlich, dass die Pferde so viel wie möglich nach draußen auf die Ausläufe und Weiden kamen. Frische Luft, Bewegung, ausreichend Heu in den Raufen oder bestenfalls saftiges Gras – das war hier für jedes Pferd sozusagen Standard. Auch für die Sportpferde, was in manchen Ställen tatsächlich so nicht gehandhabt wurde.

»Ich liebe den Anblick, den man von hier auf das Gestüt hat«, verriet mir Paul.

Ich nickte. »Ja, es ist wunderschön. Die Pferde sehen von hier fast wie Scherenschnitte aus und die Gebäude des Gestüts dahinter wie hingemalt. So, so schön.«

Paul sah mich an und lächelte. »Bist du glücklich«, fragte er mich plötzlich. »Besonders jetzt, nachdem du einen Entschluss gefasst hast?«

Darüber musste ich nicht lange nachdenken. »Ja, das bin ich«, erwiderte ich aus tiefstem Herzen.

* * *

Die nächsten zwei Wochen blieben dann auch so schön und glücklich für mich, wie ich den Blick auf Rosencarree oben vom Küstenwaldrand aus an diesem Tag empfunden hatte. Harry und ich waren inzwischen ein richtig gutes Team, ich wusste, ich würde mich immer auf ihn verlassen können. Bei all dem, was ich inzwischen für mich entschieden hatte, war das auch dringend notwendig – wobei ich vermutlich ohne Harry es nicht gewagt hätte, diesen Schritt zu gehen.

Zwischen Merle und mir entwickelte sich immer mehr eine echte Freundschaft, und Paul und ich, tja, ich war einfach nur überglücklich mit ihm und hoffte, dass es eine Ewigkeit so bleiben würde.

Als ich am Samstagabend in seinem Arm einschlief, war ich mir noch sicherer als zu Beginn der Herbstferien, dass ich zukünftig hier auf Rosencarree leben wollte – dass ich das Erbe meines Vaters annehmen wollte. Mit ganzem Herzen und sehr, sehr dankbar, dass er mir so etwas Großes überhaupt ermöglichte.

Meine unzähligen Fragen, die noch immer unbeantwortet waren, hoffte ich im Laufe der Zeit von meiner Mutter doch noch beantwortet zu bekommen. Wenn sie erst einmal wusste, dass ich mich für Rosencarree entschieden hatte, würde sie sich bestimmt irgendwann damit abfinden, und wenn ich ihr wirklich so wichtig war, auch den Weg gemeinsam mit mir gehen.

Und noch etwas Tolles war in der letzten Woche geschehen: Ich hatte tatsächlich Finja geritten. Erst an der Longe, die Paul hielt, aber Finja war so brav und vertrauensvoll gewesen, dass wir es gewagt hatten, sie loszumachen. Die komplette letzte Woche hatte ich sie jeden Tag geritten und Finja war nicht ein einziges Mal erschrocken zusammengezuckt, oder gar kopflos losgestürmt, wie sie es bisher oftmals getan hatte. Vor lauter Freude darüber hätte ich die ganze Welt umarmen können. Niemals wäre ich auf den Gedanken gekommen, dass ich mal so viel für ein Pferd empfinden würde wie für dieses schöne Wesen mit den sanften braunen Augen, das als ziemlich schwierig und ängstlich gegolten hatte und mir nun so viel Vertrauen entgegenbrachte, dass sie mich auf ihrem Rücken duldete.

Paul war auch ganz begeistert und Harry hatte erst gestern an der Hallenbande gestanden und ich war mir sicher, dass es in seinen Augen feucht geschimmert hatte.

Am Sonntag um kurz vor fünfzehn Uhr war es dann schlagartig mit meinem Glücksgefühl vorbei.

Meine Mutter war auf Rosencarree angekommen und hatte sich widerwillig dazu überreden lassen, mit Harry und mir ein offenes Gespräch zu führen. Ihr Gesicht war von der ersten Sekunde an eine starre Maske. Keine Mimik, kaum ein Blinzeln, so konzentriert und beherrscht, als ginge es um ein weltpolitisches Ereignis, das wir gemeinsam erörtern wollten.

Sie fragte mich weder, wie es mir in den letzten 14 Tagen ergangen war, noch ging sie auf meine Anmerkungen ein, dass ich völlig aus dem Häuschen wegen Finja war. Ein einziges Mal meinte ich, dass sich ihre Mundwinkel leicht nach unten bogen, als ich erzählte, dass ich sogar schon auf Finja ritt und das, obwohl sie quasi als unreitbar galt.

»Harry meint, es gibt solche Pferde, die sich ihren Menschen aussuchen«, berichtete ich ihr nicht ohne Stolz, dass Finja allem Anschein nach mich als ihren Menschen ausgesucht hatte.

Meine Mutter nickte, ohne den geringsten Hauch von Interesse.

Ich holte tief Luft. Okay, dann eben direkt auf den Punkt kommen.

»Mama, ich habe mich entschieden, das Erbe anzunehmen. Ich möchte nach dem Abi ganz nach Rügen auf das Gestüt umziehen und im August hier dann eine Ausbildung zur Pferdewirtin beginnen. Später würde ich dann gerne noch Pferdewissenschaften studieren, aber natürlich alles Schritt für Schritt. Die Notarin hat ja gesagt, dass Gregor zwar relativ klare Bedingungen an das Erbe geknüpft hat, aber auch zeitgleich verfügt hat, dass mir ein gewisser Spielraum bleibt. Wichtig ist, dass ich die Entscheidung innerhalb eines Jahres treffen muss, und die habe ich bereits jetzt schon getroffen. Ich möchte Rosencarree auf jeden Fall behalten und auch hier leben.« Ich hatte schnell und ohne großartig zwischendurch Luft zu holen gesprochen, damit sie nicht auf die Idee kam, mich zu unterbrechen. Ich musste das alles in einem Rutsch loswerden – und nun fühlte ich mich tatsächlich wie befreit.

»Ich werde Sophia mit Rat und Tat zur Seite stehen, Martina«, versprach Harry und legte mir die Hand auf die Schulter. »Darauf kannst du dich verlassen.«

Ich lächelte Harry dankbar an. »Und Holger Andres ist ein sehr guter und erfahrener Ausbilder, Mama«, ergänzte ich, und überlegte, ob ich ihr vielleicht auch von Paul und mir erzählen sollte. Oder ihr versichern, dass für sie auch immer ein Zimmer auf Rosencarree freistünde. Vielleicht konnte sie es sich ja vorstellen, ganz hierher zu ziehen oder zumindest zeitweise hier zu leben. Ja, in meiner naiven Fantasie kam tatsächlich so etwas vor. Wie falsch ich doch lag. Wie völlig daneben.

»Das kann nicht dein Ernst sein, Sophia!«, zischte sie mit eiskalter Stimme. »Das hat dir Harry doch alles eingeredet. Anders ist es nicht möglich, dass du so einen kompletten Unsinn von dir gibst.«

Ich musste schwer schlucken. Diese dramatische Reaktion hatte ich tatsächlich nicht erwartet. Ich wollte doch das Abi in Hamburg machen. Außerdem war ich bald volljährig und Gedanken über meine weitere Ausbildung hatte ich mir ebenfalls ausführlich gemacht. Selbst wenn ich keine Ausbildung zur Pferdewirtin absolvieren würde, wäre ich zum Studium vermutlich sowieso nicht in Hamburg geblieben.

»Doch, Mama, das ist es«, gab ich betont ruhig zurück, obwohl ich innerlich brodelte.

Meine Mutter starrte mich kopfschüttelnd an. »Warum, Sophia, warum um alles in der Welt willst du dein Leben einfach so wegwerfen? Dir hat es doch all die Jahre an nichts gefehlt. Was ist bloß in dich gefahren, dass du jetzt so kopflos, ja, dumm handelst?« Ihr Blick wanderte zu Harry. Nun nicht mehr fassungslos, sondern wütend, zornig.

»Du«, stieß sie verächtlich hervor. »Du steckst dahinter. Hast Sophia manipuliert, so wie damals auch …« Sie stockte, schlug sich plötzlich die Hände vors Gesicht und fing bitterlich zu weinen an. Es war schrecklich, sie so zu sehen, und noch schrecklicher, dafür verantwortlich zu sein. Und noch viel schrecklicher, weil ich sie einfach nicht verstand.

»Mama, bitte beruhig dich doch …«, flehte ich sie an.

Doch meine Mutter war nicht zu beruhigen. Mit wutverzerrtem Gesicht sprang sie vom Tisch auf und stürmte zur Tür. »Ich warte im Auto, Sophia. Beeil dich! Ich will hier weg. Auf der Stelle. Und du kommst gefälligst mit!«

Hilflos sah ich Harry an. Doch der hob nur die Schultern. »In einem Punkt hat sie recht, es ist tatsächlich wie damals«, sagte er leise und hörbar betroffen.

Langsam erhob ich mich von Harrys Küchentisch, an dem wir zu dritt gesessen und vergeblich versucht hatten, ein vernünftiges Gespräch zu führen.

»Ich werde nicht mit ihr fahren«, erklärte ich entschlossen. »Nicht, solange sie mir nicht endlich meine Fragen beantwortet.«

»Lass sie einen Moment, Sophia«, riet Harry mir jedoch. Sein sonst von der vielen frischen Luft immer leicht rosiges Gesicht war bleich. »Bestimmt muss sie das erst einmal alles für sich verarbeiten.«

Doch ich dachte im Traum nicht daran. Es reichte. Es reichte sogar schon verdammt lange. Die Show, die sie nun schon seit Monaten abzog, war einfach nur noch unterirdisch.

Ich stolperte aus der Küche und dann aus dem Haus.

Meine Mutter saß tatsächlich bereits wieder in ihrem Auto und starrte auf ihr Handy. Schwungvoll zog ich die Fahrertür auf.

»Weißt du was, grade habe ich es mir anders überlegt, ich komme nicht mit zurück!«, verkündete ich.

Sie lachte höhnisch auf. »Natürlich kommst du mit. Du hast morgen Schule und außerdem, ich muss dich wohl nicht daran erinnern, bist du *noch nicht* volljährig.«

Ruhig bleiben, beschwor ich mich innerlich selbst.

»Mama, in weniger als fünf Monaten bin ich es aber. Und dann kannst du mich eh nicht davon abhalten. Eigentlich will ich mich gar nicht mit dir streiten, du bist meine Mutter und ich möchte, dass du weiterhin ein wichtiger Teil meines Lebens bist. Nur, Mama, du musst mir endlich sagen, was eigentlich dein Problem ist? Warum weichst du mir ständig aus? Warum beantwortest du mir nicht eine einzige meiner Fragen? Warum hast du all die Jahre Kontakt zu meinem Vater gehabt und mir genau das Gegenteil erzählt? Hat das alles etwas mit dem Reitunfall deiner Schwester zu tun? Ist es so?«

Meine Mutter sah mich an, als ob ich ihr gerade einen Dolch mitten in die Brust gerammt hätte. Mühsam rappelte sie sich vom Fahrersitz hoch, und bevor ich auch nur ahnen konnte, was sie vorhatte, hob sie die Hand und verpasste mir eine schallende Ohrfeige.

»Lügen. Nichts als Lügen. Und du, du bist die größte Lügnerin von allen«, keifte sie mit hasserfüllter Stimme. »Du bist genauso verlogen wie dein Vater, und gerade frage ich mich, warum ich ihm nicht seinen Willen gelassen habe und du bei ihm aufgewachsen bist. Ohne dich wäre es mir all die Jahre bestimmt besser gegangen. Und ich wäre nicht immer wieder daran erinnert worden, dass er sie umgebracht hat …« Ihre Stimme brach. Im nächsten Moment war Harry neben mir. Er zog mich vom Auto weg und legte beschützend den Arm um mich.

»Komm, Sophia, geh ins Haus. Ich kümmere mich um Martina. Und bitte, Kind, ich flehe dich an, vergiss, was sie gerade gesagt hat. Sie hat es nicht so gemeint.«

Ich ließ mich von Harry zum Haus führen, während hinter uns meine Mutter schrill, geradezu hysterisch weinte und dabei immer wieder irgendetwas Unverständliches schrie.

Ich sank auf den erstbesten Stuhl und rieb mir meine glühende Wange. In fast 18 Jahren war es nicht vorgekommen, dass sie mir in irgendeiner Weise physische oder psychische Schmerzen zugefügt hatte – die Ohrfeige schmerzte dafür jetzt tausendfach.

Eine Weile saß ich einfach nur starr da, bis Harry in die Küche gestiefelt kam. Als ich ihm ins Gesicht blickte, kam er mir um Jahre gealtert vor.

»Ich hab alles versucht, Sophia, du musst mit ihr fahren. Sie lässt sich auf nichts ein, will die Polizei verständigen, wenn du jetzt nicht freiwillig mitkommst.«

Ich konnte es nicht glauben. »Warum«, wisperte ich. »Warum ist sie nur so …?«

Harry rieb sich mit den Händen übers Gesicht. »Sie

kann nicht anders. Die Angst um dich ist so tief in ihr verankert …«

Ich verschränkte die Arme vor der Brust. »Ich bleibe! Sag ihr das!«

Harry seufzte tief. »Dann ruft sie die Polizei.«

Äußerlich gleichgültig zuckte ich mit den Schultern. Innerlich raste alles in mir, tobte ein Sturm. Wut. Trauer. Hoffnungslosigkeit. Fassungslosigkeit!

Harry ging zur Tür und ich folgte ihm bis in den Flur. Als er das Haus verließ, nahm ich meine Jacke und lief damit ins Wohnzimmer. Von dort aus ging ich über die Terrasse zu den Stallungen. Ich öffnete Finjas Boxentür und legte ihr das Halfter an. Dann führte ich sie zum Anbinder und sattelte sie. Ich legte ihr die Gamaschen an und trenste sie auf. All das tat ich mit großer Ruhe, geradezu mechanisch und ohne wirklich darüber nachzudenken.

Als ich sie nach hinten hinaus aus dem Stall führte, und von dort aus auf den schmalen Weg, der an den Weiden vorbei zum Küstenwald führte, warf ich einen Blick zurück auf den Hof und sah das Polizeiauto, das durch den großen Torbogen aufs Gestüt fuhr.

Sie hatte es tatsächlich gemacht. Meine eigene Mutter hatte die Polizei gerufen, um mich notfalls sogar durch polizeiliche Gewalt – oder was auch immer – von hier fortzuschaffen. Schwärzer konnte der Punkt nicht mehr werden, an dem unsere Mutter-Tochter-Beziehung gerade angelangt war.

Ich klopfte Finja den Hals. »Ich muss hier jetzt erst mal weg, Finja. Nachdenken. Überlegen, was ich tun kann …«

Behutsam schwang ich mich auf ihren Rücken und ritt im Schritt hinüber zum Küstenwald. Finja lief gelassen, als hätte sie nie etwas anderes getan. Sie vertraute mir und ich ihr.

KAPITEL 24

Achte auf deine Gedanken!
Sie sind der Anfang deiner Taten.
(Aus China)

Der beißende Geruch von Ethanol umwehte mich. Ich versuchte zu schlucken, würgte und stellte fest, dass meine Zunge mir nicht mehr gehorchte.

Jemand berührte meine Stirn. Eine kalte Hand. Wie aus weiter Ferne hörte ich eine Stimme, die mir irgendetwas zuzurufen schien.

Wieder war da etwas Kühles auf meiner Stirn. Ich hätte gerne die Augen aufgemacht, um zu erkennen, was es war, doch sie gehorchten mir nicht. Genauso wenig wie meine Zunge.

»Sophia …« Die Stimme wurde deutlicher. Tatsächlich. »Sophia, kannst du mich hören?«

JA!, wollte ich antworten, doch meine Zunge, sie wollte mir ja nicht gehorchen.

»Kannst du die Augen öffnen?«

Nein!

Ich versuchte es. Wirklich. Aber nein …

»Alles ist gut, Schatz, ganz ruhig. Du wachst auf …

ganz langsam ... du hast das Schlimmste überstanden ... alles wird gut ...«

Die Stimme verlor an Klang, dann wurde es plötzlich schwarz um mich und meine Gedanken entglitten mir, bis da nichts mehr war. Nur noch Stille.

Als ich den nächsten Versuch unternahm, die Augen zu öffnen, gelang es mir tatsächlich. Dennoch kniff ich sie sofort wieder zusammen, weil mich ein grelles Licht blendete.

Wieder spürte ich etwas Kühles. Doch diesmal konnte ich es zuordnen. Es war eine Hand, die sich auf meine Stirn gelegt hatte.

»Sophia, Schatz, hörst du mich? Ich bin es, Mama.«

Mama?

»Alles ist gut, Süße, versuch es noch einmal, mach die Augen auf.«

»Wo bin ich?«, sagte eine unbekannte Stimme. »Was ist ... passiert ...?«

»Du bist im Krankenhaus. Kommst nach einem künstlichen Koma nun wieder zu dir. Alles ist gut, Sophia, du brauchst keine Angst zu haben.«

Das Licht blendete mich immer noch, doch diesmal gelang es mir, die Augen offen zu lassen.

Meine Mutter hatte sich über mich gebeugt. »Da bist du ja wieder, mein Engel«, sagte sie mit tränenerstickter Stimme. »Endlich.«

»Was ... was mache ich hier?«, krächzte ich schwach. »Und du, warum weinst du ...?«

Sie holte tief Luft, wischte sich mit dem Handrücken über die Augen. »Tue ich ja gar nicht«, behauptete sie. Sie atmete tief durch und fuhr dann fort: »Du hattest einen Unfall. Einen schweren Autounfall. Du hattest eine Kopfverletzung und musstest operiert werden. Und dein Bein, das Schienbein, das hast du dir gebrochen. Und dann haben die Ärzte gemeint, dass es besser wäre, wenn du noch ein bisschen schlafen würdest, damit du in Ruhe gesund werden kannst. Aber jetzt wird wieder alles gut. Sophia, mein Schatz, alles ist in Ordnung. Du hast das Schlimmste überstanden.«

Ein Autounfall? Schwere Verletzungen? Operation? Koma? Ich konnte mich an nichts erinnern. Da war einfach nichts. Nur Schwärze.

»Wie lange habe ich geschlafen ...?«

»Zehn Tage.«

»Ich kann mich an rein gar nichts erinnern ... an überhaupt nichts. Auch an keinen Autounfall«, murmelte ich schwach.

Meine Mutter tätschelte mir sanft die Hand. »Das musst du auch gar nicht, Schatz. Nur ganz schnell wieder gesund werden. Das ist das Einzige, was du musst.«

* * *

Ich blieb noch eine knappe Woche im Krankenhaus, dann waren die Ärzte mit meinem Genesungsverlauf so zufrieden, dass sie mich entließen. Natürlich musste ich mich zu Hause noch schonen und viel liegen, was allein schon wegen meines genagelten Schienbeins nicht anders ging. Doch ich war heilfroh, dass ich endlich der Eintönigkeit des Krankenhauses entkommen war.

Meine Mutter kümmerte sich rührend um mich. Dieser Unfall, die Angst um mich saß ihr immer noch tief in den Knochen, sodass sie für die nächste Zeit ihre Agentur geschlossen hatte, um rund um die Uhr für mich da zu sein.

Am dritten Tag nach meiner Entlassung aus dem Krankenhaus kam mich dann endlich Ella besuchen. Sie behandelte mich wie ein rohes Ei, musterte mich fast wie ein exotisches Tier und kam mir auch sonst ziemlich sonderbar vor.

»Und an den Unfall erinnerst du dich überhaupt nicht mehr?«, fragte sie mich nun bestimmt schon das dritte Mal.

Ich schüttelte behutsam den Kopf, denn er schmerzte noch immer etwas. »Da ist nichts. Null.«

»Hm …«, machte Ella.

»Der Arzt meinte, das ist tatsächlich nicht ungewöhnlich. Also, dass man sich an etwas Traumatisches nicht mehr erinnert. Das Gehirn blendet das schlimme Erlebnis aus, sozusagen wie eine Art Schutzfunktion. Doch es ist gut möglich, dass ich mich nach und nach oder irgendwann ganz plötzlich wieder erinnern kann.«

»Hm …«, machte Ella ein zweites Mal. »Und davor? Ich meine, was in der Zeit davor gewesen ist, kannst du dich daran erinnern?«

»Wir haben fürs Abi gepaukt.« Ich grinste. »Auch wenn ich mich daran nur ungern erinnere.«

»Und sonst nichts?«, bohrte Ella nach.

»Nein. Aber warum fragst du so sonderbar? Ist da irgendetwas, an das ich mich erinnern sollte? Willst du mir was sagen, Ella? Du kommst mir schon die ganze Zeit so komisch vor. Und vorhin im Flur, ich habe genau gesehen, dass du irgendetwas mit meiner Mutter besprochen hast, und du sahst dabei nicht gerade glücklich aus.«

Ella schaute zum Fenster. Ich konnte es echt nicht fassen, sie wich mir aus. »Nein … es ging nur darum, dass sie möchte, dass ich nicht so lange bleibe. Die Ärzte haben wohl gemeint, du bräuchtest noch viel Ruhe und so …«

Sie lügt, schoss es mir durch den Kopf. Mochte ja sein, dass ich mich an den Unfall und die Zeit davor nicht mehr erinnern konnte. Aber an Ella und wie sie sich benahm, wenn sie flunkerte oder sich unwohl fühlte, daran konnte ich mich sehr wohl erinnern.

»Ella, was ist los? Du verschweigst mir doch etwas?«

Ella holte tief Luft, da kam meine Mutter in mein Zimmer gerauscht. Ohne anzuklopfen. Tür auf und schon stand sie mitten im Raum.

»So, Ella, es reicht dann auch für heute. Sophia muss sich ausruhen. Das habe ich dir ja vorhin schon gesagt.«

Ich konnte sie nur angucken und staunen. Was sollte das? Warum warf sie Ella raus?

»Mama, mir geht es gut. Ella muss nicht gehen.«

Meine Mutter dirigierte Ella zur Tür. »Doch, das muss sie!«, erklärte sie entschlossen.

»Tschau, Sophia, ich komme morgen nach der Schule wieder vorbei«, murmelte Ella bedrückt – und weg war sie.

Ich hievte mich mühsam vom Bett hoch und angelte mir die Krücken vom Fußboden. Meine Mutter stand im Flur, den Rücken zu mir, die Stirn an die geschlossene Wohnungstür gelehnt.

»Was machst du da?«, fragte ich sie.

Ertappt fuhr sie herum, strich sich fahrig durch ihr ohnehin schon glatt gekämmtes, zu einem Zopf gebundenes Haar.

»Nichts. Ich hab nur einen Moment mal durchgeatmet. Immerhin bin ich rund um die Uhr für dich da«, gab sie mit leisem Vorwurf in der Stimme zurück.

»Hä … und warum bist du jetzt gleich so … zickig?«

Sie schüttelte sich leicht, als müsste sie sich sammeln. »Sophia, Schatz, entschuldige bitte. Das war nicht so gemeint. Ich bin einfach noch immer etwas neben der Spur. Dein Unfall, weißt du, es war so ein Schock für mich.« Sie kam auf mich zu und nahm mich in den Arm. »Ich weiß nicht, was ich ohne dich machen würde. Du bist mein Ein und Alles … mein Leben.«

»Schon okay, Mama«, murmelte ich und kam mir schlecht vor, dass ich sie eben so angeranzt hatte. »Mama, aber darf ich dich noch um etwas bitten?«, sagte ich nach einer Weile.

»Was denn?«

»Du hast ja gesagt, dass mein Handy bei dem Autounfall zerstört wurde. Kannst du mir vielleicht ein neues besorgen? Ich fühle mich irgendwie so isoliert ohne ein Handy. Gerade, wo ich jetzt auch noch eine Weile lang nicht zur Schule kann und so …«

Sie nickte. »Ja, natürlich. Ich gehe morgen früh in die Stadt und kauf dir ein neues.« Sie küsste mich auf die Stirn und lächelte. »Alles wieder gut mit uns beiden?«

Ich nickte. »Klar doch. Wie immer.«

KAPITEL 25

Glück soll nicht zu leicht,
aber auch nicht zu schwer zu erringen sein.
(Casanova)

»Hm … aber warum hast du denn gleich einen ganz neuen Vertrag gemacht, Mama?«, wunderte ich mich am nächsten Tag, als meine Mutter mir mein neues Handy präsentierte. »Jetzt habe ich doch auch eine neue Nummer, die muss ich erst mal all meinen Freunden durchgeben. Das ist doch total umständlich.«

»Ein anderer Vertrag war längst überfällig, Sophia. Der alte war einfach nicht mehr passend. Und außerdem gab es das neue Samsung zu diesem Vertrag kostenlos dazu. Was willst du mehr?«

»Ich möchte mich ja auch gar nicht beschweren, das Handy ist super. Nur … na ja, dass jetzt keiner mehr meine Nummer hat. Konnte man die denn nicht übernehmen?«

Meine Mutter verzog das Gesicht. »Nein, das war jetzt alles zu umständlich«, behauptete sie und verließ dann fast schon fluchtartig mein Zimmer.

Am Nachmittag besuchte Ella mich und behandelte mich wie schon am Vortag wie ein rohes Ei.

Irgendwann war ich so genervt davon, dass ich sie anmotzte: »Jetzt sag endlich, was dein Problem ist? Das ist ja nicht zum Aushalten. Sei doch mal wieder normal …«

Sie versank fast in ihrem Stuhl. Das Unbehagen stand ihr deutlich im Gesicht. Dann fragte sie leise: »Sagt dir der Name Harry etwas? Oder Paul? Oder Rosencarree …?«

Ich zuckte mit den Schultern. »Nein, wer soll das sein? Und was ist bitte schön ein Rosencarree?«

»Du erinnerst dich tatsächlich an nichts …«, meinte Ella betroffen.

»Nein. Das habe ich dir doch schon tausend Mal gesagt. Aber Ella, wenn da irgendetwas ist, an das ich mich deiner Meinung nach unbedingt erinnern sollte, dann bitte, sag es mir!«

Ella biss sich auf die Unterlippe. »Deine Mutter möchte nicht …«

»So, ihr beiden, Zeit für Tee und Kekse«, rief meine Mutter und stand auch schon mit einem Tablett in den Händen in meinem Zimmer. Irritiert sah ich sie an – fast kam es mir so vor, als hätte sie vor der Tür gestanden und nur auf ihren Einsatz gewartet.

Ella machte ein ebenso überraschtes Gesicht. Doch da lag auch noch etwas anderes in ihren Zügen. Ich konnte es nicht so richtig einordnen … vielleicht Bitterkeit? Ärger?

Meine Mutter stellte das Tablet auf meine Kommode und bat Ella, kurz mit ihr in die Küche zu kommen.

»Ich möchte dir Sophias Krankmeldung für die Schule mitgeben.«

»Hä? Die kannst du doch Ella geben, wenn sie nachher geht«, wunderte ich mich.

Meine Mutter schüttelte den Kopf. »Nein, dann vergesse ich es wieder. Kommst du bitte kurz mit, Ella?!«, sagte sie jetzt sehr eindringlich.

Seufzend erhob sich Ella und tat, was meine Mutter von ihr verlangte. Und ich saß in meinem Bett, das geschiente Bein pocherte ein bisschen, genauso wie mein Hinterkopf, und wunderte mich, dass meine Mutter die Tür hinter Ella zuzog. Da stimmt was nicht, dachte ich. Irgendetwas ist komisch. Nur was?

* * *

In den nächsten Tagen ging es mir zunehmend besser, sodass ich am Montag dann endlich wieder zur Schule konnte. Was auch dringend notwendig war, so kurz vor den Abi-Klausuren.

Meine Mutter brachte mich mit dem Auto hin und holte mich auch wieder ab und war auch sonst nach wie vor kaum in ihrer Agentur – etwas, was in diesem Ausmaß tatsächlich noch nie vorgekommen war.

Ella verhielt sich weiterhin komisch. Aber wenn ich ehrlich war, dann kam mir mein gesamtes Umfeld *anders* vor. Lehrer, Mitschüler, selbst unsere Nachbarin Rieke Ritter, die sich, als ich kleiner war, oft um mich gekümmert hatte, wenn meine Mutter vor lauter Arbeit nicht aus der Agentur kommen konnte, benahm sich mir gegenüber eigenartig. Es kam mir vor, als würden mir alle ausweichen. Als hätten sie Angst, womöglich etwas Falsches zu sagen. Das Ganze nervte mich verstärkt, zumal ich in meinem Hirn angestrengt nach Erinnerungen suchte.

Dieser Unfall, alles war wie weggeblasen. Und auch davor – ich hatte keinen Plan, was ich in den letzten Wochen, ja, Monaten getan und erlebt hatte.

Fragte ich Ella, sagte sie immer nur: »Das Übliche eben und natürlich fürs Abi gepaukt …« Aber da war etwas zwischen den Zeilen, was sie nicht sagte. Ich war mir ziemlich sicher, Ella, meine beste Freundin, log mich an.

Wenn ich meine Mutter darauf ansprach, wurde sie entweder hektisch und versuchte sofort, das Thema zu wechseln, oder sie war plötzlich mit irgendetwas ganz Wichtigem beschäftigt.

Nur ein einziges Mal seufzte sie tief und erklärte mir dann mit großem Bedauern in der Stimme: »Schatz, Ella benimmt sich so … sonderbar, weil ihr euch vor deinem Unfall ziemlich zerstritten habt. Zwischen euch herrschte wochenlang Funkstille. Ihr habt quasi kein einziges Wort mehr miteinander geredet.«

»Was?« Ich konnte es nicht fassen. Ella und ich zerstritten?

Ich rieb mir mit dem Handballen die Stirn. Verzweifelt, verdammt noch mal, du blödes Hirn, nun funktioniere doch endlich wieder. Aber … ich konnte mich noch so anstrengen, ich erinnerte mich an keinen Streit mit Ella.

Ein anderes Mal erkundigte ich mich bei meiner Mutter nach dem Fahrer des Autos, das mich angefahren hatte. So wie sie mir den Vorgang geschildert hatte, war ich von der Schule nach Hause gegangen und hatte an einer Ampel gestanden, als ein älterer Mann die Gewalt über seinen Kombi verloren und mich auf dem Gehweg erfasst hatte.

»Wie geht es ihm? Du meintest ja, er hätte wohl einen Schlaganfall oder so was erlitten?«

»Er ist verstorben«, gab sie nur knapp zurück – und verließ dann wie so oft in letzter Zeit fast schon fluchtartig das Wohnzimmer, wo ich gerade auf dem Sofa lag und versuchte, zu lesen. Versuchte … nur leider gelang es mir nicht, mich auf mein Buch zu konzentrieren.

Am darauffolgenden Samstag erklärte meine Mutter mir dann, dass sie nun wieder ein bisschen mehr arbeiten müsste. Es wäre doch in den vergangenen Wochen so viel liegen geblieben, dass sie jetzt allmählich mal wieder etwas *Gas geben müsste*, um nicht womöglich noch langjährige Kunden zu verlieren.

»Mama, meinetwegen musst du nicht ständig hier zu Hause herumhocken. Geh in die Agentur, ich komme super alleine zurecht«, versicherte ich ihr – und war ziemlich erleichtert, dass sie kurz darauf tatsächlich die Wohnung verließ.

Endlich mal allein. Endlich mal nicht unter ihrer ständigen Beobachtung. Klar, sie hatte sich große Sorgen meinetwegen gemacht, doch langsam fand ich, dass sie etwas übertrieb.

Kaum war sie weg, rief ich Ella an und fragte sie, ob sie Lust hatte, mit mir etwas zu unternehmen.

»Hm … und deine Mutter hat nichts dagegen?« Ihre Stimme klang skeptisch.

»Die ist nicht da. Und was sollte sie dagegen haben? Außerdem, selbst wenn es so wäre, es würde mich nicht davon abhalten.«

»Okay …«, sagte Ella gedehnt.

Auch wenn ich meiner Mutter versprochen hatte, Ella nicht auf unseren Streit anzusprechen, ich konnte nicht anders. »Ella, es tut mir total leid. Also, das mit unserem Streit. Ich weiß nicht, was ich verbockt habe oder du – aber können wir das nicht einfach alles vergessen?« Ich lachte bitter auf. »Na ja, ich kann mich ja sowieso nicht daran erinnern …«

»Das hat sie gesagt?«, hörte ich Ella ungläubig krächzen.

»Ja«, gab ich vorsichtig zurück. »Sie meinte, wir hätten vor meinem Unfall schon wochenlang kein Wort miteinander gesprochen.«

Ella holte tief Luft. »Wie lange bleibt deine Mutter weg?«, wollte sie mit tonloser Stimme von mir wissen.

»Mindestens bis zum späten Nachmittag. Sie hat 'ne Menge aufzuarbeiten.«

»Ich bin gleich bei dir. Dann reden wir – und zwar Klartext. Mir reicht's nämlich. Und zwar schon längst. Bis gleich!«

Auweia, das mit dem Streit zwischen uns war anscheinend noch schlimmer gewesen, als ich es befürchtet hatte. Hoffentlich kündigte sie mir nicht die Freundschaft?!

Noch bevor ich das Handy neben mich aufs Bett legen konnte, kündigte der leise Plington den Erhalt einer Nachricht an. Sie war von Ella.

Als kleine Einstimmung auf unser »Gespräch« gleich: Das bist du mit Finja – du hast es mir geschickt und gemeint, sie wäre deine große Liebe.

Im nächsten Nachrichtenfeld war das Foto eines dunkelbraunen Pferdes zu sehen. Während ich mich noch wunderte, warum ich Ella ein Pferdefoto geschickt hatte, erkannte ich die strahlende Reiterin auf dem Rücken des Pferdes – mich selbst!

Ungläubig starrte ich das Foto an – ich auf einem Pferd. *Finja, meine große Liebe.* Das war doch völliger Blödsinn! Ich war noch niemals in meinem Leben geritten. Klar, als kleines Mädchen hatte ich meiner Mutter immer mal wieder damit in den Ohren gelegen, dass ich so gerne Reitunterricht haben wollte. Doch sie hatte es immer vehement abgelehnt.

Alles, Sophia-Maus, nur nicht reiten. Ich mag keine Pferde.

Und nun saß ich auf einem Pferd? Und irgendwie wirkte es so, als wüsste ich, was ich da tat … als könnte ich reiten. Aber … aber, das war unmöglich!

Es klingelte. Ella musste geflogen sein. Oder hatte ich einfach nur gerade Zeit und Raum vergessen?

Ich humpelte zur Tür. Inzwischen trug ich einen Air-Walker, tausend Mal besser als einen Gips, aber trotzdem war ich damit nur recht schwerfällig unterwegs.

Schwungvoll riss ich die Tür auf. »Mann, Ella, kannst du fliegen?«

Doch es war nicht Ella. Vor mir stand ein dunkelhaariger junger Mann und musterte mich – fragend, unsicher, aber auch mit einem leisen Lächeln.

»Sophia«, sagte er nun und das klang so liebevoll, so erleichtert, so …

»Kennen wir uns?«, murmelte ich vorsichtig, woraufhin sich sein Gesicht schlagartig verdunkelte.

»Was soll das?«, gab er verletzt zurück. »Sophia, meinst du das ernst?«

Verdammt. Hätte ich doch bloß nicht gleich die Tür aufgemacht. Der Typ sah zwar ziemlich gut aus und machte auch nicht den Eindruck auf mich, als wäre er ein Verbrecher, aber wissen konnte ich das natürlich nicht.

Unwillkürlich machte ich einen Schritt zurück und musterte den Typ misstrauisch.

»Sophia«, redete er nun eindringlich auf mich ein. »Ich weiß nicht, was passiert ist. Ich weiß es echt nicht. Es ist uns allen ein Rätsel. Erst recht, dass du jede Art von Kontakt zu uns ablehnst. Harry ist fix und fertig, aber er hat beschlossen, deinen Wunsch zu akzeptieren. Nur …

Sophia, ich glaube dir das nicht. Das zwischen uns, das war …«

Ich ließ ihn nicht weiterreden. »Ich kenne dich nicht. Tut mir leid«, erklärte ich noch einmal und wollte die Wohnungstür schließen, da kam Ella durch die Haustür gehetzt. Ihre Wangen waren dunkelrot, sie brachte einen Schwung Kälte mit ins Treppenhaus.

»Paul!«, sagte sie und stoppte abrupt. »Du musst Paul sein, Sophias Freund.«

Freund? Blödsinn! Ich hatte diesen Paul doch noch nie zuvor gesehen. Wie konnte er da mein Freund sein?

»Dann bist du Ella?«, gab Paul zurück und ein kleines hoffnungsvolles Lächeln huschte über sein Gesicht. »Vielleicht kannst du mir erklären, warum Sophia behauptet, mich nicht zu kennen?«

»Können wir vielleicht drinnen weiterreden?«, fragte Ella mich.

Ich blickte von Ella zu diesem fremden Paul und dann wieder skeptisch zu Ella.

»Wenn du denkst, das ist okay?«, sagte ich gedehnt.

Ella nickte, schob mich dann zur Seite und bat Paul, einzutreten. Ich machte einen humpelnden Schritt zurück.

»Dein Bein …«, sagte Paul und sah mich mitfühlend an. Keine Ahnung, was genau es war, der Klang seiner Stimme, die blauen Augen mit dem dunklen Rand um die Iris oder einfach nur sein Geruch, jetzt als er so nah an mir vorbei in die Wohnung ging, dass ich seine Wärme spüren konnte – plötzlich war da so etwas wie Vertrautheit.

Irritiert folgte ich Ella, die direkt in mein Zimmer ging, und Paul, der ihr unsicher hinterlief.

»Bitte setz dich, Sophia«, forderte Ella mich auf. Ihr Gesicht war ernst, ihre Stimme sachlich. »Ich hätte mich auf den ganzen Mist nicht einlassen dürfen. Es ist nicht okay, dich so zu belügen.« Sie schüttelte den Kopf, als wäre sie über sich selbst erstaunt. »Aber jetzt ist es genug. Endgültig! Paul«, wandte sie sich jetzt an den gut aussehenden Besucher, »ich bin echt froh, dass du gerade heute hier auftauchst. Sonst hätte ich vielleicht wieder einen Rückzieher gemacht. Das Ganze ist einfach so ungeheuerlich …«

»Rückzieher?«, wisperte ich verunsichert. »Wovon?«

»Vor der Wahrheit, Sophia«, gab Ella ernst zurück. Und dann begann sie zu erzählen. Schnell und ohne Atem zu holen, der bei mir immer mehr ins Stocken geriet, weil ich einfach nicht glauben konnte, was Ella da behauptete.

Ich hatte nach einem schlimmen Streit mit meiner Mutter wohl regelrecht die Flucht vor ihr ergriffen und das auf dem Rücken *meiner* Finja. Dabei musste mir die Stute dann irgendwie durchgegangen sein und ich war runtergeflogen. Doch glücklicherweise war das Pferd zurück zum Gestüt galoppiert, wo sich sofort alle auf die Suche nach mir gemacht hatten. Paul wäre dann derjenige gewesen, schilderte Ella mir, während der dunkelhaarige Paul nur dasaß und mich ununterbrochen ansah, der mich unterhalb des Küstenwalds gefunden hätte. Bewusstlos, mit einer großen Platzwunde auf der Stirn und eigenartig verdrehtem Bein.

Ich hatte keinen Autounfall in Hamburg gehabt, sondern einen Reitunfall auf Rügen. Dort, wo ich laut Ella die letzten Monate viel Zeit verbracht und mich nicht nur in eine bildschöne Stute namens Finja, sondern auch schwer in Paul verliebt hatte, und zukünftig sogar leben wollte.

KAPITEL 26

*Einen Fehler durch eine Lüge zu verdecken heißt,
einen Flecken durch ein Loch zu ersetzen.*

(Aristoteles)

Ich lag auf meinem Bett, starrte an die weiß getünchte Zimmerdecke, während die Tränen links und rechts an meinen Schläfen herunterliefen, wie kleine unendliche Rinnsale.

Ellas Behauptungen, so unglaublich, so absurd, jedes Wort wie ein Faustschlag mitten in den Magen, und Paul, der mich die ganze Zeit über angeguckt hatte, liebevoll, hoffnungsvoll – weißt du noch, Sophia, ich und du?! Wir beide sind ein Paar. Wir lieben uns! Und dann die Enttäuschung, als ich nur hilflos die Schultern heben konnte und flüsterte: »Es tut mir leid, Paul, aber ich erinnere mich wirklich nicht. Ich kenne dich nicht …«

Ella war ihm hinterhergelaufen, als er mit hängenden Schultern und schweren Schritten die Wohnung verließ.

»Ich glaube, Sophia, ich geh ihm mal besser nach, wenn das für dich okay ist? Der steht ja völlig neben sich. Oder soll ich lieber bei dir bleiben?«

Ich hatte den Kopf geschüttelt. War froh, sie los zu sein.

Ich wollte alleine in meinem Zimmer auf dem Bett liegen und mich anstrengen, mich doch bloß endlich wieder zu erinnern.

Doch da war einfach nichts. Absolut gar nichts. Und erst recht keine Gefühle für diesen Paul.

Kurz bevor meine Mutter gegen 18 Uhr aus der Agentur zurück war, hatte Ella noch mal angerufen und mich gefragt, ob sie vorbeikommen solle.

Paul war so weit okay, teilte sie mir auch noch mit. Aber er würde so schnell nicht aufgeben, um mich zu kämpfen.

»Nein, ich komme zurecht«, hatte ich geantwortet. Wo Paul jetzt war, was er plante, wie es ihm ging, es war schrecklich, aber es interessierte mich nicht.

Und Harry, mein angeblicher Großvater, Rosencarree, das Gestüt meines Vaters, das er mir vererbt hatte, all das, was Ella mir noch erzählt hatte, war so unglaublich für mich, dass ich es einfach nicht wahrhaben wollte.

»Na, mein Schatz, was hast du den ganzen Tag gemacht?« Meine Mutter lächelte mich an, während sie sanft meinen Arm tätschelte. »Ich habe Pizza mitgebracht und nachher läuft endlich mal wieder *Wilsberg*. Den haben wir schon eine halbe Ewigkeit nicht mehr zusammen geguckt.«

»Ella war hier«, sagte ich und bemühte mich, völlig normal zu klingen. »Und Paul …«

Sie verharrte in der Bewegung. Ihr Gesicht wurde aschfahl. Ihre Stimme sehr hölzern. »Paul? Welcher Paul? Ich kenne keinen Paul.«

»Er hat behauptet, ich sei seine Freundin. Und Ella hat erzählt, ich wäre überhaupt nicht von einem Auto angefahren wurden, sondern hätte auf Rügen einen schlimmen Reitunfall gehabt. Mein Vater, Gregor Hansen, sei gestorben und habe mir ein Gestüt namens Rosencarree hinterlassen. Dort hätte ich auch meinen Opa Harry kennengelernt und mich später dann in Paul verliebt ...«

Meine Mutter sah mich an und schüttelte langsam den Kopf. »Das stimmt nicht, Sophia«, sagte sie ernst. »Ella lügt und Paul, wenn es einen Paul in deinem Leben gäbe, wo ist er dann all die Wochen nach deinem Unfall gewesen? Denk doch mal nach, Sophia, das ist doch völliger Blödsinn. Ich weiß nicht, warum Ella dir das antut, vielleicht ist sie immer noch sauer wegen eures Streits.«

Ich erhob mich vom Bett, auf dem ich den ganzen Nachmittag fast regungslos gelegen hatte.

»Du hast in meinem Namen und mit meiner Unterschrift ein Schreiben an die Notarin geschickt, in dem ich das Erbe meines Vaters ablehne. Und ein weiteres an meinen Opa, dass ich zukünftig keinen Kontakt mehr zu ihm haben möchte. Ich wäre so geschockt wegen des *Reitunfalls,* dass ich es mir anders überlegt hätte und mit Rügen, den Pferden und all den Leuten dort nichts mehr zu tun haben wollte. Einschließlich oder vor allem mit Paul!«

Sie ließ sich auf den Schreibtischstuhl sinken und starrte auf ihre Hände, als hätte sie sie gerade erst entdeckt. Dann begann sie zu erzählen. Ganz leise und sehr beherrscht. »Als du aus dem künstlichen Koma erwacht bist, Sophia, da hast du mich genau darum gebeten. Ich habe dann alles in die Wege geleitet und seitdem, Schatz, das musst du mir bitte glauben, geht es dir wieder gut. Du hast dich all die Monate so sehr mit diesem unsinnigen Erbe deines Vaters herumgequält. Ich habe es dir angemerkt, wir sehr du gelitten hast. Du wolltest niemanden dort auf Rügen enttäuschen und hast dich gezwungen, das Leben auf diesem schrecklichen Gestüt gut zu finden. Und dieser Junge, dieser Paul, Sophia, der hat dich nur ausgenutzt. Der will doch nur das Gestüt, nichts anderes. Und deshalb hat er dir die große Liebe vorgeheuchelt.«

Ich sah sie an, meine Löwenmutter, die immer für mich da gewesen war. Seit fast 18 Jahren, Martina und Sophia, Sophia und Martina. Noch niemals hatte sie mich enttäuscht. Und belogen? Nein, warum sollte sie das tun? Meine Mutter wollte nur immer eins, das Beste für mich.

»Aber warum hast du mir das mit dem Reitunfall verheimlicht?«

Sie seufzte tief. »Meine jüngere Schwester Charlotte ist damals bei einem Reitunfall ums Leben gekommen. Sie hat sich das Genick gebrochen. Gregor, dein Vater, war für dieses schreckliche Ereignis verantwortlich. Er hat ihr ein viel zu wildes Pferd gegeben. Sie wollte das gar nicht, sie wollte eigentlich gar nicht reiten. Aber sie wollte auch nicht als feige dastehen. Gregor und auch Harry haben danach jede Verantwortung weit von sich geschoben. Daraufhin habe ich dann den Kontakt zu deinem Vater unwiderruflich abgebrochen. Ich konnte doch nicht zulassen, dass so ein Mensch wie er, so rücksichtslos, verantwortungslos und feige noch dazu, Umgang mit dir hatte.«

Mein Magen zog sich zusammen. »Und nun musstest du das alles noch mal durchleben«, kombinierte ich und hatte trotz der Lügen, die sie mir aufgetischt hatte, großes Mitleid mit ihr.

Sie schluchzte leise auf. »Ja, es war schrecklich, wie sie dich manipuliert haben. Und dann dieser Reitunfall, Sophia, ich … diesmal hätte ich nicht weiterleben können, wenn auch du …« Sie brach ab und weinte nun hemmungslos. Ihr schmaler Körper zitterte und ich tat das einzig Richtige, ich nahm sie in den Arm und tröstete sie.

* * *

Mitten in der Nacht wachte ich auf. Was genau mich aus dem Tiefschlaf gerissen hatte, ich wusste es nicht. Doch jetzt lag ich da und starrte in die Dunkelheit – zunächst noch etwas orientierungslos, doch zunehmend fand ich mich mehr und mehr zurecht.

Ich dachte an Paul, ich sehnte mich so sehr nach ihm. Und Finja – wie es ihr wohl ging? Sie konnte nichts dafür, sie war an diesem blöden Unfall nicht schuld. Hoffentlich hatte Harry sie nicht wieder verkauft, weil sie so …

Paul. Finja. Harry. Der Unfall. Der Streit mit meiner Mutter – mal wieder. Rosencarree. Mein Entschluss, dort zu leben. Mein freier Wille, mein Herzenswunsch – plötzlich war alles wieder da. Es brach regelrecht über mir zusammen, ließ mich aus dem Bett aufspringen, leise aufschreien, weil ich mich zwar nun wieder an alles erinnern konnte, doch dabei tatsächlich mein verletztes Bein vergessen hatte.

Leise fluchend und mit schmerzverzerrtem Gesicht griff ich nach meinem Handy und rief Ella an. Obwohl es mitten in der Nacht war, dauerte es nicht länger als drei Töne, bis sie verschlafen in den Hörer murmelte: »Sophia, was ist passiert?«

»Hast du zufällig Pauls Handynummer? Oder weißt du, wo er ist?«

»Was ist los? Kannst du dich etwa wieder an alles erinnern?«

»Ja. Ich erinnere mich. Deshalb brauche ich auch sofort Pauls Handynummer. Vielleicht hat er sie dir ja gegeben?« Mit einem Mal war ich ganz aufgeregt.

»Oh, Sophia, ich könnte ausflippen vor Freude. Zwischendurch hab ich echt gedacht, dass deine Erinnerung überhaupt nicht mehr zurückkommt. Ganz besonders, nachdem du *deinen Paul* heute so fassungslos angestarrt und abblitzen lassen hast. Und jetzt …« Ella schniefte in den Hörer. »Sorry, aber ich bin gerade nur so unfassbar glücklich. Und ja, Sophia, ich habe tatsächlich seine Handynummer.«

Auch ich hatte Tränen in den Augen. »Ella, du bist die beste, die allerallerbeste Freundin, die man haben kann. Und ich hab es gespürt, die ganze Zeit, wir beide haben uns nicht gestritten. Niemals …«

Als ich kurz darauf Pauls Handynummer wählte, klopfte mir das Herz bis zum Hals. Wenn er nun nichts mehr mit mir zu tun haben wollte?

Blödsinn. Ich hatte es in seinen Augen gesehen. Er liebte mich. So wie ich ihn. Endlich wusste ich das wieder. Endlich war es mir wieder eingefallen.

EPILOG

Was du liebst, lass frei. Kommt es zurück,
gehört es dir – für immer.
(Konfuzius)

Finja senkte den Kopf, tauchte ihre Nüstern in den Schnee und kam dann schnell zu dem Schluss, dass es dasselbe Zeug sein musste, was seit gestern auch auf ihrem Paddock herumlag. Doch Quandolino war völlig verblüfft. Behutsam setzte er einen Huf in den Schnee und war erstaunt, als er nachgab. Dann wollte er daran schnuppern, sog jedoch die Luft zu kräftig ein und musste so heftig niesen, dass Paul und ich nur über ihn lachen konnten.

»Was für ein Spinner«, fand ich.

»Man könnte meinen, dass er noch niemals zuvor Schnee gesehen hätte«, sagte Paul grinsend.

Kurze Zeit später hatten Paul und ich auf unseren Pferden den Küstenwald erreicht. Hier war es so still, als würde noch alles schlafen. Weder ein Vogel noch sonst ein Tier regte sich. Das einzige Geräusch, das hin und wieder zu hören war, war das dumpfe Poltern, wenn der Schnee von den überladenen Zweigen fiel.

Paul und ich ritten langsam den geschwungenen Pfad entlang und überließen uns dem schreitenden Tempo der Pferde.

Quandolino hielt den Kopf gesenkt und schob seine Nase wie eine Schaufel durch den Schnee. Dann schleuderte er eine Handvoll in die Luft, schnaufte und erschrak sich anschließend vor dem, was da auf ihn niederregnete.

»Jetzt ist aber mal gut, du Spinner«, sagte Paul mit strenger Stimme, zog die Zügel etwas an und brachte den Wallach endlich ein bisschen unter Kontrolle. Für einen kurzen Moment beruhigte Quandolino sich.

Finja zeigte sich gänzlich unbeeindruckt von dem Theater hinter ihr. Sie ging artig voran, lediglich ihr Kopf wippte im Rhythmus ihres Schrittes auf und ab. Nichts erinnerte mehr an das hypernervöse Pferd, das sie mal gewesen war, und an den Reitunfall, den ich mit ihr hatte.

In zwei Monaten würde ich das Abi in der Tasche haben und dann ganz nach Rosencarree ziehen. Ich konnte mir nichts Schöneres vorstellen.

Nachdem ich meine Erinnerung wiedergewonnen hatte, konnte meine Mutter ihren dunklen Dämonen nicht mehr ausweichen. Es war klar, dass sie eine Therapie machen musste. Vielleicht würde sie so endlich das schreckliche Trauma von damals überwinden.

Inzwischen hatte sie angefangen, zu erzählen, sich mit der Wahrheit auseinanderzusetzen. Es war ihr letztlich bewusst, dass niemand für Charlottes tödlichen Reitunfall verantwortlich war. Vor allem nicht mein Vater. Nein, weder Gregor noch Harry Hansen hatten Schuld an dem Tod ihrer Schwester, das war gewiss.

Meine Oma hatte neulich am Telefon gemeint, dass sie damals, nach Charlottes Tod, darauf hätten bestehen müssen, dass Martina professionelle Hilfe bekam. Aber sie hatte allen immer die Starke vorgespielt und sich in ihren völlig falschen Hass auf Gregor verrannt, sodass ich nie die Chance hatte, ihn kennenzulernen.

Irgendwann, ich war mir sicher, irgendwann würde ich ihr das verzeihen können. Irgendwann würde wieder alles gut zwischen uns werden. Irgendwann …

»Wollen wir mal antraben?«, schlug Paul vor.

»Ich warte schon eine halbe Ewigkeit darauf, dass du das vorschlägst.«

Paul verkürzte Quandolinos Zügel und drückte ihm leicht die Waden in die Seiten. Prompt vollführte der Fuchswallach einen kleinen Freudenbuckler, ließ sich dann aber von Paul gleich wieder unter Kontrolle bringen. Schwungvoll trabten wir den verschneiten Weg entlang. Seite an Seite. Paul und ich. So konnte es von mir aus bleiben. Am besten für immer.

Bedanken möchte ich mich bei …
meinem allerbesten Agenten Bastian Schlück
meiner wunderbaren Lektorin Sophie Härtling
natürlich auch bei dir, liebe Ina Lutterbüse
bei Barbara Rose, meiner Kollegin, Schreibpartnerin und Freundin
bei meiner Familie – vor allem den »Jungs«, weil sie doch ziemlich oft unter dem Pferdevirus »leiden« müssen, mit dem sich der weibliche Teil der Familie infiziert hat
und natürlich bei Danny, Rosé de la Sol, Que Que Couleur und En Vogue – ihr seid die besten Pferde, die wir uns nur wünschen konnten

AUTHENTISCH UND WARMHERZIG

Band 2
€/D 12,99 · 978-3-440-15955-2

Mit Nolans Hilfe findet Roxy für Saphir eine Farm mit Offenstallhaltung – für den traumatisierten Araber die einzige Chance. Doch kaum im neuen Stall angekommen, muss sich Roxy erneut den Dämonen ihrer Vergangenheit stellen …

Band 3
€/D 12,99 · 978-3-440-16743-4

Endlich scheint sich für Roxy alles zum Guten zu wenden. Saphir hat sich in seiner neuen Herde gut eingelebt. Doch dann offenbart sich, dass Nolan in einer tiefen Krise steckt. Er lässt Roxy kaum noch an sich heran. Um ihm zu helfen, muss sie sich Nolans Vater stellen – und ihren eigenen Gefühlen …

kosmos.de Auch als Ebook erhältlich Preisänderungen vorbehalten